使命と魂のリミット

東野圭吾

角川文庫 16142

使命と魂のリミット

1

麻酔の導入は問題なく完了した。手術台上の患者の体位も決められ、手術を施す部分の消毒も行われた。

「始めます。お願いします」執刀医の元宮誠一《もとみやせいいち》が言葉を発した。いつもと変わらず、よく響く声だった。

氷室夕紀《ひむろゆうき》は元宮と向き合う位置にいた。目礼をしてから、こっそりと深呼吸した。緊張をほぐさねば、と自分にいい聞かせていた。もちろん、そんなことばかりを考えて、自分のすべきことに集中できなくなっては意味がない。

手術の内容は、冠動脈バイパス術だった。それも人工心肺を使用せず、拍動下で手術を行う、Off Pump CABG、通称OPCABだ。

夕紀の大きな役目は左腕の橈骨《とうこつ》動脈を採取することだった。この場合、その動脈をグラフトといい、バイパス血管として使用するのだ。胸の内側にもグラフトとして使用できる動脈はあるが、どちらがいいと思うかと元宮から質問された際、橈骨動脈と夕紀は答えた。そちらのほうが血管が太いし、何より患者は糖尿病を持っていた。内胸動脈を使用した場合、手術後に縦隔炎を起こすリスクがあった。彼女の解答に指導医は頷《うなず》いた。

もちろん夕紀は事前に左腕から動脈を採取することを患者に告げている。

「傷跡は残ります。それでも構いませんか」

彼女の質問に、七十七歳の老人はにこやかに笑った。

「今さら腕に傷跡が増えたって、どうってことないですよ。それに、胸にだって傷跡が出来るわけでしょう?」

それはもちろん、と彼女は答えた。

「だったら、先生が一番いいと思う方法を選んでください。私は先生を信用しますよ」

老人には夕紀と同い年になる孫娘がいるということだった。それで彼は最初から、若い女性の研修医に好意的だった。しかし彼は例外といっていい。大抵の患者は、夕紀を一目見るなり疑わしそうな表情を作る。男の先生に診てもらいたいのだがね、と露骨にいわれたこともある。

グラフトの採取は問題なく終わった。吻合部《ふんごうぶ》の固定、それからグラフトの吻合は元宮が行う。見事な手さばきだ。彼は夕紀の指導医の一人でもあった。テクニックを盗もうと彼女は目を凝らしたが、あまりに速くて目が追いつかない。

止血を行った後、ドレーンを挿入し、胸骨を閉鎖する。筋膜、皮下組織、表皮と縫合していき、手術は完了だ。いつものことだが、腋《わき》の下《した》にたっぷりと汗を掻《か》いていた。首の後ろがずきずきするのも毎度のことだ。夕紀が心臓外科手術に本格的に参加するようになって二週間が経つが、まだ慣れない。

患者をICUに移し、術後管理を始める。じつはここからが長い。血圧、尿、心電図などをモニタリングしながら、呼吸器や薬を調節しなければならない。状態が変化した際には再手術を行うことも、無論ある。

心電図モニタを睨《にら》んでいるうちに、意識が遠のくのがわかった。

やばい、しっかりしなきゃ――。

意識を明敏に保とうとするが、断続的に脳の芯《しん》が痺《しび》れたようになる。

突然、がくんと膝《ひざ》の力が抜け、はっとして夕紀は顔を上げた。うとうとしてしまったようだ。目の前で元宮が笑っていた。

「姫、限界らしいな」

薄い唇の間から白い歯が覗《のぞ》く。この笑顔が素敵だと騒いでいる看護師は多い。元宮は三十代後半だが、まだ独身だ。テニスが趣味というだけあって、年中真っ黒に日焼けしている。

夕紀は首を振った。「大丈夫です」

「昨日も緊急オペで、ろくに寝てないだろ。少し休んでこいよ」

「平気です」

「俺が平気じゃないんだよ」元宮の顔から笑みが消え、目つきが険しくなった。「使い物にならない医者は医者じゃない。当てにできない人間がいると思うと、俺が落ち着かないんだ」

「だから、もう大丈夫です。当てにしてもらって結構です」

「当てにできるかどうかは俺が決める。だから休めといっている。休んで、使い物になって戻ってこい。そのほうがありがたい」

夕紀は唇を嚙《か》んだ。それを見て、元宮は笑顔に戻った。小さく頷く。

残念ながら彼のいっていることのほうが正しかった。術後管理の最中にうたた寝をしてしまった以上は何もいい返せない。

「じゃあ、一時間だけ」そういって立ち上がった。

ＩＣＵを出たところで、看護師の真瀬《ませ》望《のぞみ》を見つけた。小柄で丸顔の彼女は、ふつうにしていても愛想よく見えるが、実際廊下で顔を合わせた時などには、必ずといっていいほどにこやかに笑いかけてくる。今もそうだった。

夕紀は立ち止まり、当直室で仮眠するから何かあったら起こしてくれと彼女に頼んだ。

「先生、大変ですね。このところ、オペ続きじゃないですか。前は研修医が三人いたけど、今は氷室先生だけだし」

真瀬望は二十一歳だ。自分も下っ端なので、夕紀に親近感を覚えているのかもしれない。何かと気を遣ってくれるし、伝票整理などの事務処理も殆《ほとん》どやってくれる。

「これぐらいでへばっちゃいけないんだけどね」夕紀は苦笑した。

当直室で横になったが、すぐに襲ってくるはずの睡魔が、なかなか降りてこない。少しでも眠らなければと自分にプレッシャーをかけているせいに違いなかったが、それを取り除く術《すべ》がなかった。

帝都大学医学部を卒業したのは去年のことだ。それから同大学の研修プログラムを受けている。すでにこれまで、内科、外科、救急といった部署で研修を受けた。そして現在は心臓血管外科にいる。

夕紀の最終目標である部署だ。

ようやくここまで来た、という感慨などはまるでない。むしろ、まだこんなところにいる、という思いが強かった。研修を無事に終えたからといって、心臓血管外科医になれるわけではないのだ。卒業後、最低七年の修練期間が必要だし、学会へも積極的に参加していかねばならない。せいぜい助手程度の働きをしているだけなのに体力の限界を感じているようでは、到底夢など叶《かな》わない。

「あたし、医者になる。医者になって、お父さんみたいな人を助ける」

ある秋の夜、中学三年だった夕紀は、母親の百合恵《ゆりえ》に向かって宣言した。不意打ちをくらったような顔をしていた百合恵の顔を、夕紀は今も鮮明に覚えている。

その少し前に、彼女の父である健介《けんすけ》が他界していた。彼は胸に巨大な大動脈瘤《りゅう》を抱えていた。それを切除する手術がうまくいかなかったのだ。危険を伴う手術であることは事前にわかっていて、健介自身も覚悟していたという話ではあった。

夕紀が心臓血管外科に移ってきて、すでに何人かの大動脈瘤患者を診た。父と同じ病気だと思うと、切なさに胸が痛む。何とか完治させてやりたいと思うのはほかの病気でも同じだが、彼等が手術を受ける時、夕紀が味わう緊張感は特別に大きい。

幸い、これまでのところ、すべての手術が成功に終わっている。家族たちの安堵《あんど》する顔、そして何より患者本人の元気そうな様子を見ると、夕紀も心の底からほっとする。

しかし同時に彼女の胸の内では、全く別の思いが首をもたげてくる。

お父さんみたいな人を助ける——その言葉に嘘はない。だがもう一つ別の、ある意味もっと大きい動機が彼女にはあった。ただしそれは他人には決して気取られてはならないものだった。指導医は無論のこと、母親にさえも隠し続けていることだ。

目を覚ました時、自分がどこにいるのか一瞬わからなかった。当直室だと思い出した後も、毛布の中で少しぼんやりしていた。だが手探りで引き寄せた目覚まし時計の針を見て、目を見開いた。六時半になっていた。仮眠をとるつもりが、もう朝なのだ。あわてて飛び起き、簡単に顔を洗ってＩＣＵに向かった。呼び出しがなかったのだから、何も異変はなかったはずだが、元宮の言葉が気になっていた。睡眠不足で疲れきっている研修医など当てにならないと、別の医師に応援を頼んだ可能性もある。もしそうだとしたら大恥だ。

だがＩＣＵに元宮の姿はなかった。居合わせた看護師に尋ねると、彼は四時頃に帰宅したという。特に変わったことはなかったようだ。

「もし異状があれば、当直室にいる姫君を叩《たた》き起こせといっておられましたよ」看護師はくすくす笑いながらいった。

夕紀は照れ笑いを浮かべながらも安堵した。とりあえず元宮は、夕紀を当てにしてくれたようだ。

昨日手術をした患者の容態は安定していた。売店で菓子パンと缶コーヒーを買ってきて、採血のデータなどをチェックしつつ、朝食を済ませた。

その後、病棟に移動し、回診を始めた。夕紀が担当している患者は現在八人だ。全員が六十歳を超えている。人が心臓の異変を訴えるのは、大抵そのあたりからなのだ。

中塚芳恵《なかつかよしえ》は七十九歳になる。三日前に入院してきた。腹部に大動脈瘤を抱えている。瘤《こぶ》の大きさは鶏卵大。判断の分かれるところではあるが、腹部大動脈瘤の手術は成功率が高い。ふつうならすぐに手術だろう。

夕紀の顔を見ると、中塚芳恵は不安そうに瞬《まばた》きした。

「手術の日、決まりました？」

彼女はいつも、真っ先にこれを訊《き》く。余程気になっているのだろう。

「今、担当の先生と相談しているところです。中塚さんの体調次第ですね」

検温してみる。少し熱が高い。そのことを告げると、中塚芳恵は顔を曇らせた。

「やっぱり肝臓のほうからきているんでしょうか」

「その可能性は高いですね。後でもう一度血液検査を行います。今日、御家族は？」

「娘夫婦が来てくれるはずです」

「じゃあ、お見えになったら看護師に声をかけてください。山内先生が今後のことをいろいろとお話ししたいといっておりましたので」

中塚芳恵は黙って頷《うなず》く。一体何の話だろうと怯《おび》えているのだ。夕紀は改めて笑顔を作り、ではまた後で、といってベッドから離れた。

正確にいうと彼女が病んでいるのは肝臓ではなく胆管だ。そこが炎症を起こしている。その検査の過程で大動脈瘤が見つかったのだ。しかも単なる胆管炎ではない。おそらく癌細胞に冒されている。したがって、そちらの処置も急ぐ必要がある。

癌と大動脈瘤、どちらの手術を先に行うか、それが最大の難問だった。外科の担当医と毎日のように相談しているが、まだ結論は出ない。

中塚芳恵の娘夫婦にはすでに事情を話してある。彼女らは両方同時に手術できないかと訊いてきた。一度に済ませたいという気持ちはわかるが、医師としては論外だと断言するしかない。高齢の中塚芳恵には、どちらか一方の手術でも大変な負担なのだ。それにそもそも技術的に不可能だった。

いずれの手術を優先するにせよ、次にもう一方の大手術を行えるまでに彼女の体力が回復するには、相当の時間を要する。その間に残った病巣がどうなるかが問題だ。癌は進行するし、大動脈瘤は膨らみ続ける。どちらにもタイムリミットがあるのだ。

デスクに戻って中塚芳恵の検査オーダーなどをまとめていると、彼女の主治医である山内肇《はじめ》が現れた。彼もまた夕紀の指導医だ。山内は太っていて、いつも顔の血色がいいので若く見られるが、じつは四十歳を過ぎている。

「氷室先生、目やにがついてますよ」

山内にいわれ、はっとして手を目にやった。それから、そんなはずがないことに気づいた。起きてすぐ、顔を洗ったのだ。

「昨日も当直室だったそうだな。化粧ぐらいは落とさないと肌が荒れちゃうよ」

夕紀は彼を睨《にら》みつけるが、腹を立てているわけではない。山内は研修医の面倒見がいいことで知られている。また、夕紀が化粧をしないことも彼は知っているはずだった。

中塚芳恵のことを報告すると、彼も浮かない顔つきになった。

「何しろ高齢だからな。癌がどうなるかだな」呟《つぶや》いた後、何かを思い出したように夕紀を見た。「そうだ。教授が呼んでる。部屋に来いってさ」

「西園《にしぞの》先生が……」

「ちょっとだけ告げ口したから、何かいわれるかもしれないな。まあ、悪く思うなよ」山内は顔の前で掌《てのひら》を立てた。

夕紀は彼に気づかれぬように深呼吸し、席を立った。廊下に出て、同じ階にある教授室に向かう。無意識のうちに拳《こぶし》を握りしめていた。掌に汗が滲《にじ》んでいる。

ドアの前でもう一度深呼吸した後、ノックした。

はい、と西園の声が聞こえた。十数年前から変わらない、少なくとも夕紀にはそう聞こえるバリトンだ。

「研修医の氷室です」

答えたが返事がない。訝《いぶか》っていると、突然ドアが開いた。少し白いものが混じった髪を後ろになでつけた、西園陽平《ようへい》の笑顔があった。

「忙しいところをすまなかった。入ってくれ」

失礼します、といって夕紀は足を踏み入れた。この部屋に入るのは初めてだった。

机の上ではパソコンのモニタが作動していた。三次元の画像が表示されている。さらに横のボードには、胸部X線写真が四枚、並べて貼り付けられていた。

「二日続けてのオペだったそうだね」椅子に座りながら西園が訊いてきた。

はい、と夕紀は立ったまま答えた。

「一昨日の緊急オペは山内先生の執刀だったそうだけど、何か印象に残ったことは？　君は前立ちだったそうじゃないか」

執刀医の正面という意味だ。

「正直いって無我夢中でした。止血に手間取りました」

「うん。突発的な出血に、一瞬顔をそむけたそうだね」

夕紀は黙り込んだ。記憶になかった。だがそんなことは絶対にないとはいいきれない。

「最初はよくあることだ。だけど忘れるな。出血は最後の警告信号だ。どこから出血したかを見逃したら、その患者は助からない。出血部からは絶対に目をそらさないように。わかったか」

「わかりました。申し訳ありません」謝りながら、山内のいっていた告げ口とはこのことかと合点した。

西園が椅子の背もたれに体重を預けた。軋《きし》み音が鳴った。

「とまあ、説教はここまでだ。どうだい、心臓血管外科には慣れたかい」

「皆さんには、大変よくしていただいています。未熟な点が多くて、迷惑のかけっぱなしですけど」

西園が吹き出した。

「そんなに硬くなることはないだろう。とにかく座りなさい。こっちが落ち着かない」

もう一つ椅子があったので、お借りします、といって引き寄せ、夕紀は腰を下ろした。両手は膝《ひざ》の上だ。

西園はX線写真を振り返った。

「一昨日から入院している例の患者だ。どう思う？」

「ＶＩＰの患者さんですか」夕紀はいった。「真性のようですね。しかもかなり大きいみたいですけど」

「直径で七センチある」西園が受ける。「三か月前に初めて診た時には五センチだった」

「自覚症状はあるんですか」

「うまく声を出せないことがあるらしい。嗄声《させい》だな」

「癒着は？」

「何？」

「動脈の癒着はあるんでしょうか」

西園は夕紀の顔をじっと見つめた後、ゆっくりとかぶりを振った。

「わからない。あるかもしれない。血管の状態は画像でわかるが、どこかとくっついているのかどうかは開胸しなければわからない。これが患者のデータだ」カルテを差し出した。

拝見します、といって受け取った。いくつかの数字に目を通す。

「かなりの高血圧症ですね」

「動脈硬化がひどい。不摂生が祟《たた》ったんだろうな。六十五歳だが、酒も煙草もやめる気はさらさらないそうだ。大食らいで、運動といえばカートで回る接待ゴルフ。血管が保《も》つわけない。合併症があまり出てないのは奇跡だ」

「手術はいつ？」

「検査の結果次第だが、早ければ来週にでも行う。そこで提案だが」西園は上体を起こした。「君に第二助手をやってもらいたい」

「あたしに、ですか」

「嫌か」

「いえ、やらせていただきます。がんばります」夕紀は顎《あご》を引いた。

西園は彼女をじっと見つめて頷いた後、ところで、と声の調子を変えた。

「おかあさんには時々連絡しているのかい」

虚をつかれた思いだった。彼からこんなにあっさりと百合恵のことを口に出されるとは思っていなかったからだ。咄嗟《とっさ》に言葉が出なかった。

「連絡、してないのか」重ねて訊いてきた。

「いえ、たまに電話は……」

「そうかな」西園は唇の端を曲げ、首を傾げてみせた。「私が聞いている話とは、ずいぶん違うな」

夕紀は彼の顔を見返した。今の言葉は、彼がやはり頻繁に百合恵と会っていることを仄《ほの》めかしている。

「母があたしのことで、何か先生にいいつけたんですか」夕紀は尋ねてみた。

西園は苦笑した。

「そんなことはない。でも話していればわかる。おかあさんのほうが私に訊《き》いてくるからね、君のことをいろいろと。君からこまめに連絡していれば、そんなことはないはずだろ」

夕紀は俯《うつむ》いた。百合恵と西園がどこかのレストランで、向き合って食事をしている光景が浮かんだ。二人の容姿はなぜか十年以上前のものだ。

「今日、これからの予定は？」西園が訊いてきた。

なぜそんなことを訊くのだろうと思いながら、夕紀は頭の中を整理した。

「退院する患者さんがいるので、サマリーを書こうと思っています。あと、事務処理がいくつか」

「オペは入ってないんだな」

「今のところは」

「うん。今日は山内君がずっといるし、後で元宮君も来てくれるはずだな」西園は考えを巡らせる顔で天井を見上げた後、よし、と頷《うなず》いた。「今日は五時で上がりなさい。その後、準備をして、七時に赤坂だ」

「赤坂？」

西園は机の引き出しを開け、一枚の名刺をそこから取り出した。夕紀のほうに差し出す。

「この店に来るように。おかあさんには私から連絡しておく」

名刺にはレストランの名称と地図が印刷されていた。

「あの、せっかくですけど、母に会いたい時には勝手に会いますし、わざわざこんなことをしていただかなくても……」

「会いたいからといって会えるわけじゃないだろ」西園はいった。「研修医には土曜も日曜もない。ここから徒歩五分の寮にさえも帰る時間がない。帰ったところで、ファーストコールで呼び出される。そんなことはよくわかっている。こうでもしないかぎり、君は研修期間を終えるまで、おかあさんに声も聞かせられないだろう」

「わかりました。じゃあ、今夜にでも母に電話します」

「氷室君」西園は腕組みをし、夕紀の顔を見据えてきた。「これは指示だよ。教授からの指示だ。研修医への指導といってもいい」

夕紀は目を伏せた。名刺を両手の間に挟んだ。

「山内君や元宮君たちには私のほうから話しておく」

「でも、あたしだけが特別扱いされるのはやっぱり……」

「強制的に休ませたり、家族に会わせたりということは、今までの研修医にもやってきた。君だけを特別扱いしているわけじゃない。誤解するな」

ぴしゃりといわれ、返す言葉がなくなった。わかりました、と小さく答えた。

部屋を出た後、大きなため息をついた。短い時間だったが、やけに疲れた。

病棟に戻ってオペ伝票の処理をしていると、後ろから肩を叩《たた》かれた。元宮だった。

「さっき教授から聞いた。今日は五時に上がっていいよ。たぶんＩＣＵのほうも問題ない」

「すみません」

「なんで君が謝んの？　西園先生は研修医の精神面でのケアにうるさい人だからね、俺も研修医の時には配慮してもらった」

「元宮先生は」少し迷ったが、以前からの疑問を口にすることにした。「どうして帝都大だったんですか」

「俺？　難しい質問だな。まあ正直にいうと、あまり深く考えてなかった。自分の実力とか、世間の評価とか、いろいろと天秤《てんびん》にかけた結果だな。君は？」

「あたしは……あたしも同じようなものです」

「君は心臓血管外科が志望なんだろ」

「そうです」

「だったら、この大学を選んだのは正解だ。あの人の下で学べるからね」

「西園教授？」

「そう」元宮は頷いた。「あの人の技術を盗めるだけでも幸せだ。技術だけじゃない。医師として優れた人間性を備えた人だと思う」

「尊敬しておられるんですね」

「尊敬か。まあ、そういうことかな。あの人が心臓外科医になった理由を知っているかい」

「いいえ」

「あの人自身が、生まれつき心臓に疾患を抱えている。子供の頃、何度となく手術を受けたそうだ。今自分が生きていられるのは医学のおかげだと信じておられる」

「……そうだったんですか」初めて聞く話だった。

「本当はこんな激務に耐えられる体質ではないはずだ。だけど医学に恩返しがしたいという一念で、節制し、身体を鍛えて、何十年も心臓外科の第一線で活躍してこられた。すごいことだと思わないか」

頷きながらも夕紀は複雑だった。西園が優れた医師だということは彼女もわかっている。しかしそれだけに釈然としない思いがあるのも事実だった。

それほどの名医がなぜ——。

なぜ自分の父親だけは救えなかったのだろう、と思ってしまうのだった。

2

父親が気弱になった顔というのを、それまで夕紀は見たことがなかった。健介は冷静で感情を表に出さないタイプだったが、真っ直ぐに結んだ口元からは、いつも無言の自信が感じ取れた。一緒にいて頼もしく、しっかりと守られている感覚があった。

実際彼は人を守る仕事に就いていた。警備会社で主任をしていた。夕紀は小学生の時に一度だけ、職場に連れていってもらったことがある。通信機やモニタがずらりと並んだ部屋だった。契約している建物や家からの情報を管理しているのだと父は説明してくれた。制服を着ている父は、いつもよりも一層頼もしく見えた。

警備会社に入る前は警察官だったらしい。しかしその頃の記憶は夕紀にはない。警察を辞めた理由は、激務だから、というものだった。母の百合恵からはそう聞いている。だが警備会社の仕事が楽だとは決して思えなかった。健介の帰りは遅く、休みの日などは、昼過ぎまで鼾《いびき》をかいて寝ていた。

その日、夕紀が中学校から帰ると、玄関に健介の靴が並んでいた。彼がそんなに早く帰ったことなど、それまで一度もなかった。

氷室家のマイホームは2LDKのマンションだ。リビングでは百合恵と健介がテーブルを挟んで何やら話し合っていた。

「なんか、嫌な予感がしてたんだよなあ」健介は顔をしかめ、湯飲み茶碗《ちゃわん》を取った。「だから健康診断なんてやりたくなかったんだ」

「そんなこといって、これまでずっと受けなかったから、こういうことになったんでしょ」百合恵は責める目をする。

健介は痛いところをつかれたような顔をし、茶を啜《すす》った。

「なんかあったの？」夕紀は両親の顔を見比べた。

健介は答えない。百合恵も黙って夫の横顔を見つめていたが、やがて夕紀のほうを向いた。

「悪いところが見つかったんだって。今日の健診で」

夕紀はぎくりとした。「えっ、どこが悪いの？」

「どうってことはないよ」健介が娘に背中を向けたままいった。「痛くも痒《かゆ》くもないし、生活にだって何の不自由もない。はっきりいって、知らなきゃ知らないままで済んでたんじゃないかと思うよ」

「でも、ちゃんと検査しろっていわれたんでしょ？」百合恵がいう。

「そりゃ、医者としちゃそういうよ。見つかったのに、何の指示もしないんじゃ、後で責任問題になるかもしれないからな」

「見つかったって、何が？」夕紀は訊《き》いた。「もしかして……癌？」

健介が茶を噴きそうになった。笑いながら振り返った。

「そうじゃないよ」

「じゃあ、何？」

「ドウミャクリュウだって」百合恵が答えた。

「何それ？」

その言葉の意味も、どういう字を書くのかも、その時の夕紀にはわからなかった。ドウミャクは動脈かなと、辛うじて思っただけだ。

コブのことだ、と百合恵が教えてくれた。健介の血管に瘤《こぶ》が出来ているのだという。

「そんなものが出来てるとはなあ。全然気づかなかった」健介は自分の胸を擦《さす》った。動脈瘤《りゅう》が出来ているのは胸部らしい。

「お父さん、痛くないの？」

「痛くないよ。今日だって、ふつうにしてた。具合が悪そうには見えないだろ？」

事実そうは見えなかったので、夕紀は頷《うなず》いた。

「この歳になって健診なんか受けると、何か一つぐらい悪いところが見つかるってことかなあ」健介はまだ、健康診断を受けたこと自体を後悔している様子だった。

「それって治るの？」夕紀は訊いた。

「そりゃ、治るって話だけどな」健介の口調は何となく歯切れが悪い。

「手術しなきゃいけないかもしれないんだって」

母親の言葉に夕紀は思わず目を見開いた。「ほんと？」

「まだわからんよ。たぶん大丈夫じゃないかと思うんだけどな」

健介の顔から、夕紀が頼もしさを感じる自信の色が消えかけていた。未知の何かに怯《おび》えている気配すらあった。父のそんな表情を見たのは、彼女にとって初めての経験だった。

翌日、健介は精密検査を受けてきた。そのことを知っていた夕紀は、学校から帰るなり、その結果を尋ねた。

当面、手術はしない、というのが父の回答だった。

「あわてるほどでもないらしい。まあ、しばらく様子を見ようということだ」健介は歯切れが悪かった。

その日の夕食は野菜を中心にした和食だった。夕紀には牛肉の網焼きがついていたが、健介はその代わりに豆腐を食べていた。動脈瘤になったのは、高血圧と動脈硬化が原因だというのだ。

「動脈硬化なんて言葉、自分には縁のないものだと思ってたんだけどな。俺もう爺《じい》さんってことか」健介はげんなりした顔でいい、豆腐を口に運んでいた。食事の後には薬を飲んでいた。血圧を下げる薬らしい。

自分の父親が友達の父親に比べて歳をとっていることを、夕紀は小学校の高学年になるまで意識したことがなかった。授業参観に来るのは常に百合恵で、彼女はほかの母親と比べて、決して年上ではない。むしろ若く見えるほうだ。夕紀ちゃんのおかあさんは若くて奇麗だねといわれたことも一度や二度ではなかった。

健介の年齢については、友人と結婚の話で盛り上がっている時に初めて意識した。夫婦の年齢差について語り合っている時だった。そういえばうちは十五歳以上離れていると話し、皆から驚かれた。

だがそのことを、自分の将来と結びつけて考えたことは一度もなかった。健介は元気で若々しく、自分が大人になっていく今後何年間も、それは変わらないことと信じていた。

背中を丸めて薬を飲んでいる父の姿を見て、夕紀は初めて危機感を覚えた。彼が老人と呼ばれる日が、そう遠くない将来にやってくるのだと思い知った。だからこそ、それをなるべく先延ばしにしてほしいと念じた。

動脈瘤の進行具合について、両親はあまり詳しく語ろうとはしなかった。娘に聞かせたくないのだ、ということを夕紀は薄々感付いていた。だからあまり芳しくないのだろうと自分なりに推察していた。

両親の口からは、ニシゾノ先生という名前がしばしば出た。健介の担当医だということは、話の内容からわかった。たしかな経験と技術を持っている医師らしい。会ったことはなかったが、健介を助けてくれる人物だと思い、彼女も頼りにした。

夕紀がその医師に会ったのは、全くの偶然だった。学校の帰り、同級生たちと駅前の文具店にいると、友人の一人が教えてくれたのだ。夕紀のおかあさんがいるよ、と。

文具店の向かいに喫茶店があった。自動ドアが開いた時、たまたま店内の様子が見えたのだという。

夕紀は道路を渡り、喫茶店の前に立った。自動ドアが開くと、たしかに百合恵の姿が見えた。こちらを向いて座っている。誰かと一緒のようだった。

やがて百合恵も気づいたようだ。目を見張った後、小さく手招きした。

向かい側にいた人物が振り返った。精悍《せいかん》な顔つきをした、真面目そうな男性だった。

それが西園陽平だった。父を助けてくれる人だと信じていた夕紀は、丁寧に頭を下げ、よろしくお願いしますといった。

心配しないで、大丈夫だから、と西園医師は答えた。笑った時の歯が奇麗だった。

二人がなぜこんなところで会っているのか、夕紀は訊かなかった。特におかしなことだと思わなかったからだ。健介の病気についての話し合いだろうと解釈した。

その夜夕紀は健介に、西園に会ったことを話した。だが彼は驚いた様子は見せなかった。すでに百合恵から聞かされていたようだ。なかなか男前の先生だろう——そんなふうにいって笑っていた。

何事もない日々が、それからしばらく続いた。夕紀の頭から、父親が病気だという意識が少し薄れかけていたある朝、小さな異変が起こった。朝食をとっている時だった。

健介が突然箸《はし》を置き、喉《のど》の少し下を押さえた。

どうしたの、と百合恵が訊いた。

「うん……ちょっとつかえる感じがするかな」健介は眉《まゆ》をひそめ、首を傾げた。「検査は明後日《あさって》だけど、病院に行ってきたほうがよさそうだな」

「大丈夫？」夕紀は父の顔を覗《のぞ》き込んだ。

健介は微笑んだ。「大したことない。心配するな」

しかし彼はそれ以上食事を続けようとはしなかった。

会社に行くのをやめ、彼は病院に向かった。そしてそのまま入院することになった。一週間後に手術が行われるということを、その夜遅くに帰ってきた百合恵から知らされた。

手術という言葉には、切迫感と重々しさに包まれた響きがあった。具体的にどういうことをするのかはまるでわからなかったが、父親の肉体にメスが入れられると思うだけで息苦しくなった。

その夜はなかなか眠れなかった。何か飲もうとリビングに向かうと、明かりが漏れていた。

ドアが少し開いていて、隙間から百合恵の姿が見えた。彼女はソファに座り、じっと何事か考え込んでいた。両手の指は膝《ひざ》の上でしっかりと組まれている。

手術の成功を祈っているのだ、と夕紀は思った。

この時には、それ以外の可能性など想像もできなかった。

健介が入院した翌日は土曜日だったので、学校が終わるとその足で、夕紀は病院に向かった。

病室は六人部屋だった。健介は窓際のベッドで胡座《あぐら》をかいて週刊誌を読んでいた。夕紀を見ると、よう、と笑った。

「元気そうだね」

「元気だよ。どこも悪くないみたいだ。退屈でしょうがない」

「寝てなきゃいけないの？」

「一応、病人だからな。下手に動き回って、破裂したらまずいってことらしい」

「破裂？」夕紀はどきりとして訊いた。

健介は自分の胸を指した。

「血管の瘤《こぶ》が、結構でかくなってるんだってさ。まあ、そう簡単に破裂するわけでもなさそうだけどな」

「破裂したらどうなるの？」

「さあ」彼は首を捻《ひね》った。「あんまりよくないだろうな。だから手術するんだ」

実際には、あんまりよくないどころか、命を落とすケースが多いのだが、健介は明言しなかった。無論、娘に心配をかけたくなかったからだろう。

父親の元気そうな姿を目にし、夕紀の不安は幾分減少した。翌日の日曜も見舞いに出かけ、週が明けてからも毎日病院に足を運んだ。健介の様子に変わったところはまるでなかった。娘の顔を見るたびに、退屈だ、と連発した。

そして手術を明日に控えた木曜日、健介は珍しく真剣な顔で、娘にこんなことをいった。

「なあ、夕紀は将来、どんな仕事がしたいんだ」

高校の進路について百合恵と話したことはあったが、父から将来のことを尋ねられたのは、夕紀の覚えているかぎりでは初めてのことだった。

まだわからない、と彼女は正直に答えた。

「そうか。まあ、ゆっくり考えればいい。そのうちに何か見えてくる」

「そうなのかな」

「ぼんやり生きてちゃだめだぞ。一生懸命勉強して、他人のことを思いやって生きていれば、自ずといろいろなことがわかってくる。人間というのは、その人にしか果たせない使命というものを持っているものなんだ。誰もがそういうものを持って生まれてきてるんだ。俺はそう思っているよ」

「何だかカッコいいね」

「だろ。どうせなら、カッコよく生きていこう」健介はそういって目を細めた。

彼がなぜそんなことをいったのか、夕紀にはわからなかった。それから何年経っても、わからないままでいる。深い意味はなかったのかもしれない。だがその時のやりとりは、彼女の記憶に強く刻み込まれている。

手術当日の金曜日、夕紀は通常通りに学校へ行き、授業を受けた。家を出る時に百合恵と手術の話をしたが、深刻な会話にはならなかった。百合恵はいつもと変わらぬ表情で、いつもと同じように朝食を作ってくれた。

それでも昼近くになると、夕紀は落ち着かなくなった。手術は十一時頃から行われると聞いていた。手術台に寝かされている父親の姿を想像するだけで、掌《てのひら》に汗が滲《にじ》んだ。

学校から帰った時には午後四時を過ぎていた。百合恵はいなかった。手術が無事に終わったら連絡するといっていた。夜までかかる可能性もあるので、食事は一人で済ませておくようにとのことだった。夕紀が冷蔵庫を開けると、何品かの料理が用意されていた。いずれも彼女の好物だった。

早めの夕食をとった後は、テレビを見たり雑誌を読んだりしながら時間を潰《つぶ》した。しかしテレビや雑誌には、少しも集中できなかった。何度も時計を見た。

午後十時過ぎにようやく電話が鳴った。百合恵からだった。だがそれは、手術の終わりを告げるものではなかった。

少し長引いているようだ、と彼女はいうのだった。

「どうして長引くの？　もっと早くに終わるはずだったじゃない」

「そうなんだけど……とにかく終わったら連絡するから、心配しないで待ってて」

「心配だよ。あたしもそっちに行くよ」

「あなたが来たって仕方がないでしょ。大丈夫だから、いうとおりにして」

「すぐに連絡してよ」

「わかってる」

電話を切った後、夕紀を強烈な不安感が襲った。父の顔が浮かんだ。彼が生死の間をさまよっているのかもしれないと思うと、全身が震えた。

もはやほかのことなど何ひとつ考えられなかった。テレビを消し、ベッドでうずくまった。胃がもたれたようになり、何度も吐き気を催した。

次に電話が鳴ったのは夜中の一時過ぎだった。出てみると百合恵ではなかった。親戚《しんせき》のおばさんだった。

「夕紀ちゃん、あのね、病院の人が、すぐにこっちに来てくださいって。それでおばさんがこれから迎えに行くから、それまでに支度しておいてくれる？」

「手術、終わったの？」

「うん、終わったんだけどね……」

「どういうこと？　すぐに来てくれって」

「それがね、こっちに来てから話してもらうから」

「あたし、これから行く。迎えにきてくれなくていいです」

電話を切り、夕紀はすぐに家を飛び出した。タクシーに乗り、病院に向かった。胸が痛いほど、心臓の鼓動が激しくなっていた。

病院に駆け込んだが、どこに行っていいかわからなかった。とりあえず昨日まで入っていた部屋に行こうかと思っていると、彼女の名前を呼ぶ声が聞こえた。声の主は親戚のおばさんだった。

彼女の顔を見た途端、夕紀の身体は震えだした。おばさんの目は真っ赤だった。たった今まで泣いていたのは明らかだった。

「夕紀ちゃん……一緒に来て」

「おばさん、どうしたの？　お父さんの手術、どうなったの？」

だがおばさんは答えてくれなかった。俯《うつむ》いたまま、夕紀の背中を押すように歩きだした。

夕紀はさらに問い詰めることはしなかった。何かとてつもなく悲しい答え、それが何か薄々わかっていながらも直視したくない答えが返ってくるのを恐れていた。ただ黙って歩いた。眩暈《めまい》が起きそうになっていた。足元がふらついた。

連れていかれたのは、夕紀がそれまで一度も行ったことのないフロアだった。長い廊下の先に、ドアの開いている部屋があった。あそこよ、とおばさんがいった。

「あそこに……お父さんがいるの?」

夕紀が訊《き》いたが、おばさんは答えてくれなかった。顔を見なかったので、彼女がどんな表情をしているのか、夕紀にはわからなかった。だが嗚咽《おえつ》のようなものが聞こえたのはたしかだった。

おそるおそる部屋に向かって歩きだした。おばさんはついてこない。

すぐそばまで近づいた時、部屋から誰かが出てきた。白衣を着た西園だった。彼は疲弊した顔で俯いていた。足取りが重い。

夕紀に気づき、彼は足を止めた。目を大きく見開いていた。呼吸のたびに胸が上下した。医師は何もいわなかった。言葉を探していたのかもしれない。夕紀は彼から視線をそらし、再び部屋に向かって足を踏み出した。医師が発する言葉を聞きたくなかった。

部屋に入ると、白い布が目に飛び込んできた。

ベッドが一つあり、誰か寝かされている。その顔に白い布がかけられているのだ。ベッドの手前に誰かいる。パイプ椅子に座り、深く首を折っている。百合恵だった。

思考が吹き飛んだ。何かを叫んだ。その声が自分で聞こえなかった。夕紀はベッドに駆け寄り、震える手で白い布を取った。穏やかな表情をした健介の顔があった。目を閉じていた。眠っているようだった。カッコよく生きていこう、といった声が耳に蘇《よみがえ》った。

うそだよ、こんなのっ――叫んだ。

こうして夕紀は最愛の父を失った。

3

窓のカーテンレールに、薄いピンク色の看護師服が吊《つる》してあった。洗濯したのだろうが、裾《すそ》の部分に小さな染みが残っている。そんな些細《ささい》なことまで気にしていては看護師は務まらないのだろうな、と穣治《じょうじ》は解釈した。

望はテーブルの上にA4判ほどの鏡を立てて、せっせと化粧を始めている。今日は夜勤らしい。彼女が勤める帝都大学病院の勤務時間は、夜勤の場合は午前零時二十分からだ。丸い頬にファンデーションを塗りながら、望は職場の愚痴をこぼしている。休みの少ないことが不満らしい。有給休暇をとれないどころか、決められた休日にも出勤を求められることが多いという。その分たくさん金がもらえるんだからいいじゃないかと穣治は思うが、まだ二十一歳の望は金を払ってでも遊ぶ時間がほしいようだ。

穣治は片腕を枕にし、ベッドに寝転んだ姿勢で煙草を吸っていた。灰は枕元に置いたミントンのティーソーサーに落とす。初めてこの部屋に来た時、灰皿はないかと望に尋ねると、少し考えた後でこれを出してきたのだ。それ以来、高級品のソーサーは穣治専用の灰皿に成り下がっているが、それについて望は何もいわない。時にはきちんと洗って、買い置きした煙草と一緒に置いてあったりする。

こういう娘と結婚したら、自分もたぶん幸せになれるのかもしれないと穣治は思う。もちろん、そんな可能性はゼロだからこその空想だ。

望の話は、いつの間にか患者のことに変わっていた。一度死にかけた患者が助かると、今度は異常に我が儘《まま》になることが多い、という内容だった。

穣治がここへ来ても、大抵は彼女の話の聞き役で終わる。それ以外は何か食べているか、セックスしているかだ。無論、不満はない。ほかのことを要求されても困るだけだ。彼女の話を聞いているといっても、適当に相槌《あいづち》を打っているにすぎない。殆《ほとん》どの場合、右から左へ聞き流している。真剣に聞くのは、ごくかぎられたキーワードが耳に入った時だけだ。

そのキーワードの一つが、唐突に望の口から発せられた。穣治は身体を起こした。

「島原総一郎《しまばらそういちろう》が入院したって?」彼はキャミソール姿の背中に向かって訊いた。「今、そういったよな」

鏡に映った望の顔が、きょとんとして穣治を見た。片方の目にだけマスカラが塗られている。

「うん。一昨日、入院してきた。病院に来た時は、そういうつもりじゃなかったみたいだけど、検査の結果、すぐに入院しなきゃってことになったわけ」

「前に大動脈瘤《りゅう》だといってたな。かなり悪いのか」

「うーん……」

望はもう一方の目にマスカラを塗ることに夢中のようだ。穣治は少しいらいらする。

「どうなんだ。悪いから入院ってことになったんじゃないのか」

ようやくマスカラを塗り終えた望が、くるりと振り返った。ぱちぱちぱちと瞬《まばた》きして、

「どう？」と訊いてくる。

「かわいいよ。なあ、それより――」

「このぐらいだって」彼女は親指と人差し指で、七センチほどの間隔を作った。「鶏の卵より一回り大きいぐらいかな。それって、手術するのに、わりといっぱいいっぱいの大きさなんだよね」

「前はもっと小さかったんだろ」

「そうだよ。五センチぐらいだったかな。あの時点で入院したほうがいいって、うちの先生はいったみたいだけど、本人がまだ大丈夫だとかいって入院しなかったんだよね。なん

か手術のことをびびってたみたい。でも今回はいよいよ観念したかな」

「手術、するのか」

「そうだよ。そのための入院だもん。あー、もう、眉《まゆ》がうまく描けないよー」

穣治はベッドから出て下着を穿《は》くと、望の横に座り込んだ。

「手術の日、決まってるのか」

「えっ、何だって？」鏡を覗《のぞ》き込みながら望が問う。眉の出来映えが気になって仕方がない様子だ。

「手術だよ。島原総一郎が手術を受けるんだろ。それっていつだよ」

「そんなの、まだ決まってないよ。検査とかいろいろあるし」化粧する手を止め、望が穣治を見て、描いたばかりの眉をひそめた。「穣治君、どうしてそんなことを知りたがるの。島原総一郎のことなんて、どうでもいいじゃん」

穣治は少し狼狽《ろうばい》する。たしかに根掘り葉掘り訊きすぎた。

「どうでもいいけどさ、知りたいじゃねえか。そういう有名人のことってのは」

「有名人って、芸能人でもないのにさ」望は苦笑して化粧を再開した。

「馬鹿。企業のトップが健康を害してるってのは、情報としてすごい価値があるんだぞ。下手すりゃ、株価にだって影響するしさ」

「穣治君、株なんかやってるの」

「俺はやってないけど、そういう情報をほしがってる奴はいっぱいいる」

望がまた化粧を中断し、彼を見た。今度はやや批判する目になっている。

「だめだよ、こういうことをほかの人に話しちゃ。穣治君だから話してるだけで、本当は患者さんの情報を外に漏らしちゃいけないんだから」

望は看護師としてはまだ新米の部類だ。おそらくこういうことを病院でしつこく注意されているのだろうと想像させる真剣な口調だった。

穣治は彼女を安心させるため、苦笑してみせた。

「冗談だ。こんなこと誰にもいわないよ。単に野次馬的に知りたかっただけだ。株屋に知り合いもいないしさ」

「本当？　信じていいんだね」

「当たり前だろ。信用しろよ」

望は再度鏡と向き合う。どこまで化粧したか忘れちゃった、などと呟《つぶや》いている。

「その手術ってさ、うまくいきそうなのか。前に本で読んだんだけど、大動脈瘤の手術で死ぬことって、結構多いそうじゃないか」

望は口紅を出していた。色を見て首を傾げている。

「それって、昔のことでしょ。今はまずそういうことないよ。うちの先生は腕がたしかだし。えーと、この色で合うと思う？」

「いいんじゃないの。ふうん、腕はたしかなのか。そういえば、島原総一郎が帝都大病院に来たのも、その道の権威がいるからってことだったな」

「権威というより名人ってところかな。手術が難しいケースを、何度も乗り切った実績があるんだって。あたしはよく知らないんだけどね。西園先生っていうの」

「その名前、前も聞いたよ。その先生なら、まず失敗しないってことか」

「たぶんね。島原総一郎のことだから、西園先生でなきゃだめだとかいってるはずだし」

「島原は、どうせ個室なんだろうな」

「そりゃそうよ。うちで一番いい部屋に居座ってる。おまけに昨日はその部屋に、パソコンとかプリンターとか持ち込ませてるんだよ。入院早々からしょっちゅういろいろな人間が面会に来るし、こっちとしては結構面倒臭いんだよね」

「望も島原の世話をしてるのか」

「手が空いてたら、しなきゃしょうがないよ。何かさあ、いやらしい目で見てるんだよね、あたしたちのこと。さすがにまだ触られたりはしてないけどさ」

「六十五歳だったよな。元気なジジイだな」

穣治がいうと、望は口紅を塗る手を止め、驚いた顔で彼を見た。

「なんで知ってんの？　六十五歳だって」

「だって、前にそういってたじゃないか。島原総一郎が診察を受けに来たって教えてくれた時に」

「それって、合コンの時に話したんじゃなかったっけ。よく覚えてるね、そんなこと」

穣治は肩をすくめた。「記憶力には自信があるんだ」

三か月前、職場の仲間が穣治に、合コンに行かないかと誘ってきた。いつもなら断るところだったが、女性たちの職業を聞いて気が変わった。帝都大学病院のナースだという。

穣治はある目的を秘めて、そのコンパに参加した。予想した通り、彼にとってはつまらない場だったが、収穫はあった。心臓血管外科で働いているという看護師が一人いたのだ。それが真瀬望だった。

「帝都大病院といえば、つい最近、島原総一郎が来たんじゃないの？」穣治は彼女に話しかけた。

望はすぐに反応してきた。

「そうですよ、よく知ってますね」

「ネットの記事で読んだんだ。心臓の具合がよくないから、帝都大病院で検査を受けたとか。それで何かの記者会見に出られなかったとか書いてあった。あれって、デマだと思ってた。記者会見を逃げるための口実だって」

望は首を振った。

「本当に病気なんですよ。わりと、えーと、深刻な病気」彼女は声を落とした。同席しているほかの看護師の耳を気にしたようだ。いかなる場合でも患者の病状については口外してはいけないのだろう。

場の雰囲気が和み、席を頻繁に移動する者が現れるようになってからも、穣治は望のそばを離れなかった。彼女のことを気に入っているということをさりげなくアピールし、同時に島原総一郎に関する情報を引き出した。病名が大動脈瘤であることも、その時に聞いた。もっともこの時点では、その病名について穣治には詳しい知識はなかった。

結局この時、穣治は望としか話をしなかった。携帯電話の番号やメールアドレスを聞き出すことにも成功していた。

もし穣治の目的が交際相手を探すことであったなら、彼が望に声をかけることさえなかっただろう。事実、彼が望に執心だと気づいた仲間は、こんなふうに彼にいった。

「直井《なおい》はああいう下膨れが好みなのか。胸だって全然なさそうだぜ」

いいんだよ、と穣治は笑って受け流した。むしろ、望が男性陣から不人気なことがありがたかった。誰かと競うようなことになったら面倒だ。

穣治は望の気を引くため、あらゆる努力をした。女性と交際するのは初めてではなかったが、これまでに付き合ってきたどの女性に対してよりも情熱的に、さらに誠意をもって接した。手間だけでなく金もかけた。

「男の人にこんなふうにしてもらったのって初めてだよ」望はよくそういった。嘘ではないだろうと穣治も思った。出会った頃の彼女は、着ているものは野暮ったく、化粧も上手《うま》くなかった。看護学校の勉強が忙しくて遊んでいる暇がなかった、というのは事実なのだろう。

努力の甲斐《かい》あって、出会ってから二週間後には、穣治は千住《せんじゅ》にある望のアパートに出入りするようになっていた。

望と交際することで、穣治は帝都大学病院の内部について徐々に知識を深めていった。その一方で自分でも、大動脈瘤《りゅう》という病気について調べ、その治療方法のことも勉強した。その結果、彼の頭の中に、ある計画が生まれた。最初は実現不可能な夢想だと思ったが、次第にそれは具体的なものへと形を変えていった。今では、必ず実行しなければならないとさえ思うようになった。

問題はその時期だった。チャンスは一度しかない。絶対に逃すわけにはいかなかった。それだけに、島原総一郎が緊急入院したという話は聞き捨てならなかった。彼の予定には入っていなかったことだ。

すぐに行動に移らねば、と焦った。

「なあ、望」のんびりとした声を出した。

「なあに？」

穣治は彼女のむき出しになった肩に手を置いた。

「ちょっと頼みがあるんだけどな」

4

名刺に印刷されている場所はわかりづらかった。飲食店の並んでいる通りではなく、どう見ても住宅地だったからだ。こんなところにレストランなんてあるんだろうかと思って歩いていると、民家にしては装飾に凝ったアプローチが目に留まった。奥を見ると、玄関ドアに店名を刻んだ札がかかっている。隠れ家みたいな店だと思った後、実際に西園と百合恵が密会に使うのかもしれないと夕紀は憶測した。

ドアを開けると黒いスーツを着た女性が微笑みながら現れた。

「お待ちしておりました。お部屋に御案内させていただきます」まるで夕紀のことを知っているような口ぶりだった。

案内されたのは個室だった。スーツの女性はドアを開け、「お見えになりました」と室内に声をかけた。

夕紀はひと呼吸してから部屋に入った。

部屋の中央に正方形のテーブルが置かれ、百合恵と西園が角を挟むように座っていた。百合恵は薄紫色のブラウスを着ている。首にはプラチナのネックレスが光っていた。西園は濃緑色のスーツ姿だ。

「お疲れ様。先に、少し始めさせてもらっているよ」西園が細いグラスを持ち上げた。シェリー酒のように見えた。百合恵の前にも同じグラスがある。

お待たせしてすみません、といって夕紀は席についた。百合恵と向き合う形になった。

「忙しいみたいね。でも元気そうで安心したわ」百合恵が笑みを浮かべていった。

「あたしは元気。おかあさんは？」

「うん。大丈夫」百合恵は頷《うなず》いた。

久しぶりに会う母は、少し痩《や》せたように夕紀の目には映った。だがやつれたというより、引き締まったという印象だ。少なくとも老けたという感じはまるでしない。逆に、この数年で若返ったようにさえ夕紀には思える。日常が母を変えたのだと考えるしかなかった。今ではどこから見ても立派なキャリアウーマンだ。

先程のスーツの女性が、食前酒を飲むかどうか夕紀に尋ねてきた。彼女は断った。

「久しぶりに会ったんだから、一杯ぐらいはどうだ」西園がいう。

夕紀は彼のほうを見ずに首を振った。

「だって、呼ばれるかもしれないし」

「今夜のファーストコールは君じゃない。そのように指示を残してきた」

「でも……やっぱりいいです。お酒はやめておきます。寮に戻った後、少し勉強したいですから」

西園が吐息をつく気配があった。

「たしかに今は大事な時期だからな。じゃあ、私だけいただこう」

「ええ、お二人は飲んでください。いつも通りに」そう口にした後で、余計なことをいってしまったと後悔した。百合恵が表情を強張《こわば》らせるのがわかった。

食事が運ばれてきた。オードブルには、菓子のように奇麗な装飾が施されていた。見ただけでは何の食材が使われているのかも不明だ。スーツの女性が説明してくれたが、それでもよくわからなかった。だが食べると美味だ。今までに食べたことのない味が口の中に広がった。

百合恵はいつもこんなものを食べさせてもらっているのだ、と気づいた。それはいつからだろう。娘のために典型的な家庭料理を作っていた頃、すでに外では西園と、こんな非日常的な食べ物を口にしていたのだろうか。

健介は濃い味付けが好きだった。特に、茶色くなるほど煮込んだ肉じゃがが好物だった。それを肴《さかな》にビールを飲み、ナイター中継を見ている姿を夕紀は思い出した。彼はこんな味が存在することすら知らなかったのではないかと目の前の料理を黙々と口に運びながら思った。

西園が、病院での夕紀の仕事ぶりを百合恵に話す、という形で会話が進んだ。その合間に百合恵は、食事はきちんと摂っているのかとか、部屋の掃除や洗濯はどうしているのかといったことを尋ねてきた。夕紀は適当に返事をする。大人げないとは思うが、この食事会が有意義だったと二人に思われるのが、何となく癪《しゃく》だった。

そんなふうにして食事は終わりに近づいていった。西園は途中で赤ワインを注文したが、それも夕紀は飲まなかった。百合恵は一杯だけもらっていたが、メインディッシュが空いた後も、グラスの半分も減っていなかった。

デザートが運ばれてきた後、西園が席を立った。彼の前にはデザートの皿がなかった。そのように店にいってあったのだろう。母娘が二人きりになった。

「あなたのことは先生から聞いてたけど、やっぱり大変そうね。大丈夫?」百合恵が訊《き》いてきた。

「ここで負けたら、何のためにがんばってきたのかわかんないよ」

そうね、と百合恵はいった。

「おかあさん、何か重要な話があったんじゃないの。それで、先生に頼んでこんな席を作ってもらったんでしょ」

百合恵が目を見開いた。グラスに入った水を飲み、唇を舐《な》めた。

勘が当たったようだ、と夕紀は思った。漠然とした焦りのようなものが込み上げてきた。自分から誘発するような台詞《せりふ》を吐いたことを少し悔いた。

「夕紀に報告っていうか……相談したいことがあるの」

「何？」心臓の鼓動が速くなった。聞きたくない、と瞬時に思った。

「おかあさんね」そういってから百合恵は目を伏せ、再び夕紀を見つめて続けた。「そろそろ将来の方向を決めようと思ってるの」

「将来って？」

「それは、つまり……」もう一度水を飲む。そしていった。「再婚しようかなと思うんだけど」

耳の後ろが大きく脈打った。夕紀は唾《つば》を飲み込んだ。その音さえも耳に響いたような気がした。

5

病院の壁に寄せて穣治は車を止めた。つい最近、中古で買った国産車だ。もう二度と運転はしないと決めたこともあったが、車がないとやはり不便だ。しかし以前のように車内を飾ることもなければ、カーステレオやカーナビに金をかけることもない。洗車さえ、買って以来一度もしたことがない。車は単なる移動手段、今ではそう割り切っている。

助手席の望がにっこり笑った。

「今夜はごちそうさま。パスタ、おいしかったね」

「酒を飲めなかったのは残念だけどな」穣治はいった。

望の夜勤と彼の休日が重なった日は、彼女が病院に出勤する前に一緒に食事をするというのが、ここ最近の習慣になりつつある。食事後は彼が車で病院まで送る。

「ナースが酒臭くちゃまずいもんね。それに穣治君だって運転があるし」

まあな、と彼は頷いた。じつのところ、彼にしても酒を飲みたかったわけではない。

「じゃあ、あたし、行くけど」望がドアの内側に左手をかけた。

穣治は彼女の右手をそっと握った。「さっきの件は？」

望は困ったように眉《まゆ》をひそめる。

「今夜じゃなきゃだめなの？」

「いつならいいんだ？」

望は俯《うつむ》き、考え込む。左手の親指を噛《か》むのは、本当に悩んでいる時の癖だ。もっとも本人によれば、病院内では決してこんな癖は出さないという。

「どうしてあんなものが見たいの？」

「だからさっきもいったように、どういう機械がどんなふうに使われているかを知りたいんだ。そういうのって、現場を見ないとわからないだろ。人事異動で医療機器の開発スタッフなんかに入れられなかったら、こんなこと頼まないよ」

「でもそれなら、正当な手続きを踏んで、病院に取材を申し込むとかしたらいいんじゃないの？」望は、極めてまっとうな意見をいう。

穣治はうんざりした顔を作った。

「正式な取材となれば、病院側もそれなりに構えるだろ。ふだんとは違うものを見せられる可能性だってある。それに取材の手続きってのが面倒なんだよ。上司にも話さなきゃいけないから、当然ほかの連中にも知られる。で、俺が取材の段取りをしたところで、そういう奴らも同行したいといいだすに決まってるんだ。そんなの癪だろ」

「つまり抜け駆けしたいわけね」

「そう。エンジニアってのは、せこいんだ」穣治はにやりと笑ってみせた。

「でも手術中と今では、たぶん機械の配置とかは違ってるよ。それでもいいの？」

「見れば大体わかる。とにかく頼むよ」

「だけど、もしかしたら手術中かもしれないよ。夜勤に出てみたら、交通事故で怪我人が運ばれてきてたってこと、よくあるもん。どこか一つでも使ってたら、ほかの部屋にだって絶対に入れない」

「その場合は諦《あきら》めるよ」

「急に手術が始まることだってあるし……」

「時間はとらせない。見るだけなんだ」穣治は手を合わせた。

望は困惑した顔でため息をついた。

「見つかったらやばいんだよね。今夜は特に口うるさい先輩と一緒だしさあ」

「さっと見て、さっと退散するよ。何だったら、望はいなくてもいい。手術室まで案内してくれたら、勝手に入る」

「そういってもさあ……」望は顔をしかめる。だが穣治のほうをちらりと見ると、渋々といった感じで呟《つぶや》いた。「ほんとにちょっとだけだよ」

「わかってる。恩に着るよ」

「あんなもの見て、何かの役に立つのかなあ」首を傾げながら望は助手席のドアを開けた。

車を降り、夜間通用口に向かって歩きだす。近づいたところで望は立ち止まった。

「警備員さんはあたしの顔を知ってるから、このまま二人で並んで入っていくと怪しまれちゃう。まずあたしが先に行くから、穣治君は五分ぐらい遅れて入ってきて。入ったら、待合室のほうに行ってて。あたしも着替えたらすぐに行くつもりだけど、先輩に捕まったりするかもしれない。もし十分以上待ってもあたしが来なかったら、今夜は無理だと思ってくれる？」

わかった、と彼は頷《うなず》いた。あまり強引なことは頼めない。

路上に軽トラックが止まっていたので、その陰に隠れて通用口を窺《うかが》った。ジーンズの上下という出《い》で立ちの望が、そこに向かって歩いていく。通用口のガラスドアを開けたところで、ぺこりと頭を下げるのが見えた。顔見知りの警備員に挨拶《あいさつ》をしたのだろう。

穣治は煙草に火をつけた。時計を見る。十一時半だった。

上着のポケットに手を入れた。そこから出したのは小型のデジタルカメラだ。バッテリーやメモリーなどをチェックし、ポケットに戻した。

望には申し訳ないと思っている。こんな無理なことでも引き受けてくれたのは、心底穣治のことを愛しているからだろう。おそらく彼女は将来のことも考えている。電子機器メーカーの技術者なら結婚相手として問題はない、とでも思っているかもしれない。

そんな彼女の気持ちを利用するのは、穣治としても辛《つら》かった。だがほかに手はなかった。ちっぽけな庶民にすぎない自分が大それたことを実現するには、たとえ蜘蛛《くも》の糸のように細くとも、目の前に現れたチャンスにすがるしかない。そして望がまさにその蜘蛛の糸だった。

望にすべてを話し、協力してもらうということも考えた。彼女が穣治に向ける深い愛情を思うと、拒否しないのではないかという気もした。しかしやはりそれは論外だと思い直した。穣治を愛しているからこそ、協力を拒む可能性のほうが高そうだった。それに何より、巻き込みたくなかった。そんなことをして万一失敗した場合、彼女も犯罪者のレッテルを貼られることになる。また仮に計画がすべてうまくいったとしても、その結果に対して、彼女は一生苦しむに違いなかった。

百パーセント、自分一人だけの力でやり遂げなければならないのだ、と穣治は改めて自らにいい聞かせた。その後は望の前から姿を消す予定だった。もし捜査の手が彼に及んだとしても、彼女は単に利用されただけだということは明確にしておかねばならなかった。

時計を見る。望が病院に入ってから六分が過ぎていた。彼は煙草を地面で消した後、吸い殻のフィルターをポケットに入れた。

夜間通用口は薄暗かった。入ってすぐ左側に窓口があり、その向こうに人影があった。だがふつうに出入りしているかぎりは、警備員のほうから声をかけてくることはまずない。望には話していないが、穣治はこれまでにも何度か、この通用口を利用していた。無論、夜の病院内の様子を探るためだった。

通用口から中に入り、薄暗い廊下を歩いた。見取り図はほぼ完全に頭に入っている。待合室に向かう途中、地下に下りる階段があった。地下には従業員食堂がある。さらにその奥は機械室のはずだ。

待合室の椅子に腰を下ろした。ほかには誰もいなかった。今夜は急患がないのか、建物全体が静まり返っている。

数分して、足音が聞こえてきた。暗い廊下の奥から制服に着替えた望が現れた。普段着の時よりもはるかに大人びて見えた。顔つきも厳しくなっている。

「大丈夫か」穣治は訊いた。

「あんまり大丈夫じゃないけど、今なら何とかなりそう。どこも手術は行ってないみたいだし、手術部にも誰もいなかった。ついてきて」

小声でいうと望は踵《きびす》を返し、足早に歩きだす。穣治はその後を追った。

エレベータに乗ると望は三階のボタンを押した。それから彼女は深呼吸をした。

「時間はあるのか」

穣治が訊《き》くと彼女は首を傾げた。

「五分ぐらい。すぐにナースステーションに戻んなきゃいけないから」

「俺は一人でも――」

「だめ」望は厳しくいい放った。「万一見つかっても、あたしがいれば何とかごまかせる。でも穣治君一人じゃ、言い逃れできない。下手したら警察に通報されちゃう」

穣治は頷いた。自分が無茶なことを頼んでいるのだ、と再認識した。

三階で降りると、まず望が廊下に出て、様子を窺った。その後、小さく手招きした。すぐ正面に手術部搬送口、というプレートの貼られた大扉がある。

望はその前を通り過ぎ、ふつうのドアの前で立ち止まった。

「ここでちょっと待ってて。誰か来そうだったら、エレベータホールに戻ってて」

「わかった」

彼女はドアを開け、中に入った。穣治は周囲を見回す。今歩いてきた廊下の先にはナーステーションがある。明かりが灯《とも》っているが、話し声は聞こえない。

ドアが開き、望が顔を出した。「いいよ、入って」

穰治は素早くドアの内側に身体を滑り込ませた。すぐ前に靴脱ぎがあった。横に靴を入れておく棚がある。

「そこで靴を脱いで」

「ここが手術室？」

「そんなわけないでしょ。急いで」

望は更衣室と表示されたドアを開けた。中に入るとビニール袋に入った青い服を出してきた。見学者用、と書かれた紙がついている。

「これに着替えて。マスクと帽子も入ってるから、きちんとつけてね。髪は絶対にはみ出さないように気をつけること」そういいながら彼女自身も同様の服を羽織り、マスクをつけた。

「こんなに大層なことをしなきゃいけないのか。ちょっと見るだけだぜ」

帽子をかぶりかけていた望は、じろりと上目遣いに睨《にら》んできた。

「そのちょっとの間に、穰治君の身体に付着した細菌が飛び散るかもしれないでしょ。ここから先には髪の毛一本だって落とせないの。もし落ちてたら、誰が落としたのかって問題になる。文句があるなら、この先は案内できない」

穣治はいい返せなかった。望の目は看護師のものになっていた。

彼が着替えると、望は更衣室の奥に進んだ。そこにもドアがある。その手前で、棚から二足のゴムスリッパを出してきた。

「これを履いて」

穣治は黙っていわれたとおりにする。彼女に逆らうのはやめようと決めていた。

自らもスリッパを履くと、望はドアの前に立った。ドアは静かに開いた。

「自動なんだな」穣治はいった。

「だって、みんながべたべた触ったら、ドアやドアノブに細菌が付着しちゃうでしょ」

「なるほど」このことは覚えておこう、と彼は思った。

「ここから先は手術部清潔区域。絶対にどこにも手を触れないで」

「わかった」

穣治はゴムスリッパを履いた足で踏み出した。手術に臨むわけでもないのに、ひどく緊張している。見つかったらまずいというのもあるが、望からあれこれと注意を受けているうちに、ここが極めて神聖な場所であることを認識し始めていた。

ドアの外には広い廊下があり、それに面して手術室が並んでいる。しんと静まり返っており、かすかに聞こえるのは空調の音だけだ。

「どの手術室でもいいの？」望が訊いてきた。

「いや、心臓血管外科の手術室だ」

「じゃあ、こっち」望は廊下を奥に向かって歩きだした。

「手術の内容によって部屋が変わるのか」

「もちろん。置いてある器具も違うし、清潔度のレベルも微妙に違うの。心臓外科は最高クラスよ」

望は一番奥のドアの前で立ち止まった。

「ここか？」

穣治の問いに、彼女は無言で頷《うなず》いた。それから足元に目を落とし、壁に開けられた四角い穴に足の先を入れた。彼女が何かを踏むようなしぐさをすると、目の前のドアは静かに開いた。そこにフットスイッチがあるらしい。ドアの開閉には全く手を使わなくていい仕組みになっているのだ。これもまた細菌対策だろう。

まず望が中に入り、振り向いて穣治に目で合図してきた。彼も足を踏み入れた。

最初に目に飛び込んできたのは、天井に据え付けられている無影灯だった。その真下に手術台が置かれている。手術台には、上面全体を覆うようにクッションが敷かれ、さらにその上に様々な形をした小さなクッションがある。ドーナツ形をしているのは、おそらく後頭部に当てるものだろう。

手術台の頭側に置かれている装置が麻酔器であることは、事前に多少の予備知識を仕入れておいた穰治にもわかった。そのすぐ横の、小さな引き出しがたくさんついているラックは、麻酔関連のものだと推察した。麻酔器の前にモニタがあるが、何を観察するものなのかはわからない。

麻酔器に近い壁に配管設備がついていた。そこから出ている四つのプラグは、形状も色も微妙に違っている。これについても穰治は下調べ済みだ。緑のプラグからは酸素が出る。青は麻酔用の笑気、黄色は空気だ。そして黒は吸引用プラグ。手術の時には、それぞれのプラグに、目的に応じたホースが繋《つな》がれるはずだった。

穰治は視線をゆっくりと移動させる。電気メス、手術器械台、キックバケツ、吸引器――これらの器具はどんな手術でも必要なものだ。したがって穰治の予備知識にも入っている。

彼の視線が停止した。人工心肺装置を視界に捉《とら》えたからだ。今はコンセントからコードが抜かれているが、それを必要とする手術では、無停電電源のコンセントに差し込まれるはずだった。その電源は壁に設置されている。

穰治は服の下に隠し持っていたデジタルカメラを取り出し、素早くシャッターを押した。すると途端に隣にいた望が、非難する目を向けてきた。だが彼はその視線に気づかないふりを装い、さらにシャッターを何度か押した。望は何もいわないが、マスクの下では唇を噛《か》んでいるに違いなかった。

彼がカメラをしまうのを見て、望はドアのほうを指差した。そろそろ出よう、ということらしい。

部屋を出る時も望がフットスイッチを押した。手術室を出るなり、彼女は頭を小さく振った。

「カメラを持ち込むなんてこと、聞いてなかったよ」

「いわなかったかな」

「ごまかさないでよ。何のために雑菌対策をしてると思ってんの。ふだん汚い手で触ってるカメラなんて、細菌だらけなんだよ。それが部屋中に飛び散っちゃうんだから」

「すまん。そこまで考えなかった」

彼女は大きくため息をついた。

「とにかく急いで。もうこれでいいでしょ」

「うん、十分だ」

入った時とは逆のルートを二人は辿《たど》った。更衣室に戻り、スリッパと見学者用の服を脱いだ。帽子とマスクも外す。それらを望がまとめ、そばの箱に投入した。

更衣室を出て、穣治が靴を履いたところで、望がまずドアを開けて外の様子を窺《うかが》った。

その途端、「やば……」と呟《つぶや》いた。

「どうした？」

「声を出さないで」彼女はドアの隙間から外に出た。そしてぴしゃりと閉める。

穣治がドアに耳を近づけると、女の声が聞こえた。

「真瀬さん、そんなところにいたの？　何やってんの」

「あ、すみません。落とし物をしたので、ここかもしれないと思って探してみたんです」

「落とし物？」

「ピアスです。先日の緊急手術で患者さんを搬送口まで運んだ時、手術ホールに落としたのかもしれないと思って……」

「ピアス？　見つかったの？」

「いえ……」

「そりゃそうでしょ。毎日、ホール内は点検されてるんだから。そもそもピアスなんかしてるのがいけないのよ。病院は遊び場じゃないんですからね」

「すみません」

穣治には望の頭を下げている姿が目に浮かぶようだった。相手は先輩看護師らしい。望にしてみれば、何としてでも先輩がこのドアを開けることだけは防がねばと思っていることだろう。穣治も腋《わき》に汗が流れるのを覚えた。

先輩看護師の小言がその後少し続き、やがて話し声はしなくなった。間もなくドアが開き、望が険しい顔を見せた。「今なら大丈夫」

穣治は素早く外に出た。廊下に人影はない。そのままエレベータホールに向かった。さすがに心臓の鼓動が速くなっている。煙草を吸いたくなった。

エレベータの前に立つと、望と顔を見合わせ、ほっと吐息をついた。

「先輩に怪しまれなかったかな」

「うん、平気だと思う」望はにっこりしたが、その顔はまだ少し青ざめていた。

エレベータが着いた。扉がゆっくりと開く。だが無人ではなかった。白衣を着た若い女、どうやら女医と思える人物が乗っていた。しかもその女性は、望を見て、あら、というように口を開けた。穣治は息を呑《の》んだ。望と顔見知りだと直感した。

「望ちゃん。今日は夜勤？」果たして若い女医は望に笑顔で話しかけた。

下手に顔をそむけてはいけない――穣治は咄嗟《とっさ》にそう判断した。だがそれが精一杯だった。穣治は望につられるように足を止めていた。もし彼がそのまま何食わぬ顔でエレベータに乗り込んでいれば、女医は穣治のことを特に気に留めなかったかもしれない。深夜でも見舞客が廊下を歩いていることは少なくないのだ。しかし立ち止まってしまったことで、望と何らかの繋がりがあるように思われたに違いなかった。後悔したが、遅い。

「はい、あの、これからなんです。先生はまだ何かお仕事が？」

「うん、ちょっと確認しておきたいことがあって戻ってきたの」女医はその目を穣治に向けてきた。かすかな疑念を抱いている顔つきだった。

「あっ……御家族を見舞いに来られたんですけど、フロアを間違われたみたいで、それで御案内するところです」

「そう。——お疲れ様です」女医は穣治に頭を下げてきた。彼も小さく会釈した。

女医が去った後、穣治は望とエレベータに乗った。

「危ないところだった。あの先生、心臓血管外科だよ。手術室を覗《のぞ》いているところを見つかってたら、言い逃れできなかったよ」望は目をくるくると動かした。

「心臓？　それにしちゃ若いな」

心臓血管外科医になるには、ある一定の経験年数が必要だということは、資料で読んで知っていた。

「研修医だもん。まだうちに来て、そんなに日が経ってないの」

「研修医……そうか」

「すっぴんなのに美人でしょ」

「まあね」頷いたが、穣治は女医の顔などよく見ていない。

「でも男には興味がないみたい。医学一筋って感じ」緊張から解放されたせいか、望にいつもの饒舌《じょうぜつ》さが戻っていた。

エレベータが一階に着いた。望はこのまま三階に戻る気らしく、乗ったまま、『開』のボタンを押している。

「望、ありがとう。助かったよ」
「役に立てたならよかった」
「心から感謝する」その言葉に嘘は微塵《みじん》もなかった。彼は望の唇にキスをした。

6

廊下はしんと静まりかえっていた。よかった、と夕紀は胸を撫《な》で下ろした。入院患者に異変があった時は、廊下の空気からして違うのだ。研修医生活を続けることで、その違いを嗅《か》ぎ分けられる程度にはなっていた。それに何かあれば、真瀬望がもう少し緊張を顔に出していたはずだ。

だが一緒にいた男性についての彼女の説明は不自然だった。家族を見舞いに来た人間がフロアを間違えることなど、ふつうはありえない。それにエレベータの扉が開いた時点では、二人は向き合うように立っていた。たった今まで話をしていたような気配があった。

彼は望の知り合いではないか、と夕紀は想像した。しかし追及はしなかった。仮にそうだとしても、どうということはない。自分には関係のないことだと思った。

夕紀はＩＣＵを覗いてみた。特に問題はなさそうだった。元宮や山内の姿もない。やはり緊急オペはなかったのだろう。もしあったなら、たとえ教授と食事中であろうとも呼び出されていたはずだ。

それでも夕紀はすぐに引きあげる気にはなれず、昨日手術した患者の投薬についての事務処理などを始めた。十二時過ぎという早い時間帯に帰宅出来るチャンスなどめったにないのだが、今夜にかぎっていえば、あの狭い寮の一室で長い時間を過ごしたくはなかった。今、帰ったところで、すぐには眠れないことはわかりきっている。きっと染みだらけの天井を眺めながら、考えても仕方のないことについて悩み、妄想を膨らませ、客観的な判断力を失って、ただ感情を無駄に高ぶらせるに違いないのだ。

そう、考えても仕方のないこと。

百合恵とのやりとりが蘇《よみがえ》る。彼女の少し照れた、それでいて気まずそうな口調が耳に残っている。再婚しようかなと思うんだけど――。

もちろん夕紀は動揺した。逃げ出したくなるほどうろたえた。しかし次の瞬間に彼女が発していたのは、自分でも意外なほど抑揚のない声だった。

「そう。いいんじゃないの。よかったじゃない」

百合恵も拍子抜けしたような顔をした。

「それだけ？」

「ほかに何をいえばいいの。あっそうか。おめでとうっていわなきゃいけないんだ」

嫌味な言い方をしたものだと自分でも思う。

それでも百合恵は不快そうに眉《まゆ》をひそめたりはしなかった。むしろ彼女の顔は少し赤らんでいた。ワインのせいだけではないだろう。

「訊《き》きたいことがあるんじゃないの？」百合恵はいった。

夕紀は首を振った。

「訊きたいことなんて何もないよ。相手だってわかってるし」

百合恵は息を呑んだようだ。小さく頷《うなず》いた。

「よかったじゃない。あたしからは何もいうことないよ。おかあさんが決めればいい。おかあさんの人生だし、おかあさんの再出発だし」

「そう……ね。再出発ね」

「再出発に乾杯ってとこ？」夕紀は水の入ったグラスを持ち上げてみせた。でもあたしの再出発ではない、と心で呟《つぶや》きながら――。

会話を振り返り、自己嫌悪に陥った。何という受け答えをしてしまったのだろうと後悔した。気にくわないのなら、はっきりとそういえばよかったのだ。いえなかったのは、その理由を尋ねられた場合、何ら明瞭《めいりょう》なことを述べられないからだ。

あたしはあなたたちを疑っている――まさかそんなことは口にできない。仮にこれまでの態度から、二人にそのことが伝わっているにしてもだ。

ＩＣＵのベッドで眠っている患者の姿に、父親の顔が重なった。手術を受ける前の健介の顔色は、この患者よりも良かった。ふつうにしていれば、誰も彼を病人だと思わなかっただろう。

ところがそんな彼が死んだ。カッコよく生きていこうといった彼が、その翌日の夜には、動かず、呼吸もせず、ドライアイスに包まれていた。

「なんだい、それ。どういうこと？　それだったら手術なんかしなきゃよかったってことじゃないのか」伯父《おじ》の声が夕紀の耳に蘇った。

仮通夜の時だった。百合恵が事情を話すと、彼はたちまち怒りだしたのだ。

「でも、手術しなきゃ破裂のおそれがあったわけで……」

「おそれがあるったって、そんなのはわからんわけだろ。破裂しなかったかもしれないんだろ」

「いえ、いずれは破裂したってことなんです」

「だからといって手術して、それで失敗してたら元も子もないじゃないか」

「それが、うちの人のケースは、とても難しい手術だったみたいで……。そのことは事前に説明されてはいたんです」

「難しいから失敗しても我慢しろってのか。そんなのはおかしいだろ。それで通るのか。百合恵さん、あんた、よくそれで納得できるね。俺は手術の三日前に会ってるんだ。ぴんぴんしてた。退院したら、一緒に釣りに行こうって約束してたんだ。そんな人間が三日後に死ぬか？　ふつう、そんなことあり得ないだろ」伯父は口から唾《つば》を飛ばしていた。

健介の大動脈瘤《りゅう》は、どうやら極めて厄介な場所に発生していたらしい。重要な血管が枝分かれしている部分だ。しかも胸を開いたところ、その大部分が癒着を起こしていたという。

親戚《しんせき》がいうように、医者のミスじゃないのか、と中学生だった夕紀も思った。どんなに難しい手術であろうとも、やり遂げるのが医者じゃないのか。だからこそたくさんのお金をもらい、多くの人から尊敬され、感謝されるのではないか。

訴えたほうがいい、といいだす親戚もいた。しかし百合恵は煮え切らなかった。本人も納得していると思います、とまでいった。

そんな母親の態度に夕紀も苛立《いらだ》っていた。

父親を失った悲しみは簡単には消え去らなかった。だが泣いている場合でないことはすぐにわかった。百合恵が働きに出るようになったからだ。ホテルの美容室で着付けをする仕事だった。夕紀は母親がそんな特技を持っていたことなど、それまで全く知らなかった。健介と結婚する前は、デパートの呉服売場にいたということも、この頃に知った。

さほど大きな収入が得られるわけではなかったが、健介が生命保険をいくつかかけてくれていたので、贅沢《ぜいたく》さえ望まなければ、母娘二人で何とか暮らしていけそうだった。学校から帰った時、家に誰もいないのは寂しかったが、母親ががんばってくれているのだと思うと、感謝の気持ちのほうが大きくなった。それまではあまりやったことがなかった家事も、自分から協力するようになった。

母との新生活は、夕紀に覚悟と逞《たくま》しさを与えてくれた。がむしゃらに毎日を過ごすことで、心に芽生えそうになる弱気を吹き飛ばそうとした。

そんなふうにして数か月が瞬く間に過ぎた。健介の死亡原因については釈然としないままだったが、親戚の人間たちも何もいわなくなっていた。破裂寸前だった大動脈瘤が手術の途中で破裂した——そういうことで終わった。

そのまま何もなければ、夕紀も徐々に疑念を消していけたのかもしれない。だが結果的にそうはならなかった。

ある夜のことだった。夕紀が夕食の支度をしていると、家の電話が鳴った。百合恵からだった。帰りが遅くなるので、先に食事を済ませておいてくれ、ということだった。自分は外で食べて帰るかもしれないという。

夕紀は五目御飯を作るつもりだった。それが百合恵の好物だからだ。しかし電話の後、途端に作る気が失《う》せた。材料をそのままにし、ソファに寝転んだ。やがて、うとうとしてしまった。気がついた時には、時計の針は十時近くを指していた。百合恵はまだ帰ってこない。

空腹を感じたが、五目御飯を作る気にはなれなかった。夕紀は上着を羽織り、財布を手にして外に出た。コンビニは、歩いて五分ほどのところにあった。

買い物を済ませてマンションのそばまで帰ってきた時、道端に一台の車が止まっているのが見えた。ベンツだということは夕紀にもわかった。

車内で人影が動き、ドアが開いた。やがて出てきた人物を見て、夕紀は思わず足を止めた。百合恵だったからだ。

運転席を見た。ドアが開いているせいか、室内灯が点《とも》っていて、車内にいる人物の顔がぼんやりと見えた。

夕紀は声をあげそうになった。淡い光に照らしだされた顔は、あの西園医師にほかならなかった。動揺しつつ、そばに止まっていた軽自動車の陰に隠れた。

百合恵はドアを閉めた後も、何やらにこやかに話している。さらには車が発進した後も、しばらくその場に留《とど》まって、車が走り去るのを見送っていた。名残惜しんでいるように夕紀には思えた。

車が見えなくなると、百合恵はマンションに向かって歩きだした。夕紀はその背後に駆け寄った。「おかあさん」

ゼンマイが切れた人形のように、百合恵の足がぴたりと止まった。それからゆっくりと夕紀のほうに顔を巡らせた。その動きもどこかぎごちなかった。

「夕紀……どうしたの？」

「コンビニ」提げていた袋を持ち上げた。「それより、今の人……」ベンツが走り去った方角に顔を向けた。「あの人じゃないの？　お父さんが診てもらってたお医者さん。西園先生」

百合恵の口元がぴくりと動いた。だが彼女はまず唇に薄い笑みを浮かべ、それから口を開いた。「そうよ」抑揚のない口調だった。

「どうしてあの人と一緒に帰ってきたの？」

「別に大したことじゃないわよ。とにかく家に帰りましょう。少し寒くなってきたし」そういうと百合恵は娘の返事を待たずに歩きだした。

無言で足早に歩く母親の後を夕紀は追った。その背中が何かを拒絶しているように感じた。母親の後ろを歩いていて、そんなふうに思ったことはそれまでになかった。

部屋に帰ると、百合恵はまずキッチンで水を飲んだ。グラスを置き、ふうーっと長い息をついた。その様子を夕紀はダイニングテーブルの横から見つめていた。

百合恵がキッチンから出てきた。思い詰める表情になっていた。

「じつはね」やや俯《うつむ》いたまま彼女はいった。「今のおかあさんの仕事、西園先生に紹介してもらったのよ。あのホテルは医学関係の会議なんかでよく使うから、顔が利くみたい」

「そうだったんだ」もちろん初耳だった。

「それで今日先生がほかの用事でホテルに来られて、そのついでにおかあさんの様子を見にいらしたのよ。だからあたしもお礼をいわなきゃと思って、それで少し遅くなっちゃったの」

「じゃあ、御飯は西園先生と？」

うん、と百合恵は短く答えた。

ふうん、といって夕紀はコンビニの袋を手に、キッチンに入った。弁当を電子レンジに入れ、スイッチを押した。

「ねえ、どうして西園先生がおかあさんに仕事を紹介してくれたの？」電子レンジの中で弁当が回るのを見つめながら夕紀は訊《き》いた。「手術がうまくいかなかったことの罪滅ぼしなのかな」

百合恵は何度か瞬《まばた》きし、顔を少し強張《こわば》らせた後、「そうかもしれないわね」と答えた。

同様のことは、その後二度となかった。百合恵の帰宅が遅くなることは時々あったが、それは明らかに仕事だった。またそんな場合でも、帰宅時刻が九時を過ぎるようなことはめったになかった。

しかし、百合恵が西園医師と会っていない、とはいいきれなかった。彼女は月曜が休みだった。平日だから、当然夕紀は学校へ行く。その間、百合恵が何をしているのかは、夕紀にはまるでわからない。

そしてある日、夕紀は決定的な場面に出くわした。

やはり月曜日だった。彼女が学校から帰ると、西園が来ていたのだ。

彼はリビングルームで、背筋をぴんと伸ばした姿勢で座っていた。こんにちは、と笑顔で声をかけてきた。

「この近くに用がおありだったとかで、そのついでに寄ってくださったのよ」百合恵が言い訳がましくいった。

そう、と夕紀は頷《うなず》いた。

「じゃあ、私はこれで」西園が立ち上がった。「お嬢さんが元気そうなので、少し安心しました」

「いろいろと気にかけてくださって、ありがとうございます」百合恵は礼をいった。

「何かあったら、遠慮なくいってください。私に出来ることなら、どんなことでも協力させていただきます」そういって西園は頷いた。

百合恵は黙ったまま、小さく顎《あご》を引いた。その目には相手を信頼する光が宿っていた。

それを見て夕紀は直感した。この人は母にとって特別な人なのかもしれない――。

百合恵が異性を好きになることなど、それまで夕紀は想像したことさえなかった。母親は生物学的には女性だが、もう男女関係を築くような存在ではないとわけもなく思い込んでいた。

だが考えてみれば、その可能性は十分にあるのだ。ましてや百合恵は若い。夕紀の目にはおばさんにしか見えないが、まだまだ恋をしても不思議ではない年齢なのだ。

健介の思い出がまだ生々しく残っているだけに、母親がほかの男性に好意を寄せているとは思いたくなかった。ましてや相手は、父親を救うことに失敗した医師なのだ。

その日を境に、西園はしばしば氷室家を訪れるようになった。いつも月曜日だった。二度目からは、「近くまで来たから」という言い訳は、西園本人からも、百合恵の口からも出なくなった。

しかし彼が長居することはなかった。夕紀が帰宅してから三十分ほどで腰を上げるというのが、半ば儀式のように定着していた。それで夕紀は一度百合恵にいったことがある。

「あたし、もう少し家に帰るのを遅くしてもいいよ。そうしたら西園先生も、もう少しゆっくりできるんじゃないの」

すると百合恵は、とんでもない、といって首を振った。

「西園先生は夕紀のことを待ってるのよ。あなたが元気でいることを確認しないと、せっかく来た意味がないといって。だから、今まで通り、なるべく早く家に帰ってちょうだい」

「ふうん……」

それはそれで面倒臭いと思ったが、口には出さないでおいた。

月曜以外の日に二人が会っているかどうか、夕紀は知らなかった。なるべくそれについては考えないようにしていた。考え始めると、二人の関係についてあれこれと想像を巡らせてしまうからだ。

西園が独身であることは百合恵から聞いて知っていた。結婚していたこともあるようだが、妻とは死別したらしい。子供がいるのかどうかはわからなかった。

そんなふうに月日は流れていった。やがて健介が亡くなってから一年が経った。一周忌の法事を終えた後、皆で食事をしていると、伯父《おじ》がまたしても病院に対する疑念を口にした。だが、もはや相槌《あいづち》を打つ者は殆《ほとん》どいなかった。済んだことをいつまでいってるんだ、という空気さえあった。

「俺があの時、もっと出ていきゃあよかったなあ。百合恵さんがあんなにあっさり引き下がるとは思わなかったもんなあ」伯父は愚痴りながら手酌で酒を飲んでいた。

その話を聞いて、夕紀はふと思った。もしかしたら母が病院に対して強く抗議しなかったのは、その時すでに西園医師に好意を寄せていたからではないのか。誰しも、自分が好きな相手に対しては、その人物が何か失敗をしたとしても、なかなか責められないものだ。

だがその直後、夕紀の脳裏に蘇《よみがえ》る光景があった。健介の病気が発覚してしばらく経った頃のことだ。家の近所にある喫茶店で、百合恵と西園が会っていた。

あれは何だったんだろう。

あの時は単に、健介の病気についての話し合いだろうと思った。だがそれならば、病院で行うのがふつうではないか。なぜ喫茶店だったのか。

夕紀の頭の中で、不吉な考えが膨らみ始めた。それはあまりにも醜悪で、残忍な想像だった。考えまいとしても、胸に宿った疑惑は、彼女の制御を超えて増大し続けた。

仮に――。

百合恵と西園の関係が、健介の手術前から始まっていたとしたらどうだろう。いうまでもなく不倫だ。そのままでは二人が結ばれることは絶対にない。

しかし百合恵の夫は病に倒れている。その手術を執刀するのは西園陽平だ。極めて困難な手術だということは、誰もが認めている。

手術が成功すれば健介は回復する。やがては退院し、元の生活に戻るだろう。つまり百合恵との夫婦関係も維持される。

そのことを西園医師は望むだろうか。百合恵に、そのままずっと人妻でいてほしいと思うだろうか。

健介の命は西園医師の掌中にあった。仮に助からなくても、「困難だった」で済む手術だ。何とでも後で説明できるケースだ。それでも彼は全力を尽くしただろうか。

誰かに相談できるような話ではなかった。何もかもが想像の産物だった。だがそれは夕紀の心の底に、黒い澱《おり》のように溜《た》まっていった。いくら時間が経っても消え去ることはなく、彼女の心をただずしりと重くしていくだけだった。

「あたし、医者になる」

中学三年の秋に発したあの言葉は、膨らみ続ける疑念を払拭《ふっしょく》する唯一の方法を見つけた末のものだった。

7

A4サイズにプリントアウトした写真をテーブルに並べ、穣治は煙草に火をつけた。手術室内を撮影したものだ。

医療機器のカタログをファイルしたものが傍らにあった。それを手にし、頁をめくっていく。

吸引器、電気メス、手術用顕微鏡、麻酔器、そして人工心肺装置――そこに並んでいる装置の一つ一つについて、彼は詳細を知ろうとしていた。特に重要なのは人工心肺装置だ。

その回路に組み込まれている液晶モニタを凝視した。ルーペで細かいデザインなどを確認する。やがて同一の機種を、彼はカタログの中に見つけた。それは心臓手術用血液モニタ装置だった。手術中の患者の血液について、酸素濃度、温度、pHなど十項目以上のパラメータを連続して測定し、記録できる。

その装置の仕様を穣治はチェックした。電源、バッテリーの有無、接続方法などだ。それらをノートに書き込んでいく。

ほかの装置についても同様の作業を行わねばならない。今夜一晩では、到底終えられそうにない。

時間がない、灰皿の中で灰を伸ばしている煙草をつまんだ。二、三度、煙を吐いた後で、すぐに揉《も》み消した。そしてまた新しい煙草に火をつける。

時間がない――。

島原総一郎が入院したという。ということは、今度こそ手術が行われるのだろう。それはいつか。望によれば未定らしい。しかしそれほど遠い先ではないと考えるべきだ。あの多忙な男が、検査だけのために何週間も病院でおとなしくしているとは思えない。

一週間かな、と穣治は考えた。それぐらいが妥当と思えた。

急がねばならなかった。ある程度の準備は進めてあるが、まだまだ完全にはほど遠い。調査すべきこともたくさんある。しかし敵は待ってはくれないのだ。このチャンスを逃せば、目的を果たすことは永遠に不可能になるだろう。

彼は煙草をくわえたまま、くるりと椅子を回した。すぐ横にパソコンがある。文章作成ソフトを立ち上げ、しばらく考えた後、キーボードに指を載せた。

帝都大学病院関係者に告ぐ――。

8

当直室で横になると、夕紀は、ああ、と思わず長く太い息を吐いた。

彼女はいつも以上に疲れていた。昼間に行われた手術が夜の七時近くまでかかった上、術後管理に手間取ったからだ。手術は大動脈瘤《りゅう》の切除だが、その患者は元々腎臓《じんぞう》を患っていたため、術後、腎臓内科に連絡して、ＩＣＵで持続的血液濾過透析《ろかとうせき》のポンプを回す必要があった。

心臓血管外科の患者は、高齢であるケースが多く、したがって別に病気を持っている確率も高い。彼等の命を救うのは、天秤《てんびん》を水平に保つようなものだと夕紀は思った。一方に少しでも重点を置きすぎると、たちまちバランスが崩れてしまう。

そんなことを考えながらうとうととしていると、ＰＨＳが鳴りだした。出てみると、中塚芳恵が高熱を発した、というのだった。

頭がぼんやりしていたが、ぐずぐずしている余裕はなかった。冷たい水で顔を洗い、白衣を羽織った。

当直の日にゆっくり眠れたことなど一度もない。もっとも、そうでない日ならば寮でゆっくり休めるのかというと、決してそんなこともない。むしろ夕紀は当直のほうがストレスが少ないようにさえ思える。寮に帰ったからといって、携帯電話の電源を切っておくわけにはいかない。患者に何かあった時、ファーストコールを受けるのは研修医の務めだ。したがって、布団に入ってからも、今にも電話が鳴りだすのではないかと思い、気持ちが安らぐことなどない。そして大抵の夜、病院では何かが起こる。

今日が当直でよかった、とさえ夕紀は思った。中塚芳恵は彼女の受け持ち患者の一人だ。寮にいたら、また携帯電話を鳴らされるところだった。あの音が、彼女は少し苦手になっていた。

中塚芳恵の体温は四十度近くまで上昇していた。このところずっと微熱が続いていたことは夕紀も承知していたが、その原因については解明されていなかった。同じ病室内に風邪をひいている者はいない。

芳恵の意識は朦朧《もうろう》としているようだ。話しかけても反応が鈍い。

カルテを見る。芳恵は腹部大動脈瘤を抱えているが、一方で胆管癌の患者でもある。この数日内に新しい投薬がないかどうかなどを確認してみたが、どうやらそれはないようだ。

心音や肺の雑音がないかも重要な確認事項だ。かすかに肺に断続性雑音があるように思える。すると呼吸器感染症か――。

芳恵が突然唸《うな》り声をあげた。眉間《みけん》の皺《しわ》が深くなっている。目はきつく閉じられ、逆に口は苦しそうに半開きになっている。その口から喘《あえ》ぎ声が漏れた。まるで般若《はんにゃ》のような形相だった。いつも見ている穏やかな表情は微塵《みじん》も残っていない。別人の顔だった。

尋常じゃない、そう感じた。熱を下げればいいというものではない。もっと根本的な処置が必要だ。それは何か。夕紀は乏しい知識を総動員させるが、考えがまとまらない。

「先生、検査指示だしてっ」そばにいた菅沼庸子《すがぬまようこ》という看護師にいわれた。勤続十年のベテランだ。「おたおたしてる場合じゃないよ」

その物言いにプライドが傷ついたが、彼女のいうとおりだった。夕紀は深呼吸をひとつした。

思いつくままに検査指示を出し、夕紀は処置の準備にかかった。まずは血液培養の採取だ。

自分のすべき処置を終えると、胆管癌のほうの主治医に電話をかけた。福島という医師だ。夕紀は伝えられるかぎりのことを電話で報告した。福島はすぐに向かうといった。不機嫌そうな声ではなかったが、電話を切った後、夕紀は無力感に襲われた。研修医はやっぱり役立たずだと思われたのではないかと不安になった。もちろん不安がっている場合ではない。そのまますぐに山内にも電話をかけた。中塚芳恵の大動脈瘤については、彼が担当している。

「ははあ、胆管炎を原因とする敗血症だな」山内は電話の向こうでいった。やけにのんびりした声に聞こえた。

「指示してください」

「福島先生が来るんだろ。たぶん緊急手術になるぞ。検査データを揃えとけ」

この電話を切った約三時間後、山内の言葉は現実になっていた。福島は炎症の激しい部位の切除が必要だと判断したのだ。三時間を要したのは、家族の承諾を得るのに手間取ったからだ。中塚芳恵には娘がいたが、彼女は夫や子供と共に留守だった。幸い夫の妹がペットの世話係として留守番に来ていたが、彼女の話によれば、一家はディズニーランドの近くにあるホテルに泊まっているということだった。しかもホテル名は不明だった。おかげで夕紀は看護師たちと共に、いくつかのホテルに電話をかけて回ることになった。

結局、福島が電話で中塚芳恵の娘と話をし、手術に承諾する意思を確認できたのは、連絡を取り始めてから一時間以上が経ってからだった。

「娘さん、焦って泣いてたよ。ディズニーランドなんかに行ったことを後悔してるみたいだな」電話を切った福島は後味が悪そうだった。

夕紀も手伝っての手術となった。とりあえず炎症部だけが切除された。癌に冒されている部分はほかにもあるが、まずは高熱の原因を取り除くことが先決だと判断されたのだ。

二時間あまりの手術だった。中塚芳恵をICUに運ぶ途中、廊下に二人の男女が立っているのを夕紀は認めた。何度か会ったことがある。芳恵の娘夫婦だった。娘は何かに怯《おび》えるような顔をしていた。

ＩＣＵで術後の経過を見ていると、菅沼庸子がやってきて、娘夫婦が中塚芳恵に会いたがっている、という意味のことをいった。

「でも、今は眠ってますよ。あと数時間は目を覚まさないと思うけど」

「そういったんですけど、それでもいいんですって。まあ、とりあえず顔だけでも見て、安心したいんじゃないですか」菅沼庸子の口調には、娘たちの自己満足を揶揄《やゆ》する響きがあった。

数分後、菅沼庸子に導かれて二人の男女が入ってきた。どちらも両手を擦《こす》り合わせている。入り口で消毒をしたからだろう。

二人が中塚芳恵の傍らに並んで立った。夕紀は近づいていった。

「主治医のほうから説明があったと思いますが、このまましばらく様子を見ます。たぶん熱は下がってくると思われますが」夕紀は夫妻を交互に見ながらいった。

「福島先生のお話では、胆管癌の本格的な手術は、当分できそうにないようでしたけど、やっぱりそうなんですか」妻のほうが訊《き》いてきた。

「そちらのほうは福島先生の判断に任せるしかないと思います。ただ、中塚さんの体力が、今回のことで相当落ちたのは事実です。手術には体力が必要ですから」夕紀は慎重に答えた。胆管癌について踏み込んだことはいえない。

「すると動脈瘤のほうはどうなるんですか」今度は夫が尋ねてきた。

夕紀は彼のほうを見た。夫は眼鏡をかけた小柄な男だ。三十代半ばといったところか。

「大動脈瘤の手術も、多大な負担を患者さんに強いることになります。今の状態では、とても耐えられないと思います」これは山内とも電話で話し合ったことだ。

「じゃあ、どっちの手術も当分はしないということですか」夫がさらに訊く。

「そういうことになります。まずは現在の状況を脱するのが先決です」

「でも、熱が下がっても、すぐには手術ができないわけですよね。どっちの手術も」

「今の状況を見たかぎりでは、そうなると思います」

「すると、手術ができるようになるまで、どれぐらいかかるんでしょうか」

「さあそれは……」夕紀は唇を舐《な》めた。「中塚さんの回復次第ですし、外科とも話し合わなければいけませんので、今ここではっきりとしたことは申し上げられません」

「一か月とか、かかるんでしょうか」

はっきりしたことはいえないといっているのに、夫はしつこく訊いてくる。

「今後の状態によっては、もっとかかるかもしれません」

「もっと……その場合、動脈瘤は今よりも大きくなるおそれがあるわけですよね。破裂する心配はないんですか」

「もちろん、放置しておくといずれその心配も出てきます。でも、今はとにかく手術は無理なんです。手術に耐えられるだけの体力がつくのを待つしかありません。ただ、現在の大きさを見るかぎりですと、今すぐにでも破裂するというわけではありませんので、そう心配されることはないと思います」

「そうですか……」

夕紀の言葉に、夫は頷《うなず》きながらも沈痛そうな表情を浮かべて俯《うつむ》いた。どこか苛立《いらだ》っているように見えた。

夫妻が出ていくのを見送った後、夕紀も一旦《いったん》当直室に戻ることにした。すでに夜明け前で、今から眠ったとしてもせいぜい一時間程度だが、少しでも横になっておかないと後が辛《つら》い。徹夜だったからといっても、何の配慮もしてもらえないのが研修医なのだ。

当直室に向かう途中、廊下の角から話し声が聞こえてきた。さっきの夫妻だとすぐにわかった。夕紀は歩みを少し緩めた。

「手術ができるようになるまでの間、とりあえず家に帰すようなことをいってたな。あの福島っていう医者は。早ければ来週にも退院させたいようなニュアンスだった」

「そういうふうになる可能性が高いってことみたいね。この病院は療養だけのための入院は認めてないから、当面手術する予定がないかぎりは出ていかなきゃいけないってことなんでしょ」

夫の唸り声が聞こえた。

「入院するなり熱を出して、結局手術しないで退院って、一体何のための入院だったんだ」

「そんなことといっても仕方ないでしょ。あなたには悪いと思ってる」

「予定が狂うんだよなあ。どうするんだよ、やっぱりうちで面倒見なきゃいけないのか」

「だって、一人にしておけないでしょ」

夫はまた唸《うな》り、舌打ちをした。

事情が夕紀にもわかった。中塚芳恵は独り暮らしだ。今のままで一旦退院となれば、当然誰かが世話をしなければならない。娘の夫は、そのことを渋っているのだ。

「一か八かでもいいから、手術してくれって頼んでみたらどうだ」

夫が無茶なことをいいだした。夕紀は眉《まゆ》をひそめた。

「どっちの手術よ？　癌？　それとも動脈瘤《りゅう》のほう？」妻の声も尖《とが》ってきた。

「どっちでもいいよ。とにかくせっかく入院させたんだから、何かしてもらいたいって感じかな」夫は吐き捨てるようにいった。

夕紀は足を踏み出した。わざと大きな足音をたてた。

廊下の角を曲がると夫妻は硬い表情で立ち尽くしていた。夕紀に気づくと夫のほうは下を向いた。夕紀は会釈してからエレベータのボタンを押した。

気まずい沈黙が三人を包んだ。間もなくエレベータが到着し、夕紀の前で扉が開いた。

彼女は乗り込みかけたところで足を止めた。振り返り、夫妻を見た。

「来週中に退院していただくということは、たぶんないと思います。まだいろいろと検査しなければいけないことが残っていますし、何より、今の状況から脱していただくことが先決です。何しろ、大変な手術を終えたばかりなんですから」

妻のほうが目を見張った。彼女は、母親が数時間前に手術を受けたことを忘れていたのかもしれなかった。

失礼します、といって夕紀はエレベータに乗り込んだ。嫌な気分だった。あんなことはいうべきではなかったのかもしれないと思った。

翌朝、といってもほんの二、三時間後だが、夕紀は元宮に昨夜の出来事を話した。彼はげんなりした顔を見せつつも、仕方がない、と吐息をついた。

「それぞれの家庭には事情というものがある。とにかく患者が元気になりさえすればいい、ほかはどうなってもいい、なんて本心からいえる家族は少数派だ。手術にしてもそうだ。誰もが成功を祈っているわけじゃない。中途半端に成功して、面倒を見なきゃいけなくなるぐらいなら、失敗でもしてくれたほうがいいと思っている家族だって中にはいる」

「あの夫婦は、中塚さんが手術中に亡くなることを期待してるっていうんですか」

「そこまではいわない。でも、手術が終わった後のことを心配しているのは事実だ。心配して当然だ。老人を引き取るかどうかというのは、大きな問題だからな」

「家族なら無条件で面倒を見るものだと思いますけど」

「だからいってるんだ。どの家にも事情がある。医者がそこまで首を突っ込むべきじゃない」

夕紀が釈然としないまま黙り込んでいると、元宮はふっと苦笑を浮かべた。

「姫の正義感が納得しないか。ちょっと気分転換してきたらどうだ。朝飯まだなんだろ」

大丈夫です、といいかけて夕紀は口をつぐんだ。プライドだけで無理をすることを、元宮は極端に嫌がる。では一時間だけ、といって席を立った。

病院の玄関を出て、通りの反対側にある喫茶店に向かった。モーニングセットを注文するつもりだった。信号が変わるのを待ちながら、元宮の言葉を反芻《はんすう》した。

誰もが成功を祈っているわけじゃない――。

夕紀としては、他人事《ひとごと》として捉《とら》えられる問題ではなかった。父の死がまたしても蘇《よみがえ》る。あの時母は、手術の成功を心の底から望んでいただろうか――。

すぐそばで犬の甘えたような声が聞こえ、我に返った。茶色のダックスフントが駐輪場の柵《さく》に繋《つな》がれていた。患者が連れてきたのだろう。

犬は柵に首をこすりつけるようにしている。何だろうと思ってよく見ると、首輪に白いものが挟まっていた。紙切れのようだった。犬はそれが不快なのだ。

夕紀は近づいていった。犬は大好きだ。頭を撫《な》でるついでに、首輪に挟まっている紙切れを取り除いた。まさか飼い主が愛犬の嫌がることをするとは思えない。

紙切れは細く畳まれていた。何か文字が書いてあるようだ。彼女は何気なくそれを開いた。

9

灰色の建物を見上げると、ガラス窓に反射した太陽光が目に飛び込んできた。七尾《ななお》行成《ゆきなり》は顔をしかめ、外したばかりのサングラスをかけ直した。

「なんだ、またかけるんですか」隣にいた坂本がいった。

「最近、目が疲れてしょうがねえんだよ。春の日差しはこたえる」

「二日酔いのせいじゃないんですか。少し酒臭いですよ」

「冗談だろ」七尾は右手を口に近づけ、息を吹きかけた。

「昨夜も新宿ですか」

「そんなとこ行ってねえよ。近所の安いバーだ。安物の酒を飲みすぎたかな」

「ほどほどにしないと。お呼びがかかった時に動けませんよ」

「俺にお呼びがかかるわけないだろ。かかるとすりゃあ、こういう雑用だけだ」建物のほうを顎《あご》でしゃくった。玄関口には、帝都大学病院と書かれたプレートが貼られている。

「雑用かどうか、まだわからないじゃないですか」

「雑用だよ。もしそうでないとわかったら、その時点で俺は外される。おまえはそのまま残されるだろうけどな」

　坂本はげんなりした顔で吐息をついた。

「とにかく、サングラスは外しましょうよ。医者ってのはプライドが高いから、へそを曲げられると後が面倒ですよ」

「中に入ったら外すよ」七尾は再び歩きだした。

　玄関ドアをくぐると、前方にインフォメーションのデスクがあった。若い女性が座っている。坂本がそちらに向かって歩くのを見送ってから、七尾は周囲を見回した。

　大きな病院に来るのは久しぶりだった。平日だというのに、待合室には殆《ほとん》ど空席がない。治療費を支払うカウンターにも列が出来ている。世の中には病気の人間が多いのだなと再認識した。

　フロアの真ん中にある意味不明のオブジェを眺めていると、坂本が戻ってきた。

「事務局に行ってくれということです。隣の建物で、渡り廊下を通って行けるそうです」

「人を呼びつけといて、出迎えもなしか」

「喜んで出迎えてもらったことなんて、一度でもあるんですか。それよりサングラスを外してくださいよ」先輩刑事の軽口にいちいち付き合っていられないとばかりに、坂本は踵《きびす》を返していた。

七尾は下唇を突き出し、外したサングラスを背広の内ポケットに入れた。

売店や自販機の並んでいる廊下を通り抜けると、事務局と表示されたドアが目に留まった。中に入ると事務机が並んでいて、数名の男女が椅子に座っていた。

男性事務員が立ち上がり、七尾たちに近づいてきた。「何でしょうか」

「警視庁の者です」坂本がいった。

事務員の顔色が変わった。少しお待ちください、といって奥に消えた。

七尾は室内を見回す。他の事務員たちは話しかけられるのを避けるように下を向いたままだ。

先程の事務員が戻ってきた。「こちらへどうぞ」

通されたのは奥の応接室だった。テーブルを挟んで、初老の男と三人の男が向き合っていた。

手短に自己紹介をし合った。初老の男は笠木《かさき》といって、この病院の事務局長だった。三人は所轄である中央署の刑事だ。児玉という警部補がリーダー格のようだ。

「警視庁の刑事さんがお見えになったということは、悪戯《いたずら》の可能性は低いということですか」笠木が児玉のほうを見て訊《き》いた。

「いや、それはまだ何とも」児玉が首を振り、ちらりと七尾たちを見た。

「ただ万一のこともありますから、警視庁と連絡を取って、今後の方針を決めようというのが、署長の判断なんです」

「ははあ、なるほど」笠木の黒目が揺れた。彼の内心を象徴しているようだった。

「早速ですが、その脅迫文というのを見せていただけますか」坂本がいった。

児玉が傍らに置いてあったコピーを差し出してきた。「実物は鑑識に回しましたので」

「それで結構」坂本がコピーに手を伸ばした。七尾も横から覗《のぞ》き込む。

現物は折り畳まれていたらしく、縦に何本か折れ目のような筋が入っていた。その筋を横切るように文章が書かれていた。プリンタで印刷されたようだ。長い文章ではなかった。


『帝都大学病院関係者に告ぐ。おまえたちの病院では、度重なる医療ミスが起きたにもかかわらず、それらを全く公表していない。その行為は患者たちの命と人権と、さらには医療に対する信頼を軽視したものといわざるをえない。即刻、すべての過ちを公表し、謝罪せよ。さもなくば、我々の手によって病院を破壊する。破壊によって被害者が出た場合、その責任はおまえたちにある。

警告者』

「なかなか過激な内容ですね」坂本がいった。「何か心当たりは？」

事務局長は首を振った。

「何のことをいわれているのか、全然わかりません。医療ミスがあったというのも、それを隠しているというのも、まるっきりのでたらめです。いいがかりとしかいいようがない」

それを聞いて七尾は、ふんと鼻を鳴らした。

笠木がむっとして彼を見た。「何ですか」

七尾は鼻の下をこすった。

「おたくには心当たりがなくても、医療ミスがあったと確信している人間はいるんじゃないですか」

「どういう意味でしょう？」

「それはおわかりのはずだ。病院側と患者側じゃ、認識の違う場合もあるということです」

「つまり、何らかの治療結果について、患者側が勝手に病院側のミスだと思い込んでいるケースがある、ということでしょうか」

「勝手にかどうかはわかりませんが、たとえば不幸にも患者が亡くなった時など、その原因をどう捉えるか、遺族と病院側で食い違いがあることも考えられるんじゃないですか」

事務局長は腕組みをして七尾を見つめてきた。睨《にら》む、という表現のほうがふさわしい視線だった。

「たしかに患者が亡くなった時など、病院側の責任を問われるケースはあります」

「そのことをいってるんです」

「しかし」笠木は仏頂面になっていた。「その場合、患者の遺族側がまず病院にそのことを訴えてくるでしょう。で、ほかの病院ではよくあるようなトラブルに発展するわけです。しかしうちでは現在、そうした問題は抱えていません」

「抗議している遺族はいないということですか」

「そのとおりです」

「でもそれなら、こんなことを書いてくる人間もいないはずじゃないですか」

「だから単なるいいがかりとしか思えないといっているんです。悪質な悪戯ですよ」笠木は七尾から目をそらし、所轄の刑事たちに訴えるような表情をした。同意してくれる人間を求めているようだった。

「これを発見したのは？」坂本が訊いた。

「うちの医師です。といっても研修医ですが」

「お名前は？」

「ヒムロです。氷に、室蘭の室と書きます」

「会わせていただけますか」

「それはこちらの刑事さんたちにもいわれているんですが、ちょうど今、オペの最中だとかで……」笠木は腕時計を見た。「そろそろ終わる頃かな。ちょっと待っていてください」

笠木は一旦《いったん》部屋を出た。七尾は煙草を取り出した。テーブルの上に灰皿が置いてあるからだ。彼が火をつけて間もなく、笠木が戻ってきた。

「手術は終わっているようですが、術後の経過を見るためにICUにいるそうです。もう少し待ってもらえますか。手が空けば、こっちに来るように指示しておきましたから」

「研修医というと、いわゆるインターンってやつですか」

七尾の言葉に笠木は首を振った。

「今はそんな言葉はありません。とっくの昔に廃止されました」

「でも実習生みたいなもんでしょ」

笠木はむっとして、眉根《まゆね》を寄せた。

「研修医は、医師の国家試験に受かっています。れっきとした医者です」

「そうなんですか。だけど、新米なんでしょ。そんな人でも手術するんですか」

「もちろん、指導医が一緒にいます。ただ、今もいいましたように国家試験に受かっている医者ですから、技量的には何の問題もありません。経験が少ないだけです」

「とはいっても、そういう経験の浅い医者が加わっているとなれば、手術される患者本人も家族も、何となく不安なんじゃないですか。万一うまくいかなかった時なんか、それが原因じゃないかと勘繰ってしまうことも考えられる」

笠木はうんざりしたように口元を曲げた。

「手術の成否に関わるような重要な部分を研修医に任せることはありません。補助的な仕事をやらせる程度です」

「実際にはそうであっても、です。患者が亡くなった時、遺族はどう思うでしょうね。新米の医者なんかを混ぜたから失敗したんじゃないか――そんなふうに考えるんじゃないですか。俺はね、真実はどうかってことをいってるんじゃないんです。遺族はどう疑うかってことを問題にしているわけです。つまりこれなんかも」七尾はテーブルの上のコピーを手に取った。「そうした一種の誤解から書かれたものかもしれないわけだ」

「ですから、そういう場合でも、とりあえずは病院のほうに抗議をしてくるでしょう。でもそんなクレーム、現在のところ一件もないのです」

「現在のところ、とはどういうことですか。この病院が出来てから一度もないというんですか」そんなはずはあるまいと思いながら七尾はいった。

「そりゃあ、ずいぶん昔まで遡《さかのぼ》れば、そうしたこともあったでしょうが」刑事のしつこい問いかけに、げんなりしたように笠木はいう。

「今はないと？」

「少なくとも私は把握しておりません」

「忘れている、ということはありませんか。病院としては些細《ささい》なことと処理してしまっていても、遺族側は執念深く覚えているものですよ」

「そんなことは……」

笠木が言葉に詰まった時、彼を救うようにノックの音がした。どうぞ、と笠木は答えた。ドアが開き、白衣姿の若い女性が顔を覗かせた。二十代半ばといったところか。髪を後ろで束ねているせいか、目が少し吊《つ》り上がり気味だ。

「忙しいところをすみませんな」笠木が彼女にいった。

いえ、といって彼女は刑事たちの顔を見渡した。警戒する目つきだった。

「研修医の氷室です。現在は心臓血管外科で研修しています」笠木が刑事たちに紹介した。

七尾はほかの刑事たちと共に立ち上がり、一礼した。女性だとは思っていなかったので、戸惑っていた。

「女医さんだとは思いませんでした」所轄の児玉が、一同の気持ちを代弁するように発言した。

女性研修医はそれについては何も答えず、硬い表情のまま、刑事たちの正面に腰を下ろした。その目がテーブルに置かれた脅迫状のコピーに向けられた。なぜ自分が呼ばれたのかは、当然わかっているはずだった。

「早速ですが」坂本がコピーを手にした。「これの実物を発見したのはあなただということですが、間違いありませんね」

「間違いありません」彼女は答えた。低く落ち着いた声だった。

「その時の状況を説明していただけますか」

彼女は頷《うなず》いてから話し始めた。当直明けに朝食をとろうと病院を出たところ、自転車置き場に繋《つな》がれている犬の首輪に、紙切れが挟んであるのを見つけた──そういう話だった。

「中に書かれている内容が内容ですし、ほうっておくわけにもいかないと思って、指導医の先生に相談しました。すると、一応事務局に話しておこうということになり、こちらに届けました」

「紙を見つけた時、周囲に誰かいましたか」坂本が訊《き》いた。

「いたと思います。もうすでに診察時間に入っていましたから、患者さんも次々に来院されていました」

「あなたが犬の首輪から紙切れを外す時、誰かがそれを見ていたとか、立ち止まった人がいたということはありませんでしたか」

彼女は少し黙ってから首を振った。

「わかりません。気づきませんでした」きっぱりとした口調だ。曖昧《あいまい》なことは話せないと思っているのだろう。

「その紙は素手でお触りになったんですよね」坂本が確認する。

「そうです」

「ええとですね、そのことでひとつ」児玉が口を挟んだ。「後ほど、先生の指紋のほうを採らせていただくことになりそうなんですが、よろしいでしょうか」

「いいですよ」氷室研修医は抑揚のない声でさらりと答え、次の質問を待つように坂本を見た。

こんな美人が医師を目指すこともあるんだな――やりとりを聞きながら七尾は思った。化粧をしていないせいか、顔色はあまりよくない。やや痩《や》せているので、不健康な印象さえ受ける。しかし刑事と向き合っている目の光は強く、強固な意志を胸に秘めているように見えた。

そして同時に七尾は、全く別のことを考えていた。

この女性、どこかで会ったことがある――。

10

インスタントコーヒーを一口飲み、元宮はため息をついた。

「最近は少なくなったけど、その手の悪戯《いたずら》はよくあるんだ。俺の知り合いの外科医でも、自宅に脅迫状を送られた奴がいる。差出人の名前は書いてなかったけど、誰の仕業かはわかっていたそうだ。癌の摘出手術の後、容態が悪化して亡くなった患者の遺族だろうということだった。末期に近い癌で、手術をしてもしなくても助かる見込みは少なかったらしい。そのことは事前に伝えてあったはずなのに、実際に死んでしまうと医者が恨みを買う。まあ、仕方のないことだがね」

「この病院で亡くなった患者さんの家族が、あの脅迫状を書いたんでしょうか」夕紀は小声で尋ねてみた。医局には二人しかいない。脅迫状のことは、まだ看護師たちには話していなかった。

「家族とはかぎらないだろうけど、かなり密接な関係にある人間には違いないだろう。恋人とか、親友とか。あるいは恩人ってところかな。大事な人を、この病院で殺されたとでも思っているんだろう」

元宮はいつもと変わらぬ冷静な口調で話す。その目は彼が担当している患者のカルテに向けられていた。過去に亡くなった患者のことより、今生きている患者の病状のほうが気になるとでもいわんばかりだ。もちろんその考え方に夕紀も賛成だった。研修医としてここに来てからも、何人かの患者が葬儀業者によって運び出された。夕紀が多少なりとも関わった患者も少なくない。だがそのたびに悲しんだり、落ち込んだりしている余裕はなかった。病に倒れる人は、次から次へと新たに現れる。医者の義務は、可能なかぎり多くの人を救うことだと痛感した。助けられない人がいるから、余計に助けられる人には全力を投入したいのだ。

夕紀は、あの脅迫状のことを、単なる悪戯だとはどうしても思えなかった。脅迫状を見つけた時の衝撃が、あまりに大きかったせいかもしれない。だが彼女は文面が気になっていた。『警告者』と名乗る犯人は、文中で『破壊』という言葉を使っていた。すべての過ちを公表し、謝罪しなければ、病院を破壊する——と。

悪戯で書いた脅迫状なら、そんな言葉を使うだろうか、と夕紀は首を捻《ひね》りたくなる。病院にかぎらず、何かの建物に入っている組織を脅す時に多く使われるのは、「火をつける」だ。おまえの家に火をつけるぞ、学校に火をつけるぞ、会社に火をつけるぞ——そういう文面であったなら、これほど気にかからなかったのではないかと夕紀は思う。

なぜ『破壊』という言葉を使ったのか。放火や爆破ではなく、わざわざその言葉を選んだことに、何か意味があるような気がしてならなかった。犯人には、何か具体的なプランがあるのではないか。そのプランに基づけば、『破壊』という言葉が一番適切なのではないか。

もちろん、自分がそんなことをいくら考えても仕方がないということは彼女にもわかっていた。捜査のプロが最善を尽くすことに期待するしかない。病院として今後どう対応するかという問題はあるが、研修医の出る幕ではなかった。

ドアが開き、西園が入ってきた。彼は今まで、ほかの教授たちとの緊急会議に出ていたはずだった。

西園は険しい顔つきで空いている椅子に腰掛けた。

「あれから誰かに話したかい？」夕紀に訊いてきた。脅迫状のことだろう。

「いいえ」

「山内君は？　まだ大学のほうかな」

「いえ、先程いらっしゃいました。今はＩＣＵのほうに」

「彼には話したのか」

「まだです」

「そう。じゃあ、後で私から話すことにしよう。君たちは今後も口外無用で頼む」

わかりました、と夕紀は答えた。元宮も黙って頷いた。

西園はテーブルの表面を指先で数度叩《たた》いた。

「全く、おかしなことをする奴がいるもんだ」

「会議ではどのように？」元宮が訊いた。

「悪戯だろう、というのが大方の意見だ。私もそう思う。亡くなった患者の遺族からクレームが来ているという話もないようだ」

「刑事さんは、最近のことだけでなく、昔のことも考える必要があるようなことをいってましたけど」夕紀はいってみた。

「たしかにそうだろうが、じゃあなぜ今になって、という疑問が出てくる。いずれにせよ、こんなことをする前にクレームをつけるのが先じゃないのかな」

「それはわかりませんけど……」夕紀は俯《うつむ》いた。

何もできないことだってあるのだ——本当はここでそういいたかった。病院や医師に対して疑念を持っていても、証拠がなければ何もできない。仮に少々の根拠があったとしても、病院という巨大な壁に立ち向かえるほどの力を持っていない場合だってある。

あの頃のあたしのように、と夕紀は父親の葬儀を思い出した。

「悪戯ですよ」元宮がいった。「もし本気なら、犬の首輪に挟んでおいたりしないでしょう。いつ外れるかわからないし、外れなかったとしても、飼い主が中身を見ないで捨ててしまう可能性だってある。ふつうは病院に郵送してくるものです」

「消印が残るのをおそれたのかもしれません」夕紀はいった。

元宮は小さく手を振った。

「ちょっと遠出して、自分とは無関係な場所から投函《とうかん》すればいいだけのことだ。その程度の手間を惜しむということは、はなっから本気ではないということさ」

「そういった意見は、別の教授からも出たよ。私も、犬の首輪に挟んでおくというやり方には、いきあたりばったりという印象を受けている。まあしかし、仮に悪戯だとしても、この病院に悪意なり敵意なりを持っている人間がいるというのは事実だ。しかも病院に出入りしている可能性だってある。警戒は必要だろう」

「どうやって警戒するんですか」元宮が訊《き》く。

「とりあえず警備を強化してもらうしかないだろう」

「会議で決まったのは、そういうことだけですか」

西園は腕組みし、低く唸《うな》った。

「問題は患者に知らせるかどうかだ。万一これが悪戯でなくて何かあった時、なぜ隠していたのかと非難されることになる。かといって、患者たちに話していいものかどうか、非常に判断の難しいところだ」

「患者に話すということは、公表する、というのと同じですよね」

「そのとおり。入院患者だけでなく、来院する人々にも知らせなければ、不誠実ととられるおそれがある。しかしそれが非現実的だということは君たちにもわかるだろう」

「こういう内容の脅迫状が見つかったから、うちの病院に来る場合には、そのことを覚悟していてください……ですか。たしかに非現実的だ」元宮は頭を揺らした。

「入院患者たちにしても、今教えられたって、どうすればいいかわからないだろう。中には退院を望む人も出てくるかもしれないが」

「今すぐに退院できる人は、こんなことがなくたって、さっさと退院してるでしょう」

「そういうことだ。あまり騒ぐと患者側が不安になって、病状に悪影響を及ぼすということもある。そっちのほうが怖い。院長や事務局長は患者には知らせるべきでないという考えだった」

元宮は苦笑し、頭の後ろを掻《か》いた。

「笠木さんなら、公表なんて言語道断だといいそうだな。病院のイメージってものに敏感な人だから」

「マスコミに嗅《か》ぎつけられるのを恐れているようだ。脅迫状の文面が流されたら、実際に医療ミスを隠しているんじゃないかと世間から勘繰られるといってね。神経質すぎると思うが、考えられないことではない」

「じゃあ、患者には知らせないということになったんですね」夕紀は確認した。大事なことだ。隠し事をしながら患者と接するのは、じつは苦手なのだ。

「現時点では、だよ」西園はゆっくりと彼女のほうに顔を巡らせた。「もし悪戯《いたずら》なら、別に問題はない。万一悪戯でなかったとしても、犯人がすぐに何らかの行動に出るとは思えない。たぶん、もう一度同様の警告文みたいなものを送ってくるはずだ」

「もし送ってこなかったら？」

「送ってくるさ」元宮が横からいった。「脅迫文を額面通りに読めば、犯人の目的は病院を破壊することじゃない。医療ミスについて、病院側に何らかの情報公開をさせることだ。だからこちらが何のアクションも起こさなければ、必ずもう一度警告してくる。今度は、悪戯だと一笑に付されないようなやり方をしてくるかもしれないな」

「その第二の警告の内容によっては、患者への対応を変えなければならないだろう。一番大事なことは、患者を巻き込まないことだ」

「まず来ないとは思いますがね、第二の警告は。きっと悪戯です」元宮は小さく首を振った。「ところで口外無用といわれましたが、どのレベルの人間がこのことを知っているんですか」

「当然のことながら、教授は全員が承知している。それぞれの科の人間については、必要があると教授が判断した場合のみ、知らせるということになった。まあしかし、病院の外部の人間にはもちろんのこと、内部の人間にも、極力口外しないということで意見が一致している。こういうことは噂となって広がりやすいからね。しかも尾ひれがつくから始末が悪い」

「うちの科ではどのようにされますか」

「さっきもいったが、山内君には話しておこうと思う。彼も氷室君の指導医だ。行きがかり上、氷室君が事件に関わってしまったわけだから、彼が知らないとまずいことも出てくるかもしれない」

「それもそうですね。警察がまた何か訊きに来るかもしれないし」そういって元宮は夕紀を見た。「レジデントはただでさえ忙しいってのに、大変だな」

夕紀は黙って頬を緩めた。面倒なことに巻き込まれてしまった、という思いはある。もし自分が脅迫状を見つけていなかったら、おそらくこのことは知らないままだっただろうとも思った。研修医はある意味、病院内部の人間とは認められていないからだ。その場合、得体の知れない疎外感を抱くことになったかもしれないと思うと、見つけたのが自分でよかった、という気もした。

西園が立ち上がった。

「君たちのことだから大丈夫だと思うが、とにかく絶対に口外しないように。それから、もし怪しい人間を見かけたら、事務局のほうに知らせてほしいということだった」そういってから西園は苦笑を浮かべた。「どういう人間が怪しいか、というのも難しい問題だけどね」

西園はドアに向かって歩きだした。だが何かを思い出すように立ち止まると、振り返って夕紀を見た。

「氷室君、ちょっといいかな」

「何でしょうか」

「大したことじゃない。歩きながら話そう」西園は廊下に出た。

夕紀も後を追って外に出た。西園はすでに歩き始めていた。急いで追いつき、横に並んだ。

「島原さんの手術だが、少し延ばすことにした」

「そうですか」

「血糖値が高い。あの爺《じい》さん、どうも隠れてごちそうを食い過ぎるきらいがある」

「お見舞客が多いですからね」

「君からも注意しておいてくれ。研修医のいうことに耳を貸すかどうかは疑問だが」

「術前データとして問題があるのは血糖値だけですか」

「データとしてはね。でもじつをいうと、手術の延期は事務局の希望でもある」

「事務局の？」

西園は素早く周囲に目を配った。

「例の脅迫状を気にしているらしい。仮に悪戯だったとしても、そんなものが舞い込んでいる時に手術をしたのかと、後で島原さんから文句をいわれるのをおそれているようだ。出来れば、悪戯だと判明するまで手術は延期してほしいといわれた」

夕紀は頷《うなず》いた。事務局の人間が考えそうなことだ。

「手術はいつ？」

「今のところ、来週の金曜を考えている。丸一週間延ばすわけだ。それまでに悪戯だと判明することを祈るしかない」

「わかりました。お話はそれだけですか」

「業務上の話はね」西園は立ち止まり、もう一度周囲に目を配った。その表情は少し和んだものになっていた。「あの後、おかあさんと電話で話をしたかい？」

あの後、とは先日の会食の後という意味だろう。

夕紀はかぶりを振った。「していません」

「そうなのか。あの日は時間がなかったから、後でゆっくり話したと思っていたんだが」

「そんな時間はありません。病院のほうが忙しいですから」

西園は吐息をついた。

「そうかもしれないな。じつをいうと、私も君とはじっくり話をしたいと思っている。でも当分は時間をとれそうにないな。君の研修期間が終わるのを待つとしよう。君のほうも、私にはいろいろと話があるんじゃないかと思うし」

夕紀は黙っていた。何と答えていいのかわからなかった。

「話は以上だ。戻っていい」

「ひとつだけ質問していいですか。例の脅迫状のことですけど」

「なんだ」

「あの文面……医療ミスという言葉について、心当たりがあるとおっしゃった教授はいらっしゃらなかったのですね」

「いなかったよ。さっきの会議では。それが何か」

「いえ、何でもないです。失礼します」

頭を下げ、夕紀は踵《きびす》を返した。歩きだしながら、あなたもそうなんですか、と夕紀は胸の中で問いかけていた。医療ミスについて心当たりはないかと尋ねられた時、本当に自信を持って、ないと断言できたのか。遠い過去にまで遡《さかのぼ》った時、心にひっかかることが見つかるのではないか。

それとも、あれはミスではないのか。ミスではなく、故意なのか。

不吉な想像がまたしても彼女の胸中で漂い始めた。

11

待ち合わせの場所は、表参道の交差点から歩いて数分のところにあるカフェだった。望はすでに窓際のテーブルを確保していた。

穣治が席に着くと、望は腕時計を見た。

「五分遅刻」

「ごめん。急に残業を命じられちゃってさ」彼は片手で拝む格好をした。

望はデートに遅れてきたことが殆《ほとん》どない。看護師という職業柄なのかどうかは穣治にはわからなかった。自分がきっちりしている分、穣治にも時間厳守を希望する。しかし口うるさいほどではない。

ウェイターにビールを注文した後、穣治は煙草に火をつけた。

「今日はどうだった？」何気ないふりを装って尋ねた。

「どうって？　相変わらずだよ」望はティーカップを口に運ぶ。

「忙しかった？」

「そうねえ。まあ、いつもよりは少し楽だったかな。手術はなかったし、容態が急変した患者さんもいなかったし」

「平穏無事な一日ってわけだ。何か面白い事件とかはなかったのか」

望は目を細くして苦笑した。両頬にえくぼが出来た。

「病院だもん。面白い事件なんか起きようがないよ。起きるとしたら、緊急手術でばたばたするとか、突然ものすごい重体の患者さんが担ぎ込まれてくるとかかな。でもそんなのはしょっちゅうだから、事件って感じじゃないね」

「つまり」穣治は彼女の顔を正面から見つめた。「今日一日何も起きなかったってことは、ある意味事件でもあるわけだ」

「あっ、それはいえてるかも」望はうんうんと頷いた。

ビールが運ばれてきた。それを一口飲み、嘘ではなさそうだ、と穣治は判断した。帝都大学病院では、今日は特に大きな騒ぎは起きなかったということだ。

もちろんそれは、望たち看護師には何も知らされていないというだけのことだ。病院の、少なくとも上層部の人間は、集まっていろいろと協議したに違いない。

あの脅迫文書を女医に発見されたのは計算違いだったな、と穣治は今朝のことを振り返る。ダックスフントの首輪に文書を挟んだ後、彼は物陰から様子を窺《うかが》っていたのだ。彼の予想では、飼い主がそれに気づくはずだった。

だが実際に文書を外したのは女医だった。望に案内されて手術室に忍び込んだ夜、エレベータホールで出会った若い女医だ。

彼女はその場で紙を開いた。そしてあわてた様子で踵を返し、病院に駆け込んでいった。研修医だといっていたから、教官にあたる人間に相談したのではないか。相談を受けた人物はどうするか。ふつう、今度は病院の責任者に報告するだろう。

そこから先は読めない。通常なら警察に通報するところだ。しかし世間で悪い噂が立つことをおそれたり、どうせ悪戯《いたずら》に違いないと決めてかかった場合などは、とりあえず通報を見合わせることも考えられる。警察の人間が来なかったかどうか望に訊《き》きたいところだが、その口実が思いつかなかった。

いずれにせよ病院側としては、今のところ脅迫状のことを世間に公表する気はなさそうだ。単なる悪戯かどうかを見極めようとしているのだな、と穣治は推測した。

彼が思考を巡らせていると、何かを思い出したように望が顔を上げた。

「ところで、この前のは役に立った？」

「この前のって?」

穣治がいうと、不満そうに望は唇を尖らせた。

「手術室のことだよ。あんなに苦労して案内してあげたじゃない。おまけに写真まで撮らせてやったのに」

「ああ、そうか。ごめん。役に立ったよ、すごく。感謝してるよ、本当に」

「うん、だったらいいんだけど」

「勝手に手術室に入ったこと、誰かに気づかれなかった？」

「それは平気。あれについては何もいわれてないから」

「あれについてはって？　ほかのことで何かいわれたのか」

「ちょっとね。あの時、見つかりそうになったじゃない。で、咄嗟《とっさ》にピアスを探してたって嘘ついたでしょ。そのことでさあ、あのおばさんに後からもネチネチいわれたんだよね」

「そうか。それは悪かったな」心の底から穣治はいった。

「穣治君が悪いなんて思ってない。あのおばさん、あたしのことが嫌いだから、あんなことがなくたって、どうせ何か意地悪のネタを見つけてたと思うよ。ナースの世界ってさあ、女ばっかりだから、いろいろあるんだよね」

望の話は、大抵最後には職場の愚痴に繋《つな》がる。それを黙って聞くのが自分の務めだと穣治は割り切っている。

ティースプーンを弄《もてあそ》びながら、望は大きなため息をついた。

「あーあ、いつまでこんなことをしてなきゃいけないのかなあ。ナースってもっと格好いいというか、人の役に立てる職業だと思ってたのにさ」

「立派に人の役に立ってるじゃないか。命を守っている」

だが望は苛《いら》立《だ》ったように首を振る。

「命を守ってるけど、それ以上に病院のメンツを守ってるって感じ。それからあと、人間関係の微妙なバランスを保つことにも神経を使ってるかな。菅沼ねえさんと、松田おばちゃんのことは話したよね」

「何度も聞いたよ」耳にタコができるほど、というのは呑《の》み込んだ。「仲が悪くて、どっちもほかのナースを仲間に引き入れようとしてるんだろ。で、望はどっちの派閥にも入ってないから意地悪をされる、と」

「意地悪っていうか、いちいち気を遣わなきゃいけないから面倒なんだよね。でもさあ、そういうのって、どこの病院でもある話なんだ。ほかの病院で働いてる友達に聞いても、同じような話ばっかりだもん」

「じゃあ、仕方ないな。面倒なら、どっちかの仲間に入っちまえばいいじゃないか」

「それができれば苦労しないよ。絶対に、もう片方から攻撃を受けるんだから」望はげんなりした顔を見せ、テーブルに頬杖《ほおづえ》をついた。「やっぱりあたし、今の仕事は向いてないと思うんだよね。患者の顔色を見ろっていうならわかるけど、ほかのナースの顔色を窺いながら仕事するなんて、すっごく馬鹿馬鹿しいと思っちゃう」

穣治は何もいわずにビールのグラスを傾ける。だからどうなんだ、と先を促すようなことは口が裂けてもいわない。もっとも、そんなことをしなくても、望はいつもの台詞《せりふ》を口にする。

「だけど仕事を辞めたら食べて行けないし、ほんと、将来を考えたら憂鬱《ゆううつ》になる。ねえ穣治君、あたし、どうしたらいいと思う?」

いつもの台詞が出た。知らないよ、とはいえない。穣治は首を傾げて見せる。

「まだ若いんだし、そう結論を焦ることもないだろ。もうしばらく我慢するんだな。そのうちにいいこともあるさ」

「何よ、他人事《ひとごと》みたいに」望は睨《にら》みつけてくる。

「どんな職場だって、同じような悩みはあるってことをいいたいんだよ」ビールを飲み干し、時計に目を落とした。「そろそろ行こうぜ。腹がへった」

「もう、穣治君なんて、あたしの気持ちが全然わかってないんだから」望はがっかりしたような顔でいい、傍らのバッグを手にした。

穣治にしてみれば、彼女の気持ちなど十二分にわかっていた。仕事上の愚痴をこぼしながら、彼に結婚する意思があるかどうかを確かめているのだ。

「ところで、島原の爺《じい》さんは元気かい」伝票を手にしながら彼は訊いた。「相変わらず、いやらしい目つきをしてくるのか」

「島原総一郎？　元気だよ。でも、手術が延期になったみたい。オペ室の子がいってた」

レジに向かいかけていた穣治は、振り返って望を見下ろした。「延期？　いつだ」

「来週の木曜とか金曜とか……」

「木曜？　金曜？　どっちだ」穣治は望の肩を摑《つか》んでいた。

望は戸惑ったように眉《まゆ》をひそめた。怪訝《けげん》そうに彼を見上げた。

「穣治君、どうしたの？」

「あ、いや……」穣治は手を放した。作り笑いをした。「望に変なことをしそうだからさ、そういう変態爺さんには一刻も早く出て行ってもらいたいと思ったわけだ」

苦しい言い訳だが、望は頬を緩めた。

「大丈夫だよ。別に変なことはされてないよ。でもうれしい。穣治君がそんなふうに心配してくれてるなんて思わなかった。手術の日、今度、その子に会ったら訊いておくよ」

穣治は頷《うなず》き、レジに向かって歩きだした。望が彼の腕に自分の腕をからめてきた。レジで支払いをする間も、彼女は寄り添うように彼のそばに立っていた。彼がどんな企《たくら》みを抱いているのかも知らず、二人で幸せになれる日を夢見ている。いつか結ばれる日が来ると信じている。

その夢が壊れる日も一週間延びた。そのことを穣治だけが知っている。

12

夕紀が医局で患者の術前データを整理していると、菅沼庸子がドアを開けて入ってきた。

「氷室先生、事務局に来てくれってことですけど」

つっけんどんな物言いだ。この看護師は、夕紀に対して、いつもちょっと見下したような態度を見せる。

「事務局? 何かな」

独り言のつもりで呟《つぶや》いたのだが、菅沼庸子はそうとらなかったようだ。

「さあ。あたしは言伝《ことづて》を頼まれただけだから。ナースをパシリだと思ってるみたい。こっちは大事な用があって事務局に行ったのに」

機嫌がよくないようだ。夕紀は黙って腰を上げた。部屋を出ようとした時、「氷室先生」と菅沼庸子が近づいてきた。

「元宮先生と、朝何だかこそこそ話してたみたいだけど、何だったんですか」

脅迫状のことで元宮に相談した時のことだろう。その直前まで、彼は菅沼庸子と話していた。夕紀は彼に声をかけ、別室で脅迫状を見せたのだ。菅沼庸子としては面白くなかったに違いない。彼女が元宮に気があることは、心臓血管外科の人間なら誰でも知っている。

面倒臭いと思ったが説明しないわけにはいかなかった。ただし、本当のことはいえない。

「今度退院する患者さんのことでちょっと。わからないことがあったものですから」

「ふうん」菅沼庸子は不満そうに片頬を歪《ゆが》めた。「その程度のことで、いちいち元宮先生を呼ぶのはどうなのかな？　はっきりいってあたしだって大事な話をしてたんですから」

「あ、すみません。気をつけます」

「だから研修医が来ると面倒なのよね」

大きなため息をつき、菅沼庸子は先に出ていった。その後ろ姿を見送り、夕紀は肩をすくめた。ある意味研修医は誰よりも地位が低い。看護師にさえ、機嫌を損ねさせないよう気を遣わねばならない。

それにしても事務局が何の用だろう――。

おそらく例の脅迫状についてだろうが、話すべきことは全部話した。ほかにどんな用があるというのか。

事務局には数人の事務員が残っていた。笠木の姿もあった。彼は夕紀を見ると、手招きして部屋の隅に呼んだ。

「忙しいところを申し訳ない。じつはね、昼間の刑事がまた来てるんだよ。七尾といったかな。警視庁の刑事だ」声をひそめてそういった。

「あたしに何か用ですか。話せることはあれが全部ですけど」

「そういったんだけど、とにかく会わせろというんだ。聞き漏らしたことがあるといってね。警察ってのは、そういうところがある。何度も同じことを訊《き》くんだ」以前にも刑事と関わったことがあるような口ぶりだ。「面倒だろうけど、ちょっと会ってくれないか。あまり長引くようだったら、私がドアをノックするから」

「わかりました。大丈夫です。訊かれたことに答えるだけです」

「うん、訊かれたことにだけ、な」笠木は念を押した。夕紀が余計なことをしゃべるのではと不安がっているようだ。どんな病院にも、隠しておきたいことの一つや二つはあるからだ。しかし笠木は取り越し苦労をしている。研修医の耳には、そんな極秘情報は入ってこない。

応接室のドアを開けると、ソファに座っていた男が立ち上がった。昼間にも会っていた。年齢は四十歳前後だろうか。顔は浅黒いが、体つきは細身だ。減量中のボクサーという印象だった。

「お忙しいところをすみません。どうしても確認しておきたいことがありまして」

「どういったことでしょう」夕紀は立ったまま尋ねた。話を長引かせたくないからだ。

「とりあえずお掛けになりませんか」

「いえ、このままで結構です」

「そうですか」七尾はなぜか残念そうに目を伏せた。それから改めて夕紀を見た。「今朝のことについて、もう少し詳しく伺いたいのですが、その前に個人的なことを一つだけお訊きしてもいいですか」

「個人的なこと？　どういったことでしょうか」夕紀は眉をひそめていた。自分が女性であることに関係しているのだろうか、と妙な疑いを持った。

七尾は唇を舐《な》めてからいった。

「失礼ですが、氷室警部補のお嬢さんではないですか」

一瞬、何を尋ねられているのかわからなかった。

「警部補？　いえ、違いますけど」

七尾は少し意外そうに首を傾げた。

「違う……氷室健介さん、ではないんですか」

「父の名は健介ですけど……」

七尾は安心したように表情を明るくした。

「やっぱりそうでしょう。もしかしたらあなたは、氷室さんが警部補だった頃のことを覚えておられないのかな」

「あ……」

　夕紀はようやく思い出した。父はかつて警察官だったのだ。もっともその頃の記憶は彼女には殆《ほとん》どない。

　彼女の思いが伝わったらしく、七尾は笑いかけてきた。

「思い出されましたか」

「ずいぶん前の話ですよね」

「ええ。氷室さんが警察をお辞めになったのは、もう二十年以上前になるかな。何しろ、自分も駆け出しの頃でしたから」

「父のことはよく御存じなんですか」

「赴任した警察署で、最初に仕事を教わったのが氷室さんです。一緒に働いたのは一年ほどでしたが、その間に警察官としての心構えを勉強させてもらいました」

「へえ……」夕紀は刑事の顔を見返した。

　昔の健介を知っているという人間には、これまでに会ったことがない。どんな警察官で、どういう仕事をしていたかということも、まるで知らなかったし、興味を持ったこともなかった。知っているのは、忙しくて身体が保《も》たないから辞めた、ということだけだ。

「お掛けになりませんか」七尾が改めてソファを指した。

　彼女はソファに腰掛けた。父親の話をもう少し聞いてみたいと思ったからだ。

「しかし驚きました。氷室警部補のお嬢さんと、こんなところでお会いすることになるとは夢にも思いませんでした」七尾は心底嬉《うれ》しそうだった。

「どうしてあたしが氷室健介の娘だとおわかりになったんですか」

夕紀の問いに、七尾はにやりと笑った。この質問を待っていたような反応だ。

「四十を過ぎてから、記憶力に自信を失いかけていたんですが、少し取り戻せそうです。じつはね、まずはあなたのことを思い出したんです」

「あたしのことを？　どこかでお会いしましたか」夕紀は相手の、決して人相がいいとはいえない顔を見つめる。どう考えても初対面のはずだった。

七尾はその顔の前で小さく手を振った。

「あなたが私のことを覚えていないのは無理がない。あなたは小さかったし、そもそもあなたは私の顔など見ていなかったんじゃないかな。葬儀の時です」

「父の……」

「そうです。あの日、警察関係者も何人か参列していたんです。氷室警部補に世話になった人間は少なくないですからね。自分もその一人です」

「そうだったんですか。そんなこと、全然知りませんでした。母からも何も聞きませんでしたし」

「おかあさんからは何も……そうですか。うん、それはそうかもしれない」七尾は何かを合点したような口振りだ。

「どういう意味ですか」

「いやそれは」七尾は一瞬躊躇《ためら》いを見せ、煙草でやや変色した歯を唇から覗《のぞ》かせた。

「氷室さんが警察にいらっしゃったのは、亡くなられるよりもずいぶん前のことだし、わざわざ話す必要もないと思われたんでしょう。それよりも一家の大黒柱を失ったということで、おかあさんとしても、昔のことより、将来をどうするかということで頭がいっぱいだったんじゃないですか」

彼は明らかに何かを回避していた。何を隠しているんだろうと考えていると、彼のほうから質問してきた。

「あなたはどうして医者に？」

夕紀は真っ直ぐに彼を見つめた。

「警察官の娘が医者を目指すのはおかしいですか」

「とんでもない」七尾はあわてた様子で首を振った。「ただ、心臓外科というのが少しひっかかったんです」

彼の言葉に夕紀は思わず身構えた。「それが何か？」

「いや、これは自分の考えすぎかもしれないのですが、お父さんの御病気を思い出したものですから」

「父の病気を御存じなんですか」

「もちろん、伺っています。たしか、大動脈瘤《りゅう》だったんじゃないですか」

　夕紀はふうーっと息を吐いた。

「そのとおりです。よく覚えておられますね」

「そりゃあ当然です。恩人が亡くなったんですから、やはり病名は知りたいですし、癌とかとは違って何の知識もなかったですから、その当時は自分なりにいろいろと調べました。といっても今では、血管に瘤《こぶ》が出来るという程度のことしか覚えていませんが」

　夕紀は目を伏せた。父の死因についてはいろいろな人間が様々なことを口にしたが、結局は一時の関心事に過ぎなかったのだと諦《あきら》めていた。今では誰も病名すら覚えていないと思い込んでいた。だがここに、十数年経った今も記憶している人間がいる。そのことが無性に嬉しかった。

「何か気に障りましたか。やはり嫌な思い出でしたか」七尾が不安そうに訊いてきた。

　夕紀は顔を上げ、かぶりを振った。

「そんな古いことを覚えていてくださって、ありがたいと思ったんです。病気の正式名称は胸部大動脈瘤でした。おっしゃるとおり、血管に瘤の出来る病気です」

「心臓外科医を目指されたのは……」七尾は探るような目をした。

「お察しの通りです。父があういう死に方をしたものですから、どうしてもそのことが頭から離れなくて……」

感じ入ったように七尾は深い呼吸をした。小さく頭を揺らせる。

「お父さんの命を奪った病気から、ほかの人たちを救おうということですか」

夕紀は俯《うつむ》いて呟《つぶや》いた。「そんな格好のいいものじゃないんですけど……」

医療ミス、あるいは故意に殺されたのではないかと疑っている、とはまさかいえない。

「頭が下がります。現在のあなたの姿を見て、氷室警部補もあの世で喜んでおられるでしょう。立派に心臓外科医になられたわけだし」

「いえ、残念ながらそれは違うんです。あたしはまだ研修医で、いろいろな科で修業を積んでいる段階です。今はたまたま心臓血管外科で勉強していますけど、しばらくすれば別の科に移らなければならないんです」

だが彼女の説明にも、七尾は感心したような表情を崩さなかった。

「そうでしたか。是非、がんばってください。自分も応援しています。あの葬儀以後、氷室さんの奥さんに対しても不義理をしていたのですが、おかあさんはお元気ですか」

「元気ですよ。今は働いています」

ホテルで働いていることを夕紀は七尾に話した。

「それはよかった。娘さんがこんなふうに立派になられたのだから、おかあさんも安心しておられるでしょう。一度、御挨拶《あいさつ》に伺いますので、よろしくお伝えください」

「わかりました。七尾さんでしたね」実際は、次にいつ百合恵に連絡をとるのかも不明だったが、夕紀はそう答えた。

「個人的な話でお時間をとらせました。しかし、氷室警部補のお嬢さんと関わることになるとは思いませんでした」七尾は上着のポケットから手帳を出してきた。本来の仕事にとりかかるつもりらしい。

「あの、七尾さん」夕紀は呼びかけた。手帳を開きかけていた七尾が顔を上げた。その目を見つめて彼女は訊《き》いた。「父はなぜ警察を辞めたのですか」

七尾は息を呑《の》んだようだ。虚をつかれたのかもしれない。その顔は一瞬曇り、それから笑顔に戻った。

「あなたはどのように聞いておられますか」

「仕事が忙しいから、としか聞いていません。でもほかに理由があったんですか」

「いや、たしかに大変な仕事だったから、体力的にきつかったというのもあったと思うんですが……」七尾は歯切れが悪い。

「ほかに何かあったんですね。話していただけませんか。お仕事の話をする前に」彼の手帳を見つめて夕紀はいった。

七尾は頭を掻《か》いた。「参ったな……」

「そんなに話しにくいことなんですか」

「いや」七尾は真剣な目になって首を振った。「決して隠すようなことではないと思います。ただ、その当時のあなたには聞かせたくなかったということじゃないでしょうか。何しろ、人ひとりの命が失われていますから」

「誰かが亡くなったんですか」

七尾は頷《うなず》いた。話すことに心を決めたようだ。

「当時、自分は氷室さんと一緒に外勤をしていました。パトカーに乗って、町中を回るわけです。その頃、管内ではシンナーの売買が問題になっていました。使用者や売人らしき人物がうろうろしているという情報が頻繁に入っていたんです。そんな時、ある少年グループが目に留まりました」

刑事はその時のことを思い起こすように、時折遠くを見るような目になって続けた。

「細い路地に数人で座り込んで、何かゴソゴソやっている様子でした。私は氷室さんと目を合わせました。氷室さんは黙って頷くと、パトカーを止めろというふうに目で指示してきたんです。自分が車を止めると、すぐに氷室さんは車から降りました。ところがその音で気づいたらしく、少年たちが逃げ出したんです。彼等は近くにバイクを止めていました。それに乗って、分散して逃げました」

その時の模様が夕紀にも目に浮かぶようだった。同様の光景を、今もテレビなどでよく見る。二十年前から何も変わっていないのだなと思った。

「我々は一台のバイクを追いました。暗かったので、よく見えませんでしたが、高校生ぐらいでした。彼は飛ばしていた。パトカーから逃げようと必死になっていました。止まるように何度も警告しましたが、彼はスピードを緩めなかった」

その先のストーリーが夕紀にもわかりかけてきた。嫌な予感がした。

「それで？」先を促した。

「彼は一旦《いったん》停止の標識も無視して走り抜けようとしました。ところが横から出てきたトラックに激突――」七尾は吐息をついた。「すぐに病院に運びましたが、間もなく息をひきとりました。彼が中学生だということは、その後でわかりました。しかも二年生になったばかりだった。路地ではシンナーを吸っていたのではなく、スーパーで万引きしたものを仲間と分け合っていたんです。バイクも盗んだものでした」

予想した通りの展開に、夕紀は思わず顔をしかめていた。

「父はその責任を？」

「問題にはなりました。運転の未熟な未成年者を追跡する際には、細心の注意を払うようにいわれていましたからね。処分というわけではありませんが、氷室さんは間もなく異動になりました。警察をお辞めになったのは、その直後です」

「責任を取ったということでしょうか」

「いえ、そうではないと思います」七尾はきっぱりといった。「一度だけ氷室さんに訊いたことがあるんです。あの時の判断は間違っていたと思いますか、とね」

「父は何と？」

「はっきりと否定されました」七尾はいった。「自分の使命は市民の安全を守ることだ、パトカーを見て逃げ出すような人間を放置しておくことは、その使命を放棄することだ、そして使命を放棄するというのは、今まで生きてきた意味も失うことだ、とね」

「使命……」

「人間は生まれながらにして使命を与えられている、というのが氷室警部補の口癖でした」そういって七尾は寂しそうに笑った。

その言葉をどこかで聞いたことがある――夕紀は思った。

七尾が腕時計に目をやった。時間を気にしているようだ。

「そろそろ用件のほうに入らせてもらっていいですか。あなたと氷室警部補の話をしていたほうが楽しいのは事実なんですが……」

「すみません。でも、今の話は聞けてよかったです。ありがとうございます」

「おかあさんがあなたに話さなかったのは、父親のせいで人間一人が死んだ、という事実だけを受けとめて、あなたが傷つくのをおそれたからだと思います」

「あたしもそう思います。だから今まで話してもらえなかったことについて、別に腹を立ててはいません」

「それならよかった」七尾は改めて手帳に目を落とした。「本当はね、ここへ伺うのは坂本という刑事の仕事だったんです。でもあなたのことを思い出したものだから、強引に自分が来ることにしたんです。それだけに、一応職務だけはきちんと果たしておかないとまずいというわけです」

夕紀は口元を緩めた。彼女としても、得体の知れない刑事から尋問されるより、多少なりとも自分と何らかの繋《つな》がりのある人間から訊かれるほうが幾分気が楽だ。

「例のダックスフントですが、あなたがその犬を見たのは、今朝が初めてだということでしたね」

「そうです」

「でもあの場所には、犬を繋いでいる人が時々いるそうですね」

「患者さんだと思います。病院内には連れて入れませんから」

「そういった犬を見かけた時、あなたはいつも今朝のように触ったりするんですか」

夕紀はかぶりを振った。妙な質問だと思った。

「あの時はたまたま犬の首輪に紙が挟んであるのが見えたので、かわいそうだと思って近づいたんです。いつもなら遠目に眺めているだけでした」

彼女の答えに七尾は頷きながら腕組みをした。

「やはりそうでしたか。となると、一体どういうことなのかな」

「あの、何かおかしなことでも？」

すると七尾は、一瞬迷った顔をした後、口を開いた。

「どう考えてもわからないんです。悪戯《いたずら》かどうかは別にして、何のために脅迫状をそんな形で残したのか、犯人の意図が読めない。犬の首輪に挟んでおくというのは、犯人にとって極めて不確実な方法です。何かの拍子で外れてしまうことだって考えられる」

「そのことはうちの先生もおっしゃってました。犯人が本気じゃないから、そんな方法を選んだんだろうと推理されてましたけど」

だが七尾は首を捻《ひね》った。

「本気でないなら、余計にもっと安全で確実な手段を選ぶと思うわけです。今回の方法は非常に危険です。だって、犬というやつは吠《ほ》えますからね。脅迫状を挟んでいる時に吠えられたら、周囲の人に目立ってしまう。犬がおとなしくしているという保証は何もない。しかし犯人は敢《あ》えてその方法を選んだ。なぜか。メリットはどこにあるのか」

刑事の言葉に夕紀も考え込んだ。そのとおりだと思った。ダックスフントだって吠える。あの犬はおとなしかったが、それはたまたまだ。

「一番安全なのは郵送です。消印なんて、殆《ほとん》ど手がかりになりませんからね。わざわざ病院に出向いてきたこと自体、犯人にとっては冒険だ。仮に何かの理由があって郵送できないにしても、こっそり郵便受けに放り込んでおいてもいいし、病院関係者の車のワイパーに挟んでおくという手もある。いくらだって方法はあるんです。そこでまず考えたのが、犬の飼い主です。もしあなたが気づかなければ、おそらく脅迫状を発見していたのは飼い主です。犯人は何らかの理由で、その飼い主に見つけさせたかったのではないか、とね」

夕紀は頷いた。刑事の考え方は論理的だった。

「近辺の獣医に片っ端から電話をかけて、ダックスフントの飼い主を虱潰《しらみつぶ》しに当たってみたんです。少し苦労しましたが、犬の飼い主はわかりました。六十三歳の女性で、犬の散歩を兼ねて、三十分ほど時間をかけてこの病院に来たそうです。通院しておられるわけではありませんでした。脅迫状の件は伏せて、いろいろと話を伺ったのですが、どう考えてもその女性が関係しているとは思えない。そもそも、その方が病院に行こうと思い立ったのは昨夜で、そのことを犯人が知っているわけがないのです」

「その女性の身近にいる人が犯人……とか」

夕紀がいうと、七尾は意表をつかれたように目を見開いた後、にやりと笑った。

「あなたは鋭い。さすがは氷室警部補のお嬢さんだ。でもね、それはたぶんありえない。その女性は独り暮らしで、今日病院に来ることは誰にも話していないそうです」

自分が思いつくようなことは、刑事なら当然考えるのだな、と夕紀は思った。

「そこで次に考えたのはあなたのことです」七尾はいった。「結果的に見つけたのはあなただったわけだが、もしかしたらそれが犯人の狙いだったのかもしれない。つまりあなたが、あそこに繋がれている犬にいつも触っていることを犯人は知っていて、それで例のダックスフントの首輪に脅迫状を挟んでおいた、というわけです。どういう理由かは不明ですが、あなたに発見させるのが犯人の目的だったのかもしれない――そう考えて、先程の質問をさせていただいたのです」

この刑事は頭がいい、と夕紀は思った。ふつうなら夕紀が脅迫状に気づいたのは単なる偶然と決めつけてしまうところだ。だが彼はそこにさえも必然が存在する可能性を探ろうとしているのだ。

「でもあたしがあれを見つけたのは、本当にたまたまなんです。誰にもそんなことは計算できなかったと思います」

「そのようですね。さてそうなると、この問題はどう考えたらいいのか」七尾は天井を見上げた後、夕紀を見て苦笑した。「すみません。悩むのは警察に戻ってからにします」

「七尾さんは、悪戯とは考えておられないんですか」

「どうでしょうね。現段階ではどちらとも決められません。悪戯の可能性だって大いにありますよ。はっきりとした確証がないかぎりは先入観を持たないこと――あなたのお父さんから教わった鉄則です」七尾は腕時計を見ると、立ち上がった。「お忙しいところをありがとうございました」

彼はドアに向かって歩きだしたが、それを開ける前に振り返った。

「この病院の医療ミスについて、噂か何かを耳にされたことがありますか」

夕紀は意外な思いで刑事の顔を見返した。

「仮に耳にしていたとして、それをあたしが話すと思われます？」

七尾の頬が緩んだ。頷《うなず》き、鼻の下をこすった。

「一応伺っただけです。この質問をしておかないと、後で上司から小言をくうおそれがある」

「大変ですね。でも御安心ください。もし何か耳にしたら、七尾さんにお知らせします」

「本当ですか」

「あたしだって、医療ミスを隠しているような病院では研修を受けたくありませんから」

合点したという顔で七尾は顎《あご》を引いた。ではこれで、といって部屋を出た。

少し遅れて部屋を出た夕紀に、笠木が足早に近づいてきた。どんなことを訊《き》かれたのか、どのように答えたのかを、しつこく尋ねてくる。大したことではないです、単なる確認だけでしたと答え、彼女は事務局を後にした。

今日は特に残っている仕事はない。たまには早く帰ろうと思った。

13

翌朝は七時過ぎに目が覚めた。夕紀にとっては久しぶりの熟睡だった。床に就いた後、父親のことを思い出したのがよかったのかもしれないと自己分析した。

七尾刑事の話は、あらゆる意味で新鮮だった。健介の警察官時代の話など、これまで一度も聞いたことがなく、関心を持ったこともない。

仕事中に少年を死なせてしまったという話はたしかにショックではある。だが七尾の話を聞いたかぎりでは、健介の過失とはいえない気がした。

人間は生まれながらにして使命を与えられている——。

その言葉をいつ聞いたのかを夕紀は思い出していた。健介が手術を受ける前日のことだ。病室で、娘に向かっていったのだ。

「ぼんやり生きてちゃだめだぞ。一生懸命勉強して、他人のことを思いやって生きていれば、自ずといろいろなことがわかってくる。人間というのは、その人にしか果たせない使命というものを持っているものなんだ。誰もがそういうものを持って生まれてきてるんだ」

父には信念があったのだ、と夕紀は確信する。バイクで逃走する少年を追っている時も、それがあったからこそ躊躇《ためら》わなかったのだ。結果的に取り返しのつかないことになったが、おそらく後悔はしていなかっただろう。

父親の背中を思い出した。余分なことはしゃべらず、行動によって妻子に頼もしさを感じさせてくれた。その根底には、警察官時代からの信念があったのだ。

支度を済ませ、徒歩で病院に向かった。病院の前まで来ると、すでに来院患者らしき姿が多く見られた。例の自転車置き場を夕紀は見たが、今朝は繋《つな》がれている犬はいない。何となくほっとして、玄関をくぐった。

ＩＣＵで患者の胸部レントゲン写真や採血のデータをチェックしていると、「氷室君」と声をかけられた。顔を上げた夕紀の前に立っていたのは西園だった。すでに白衣に着替えている。

「病棟回診は？」

「これからです」

「じゃあ、その前に一緒に来てくれ」

「どちらへ？」

「来ればわかる」

西園はエレベータに乗った。六階のボタンを押したので行き先がわかった。一般の入院患者が入っている部屋があるのは五階までだ。

六階で降りると雰囲気ががらりと変わる。全体にすべてのスペースがゆったりと取られている。床の色も違う。

廊下の一番奥、いわゆる角部屋に当たるところのドアを西園はノックした。

ドアが開き、三十代半ばと思われる男性が姿を見せた。濃いグレーのスーツを着て、茶色のネクタイを締めている。痩《や》せていて、筋肉を感じられない体型だ。色白で、細い顎にはは青々とした鬚《ひげ》の剃《そ》り痕《あと》があった。

岡部、という名字だけは夕紀も知っている。時折、この部屋で顔を合わせるからだが、会話らしきものを交わしたことはない。

西園に続いて夕紀も病室に入った。広さがふつうの個室の倍以上ある部屋の窓際に、特別サイズのベッドが置いてある。島原総一郎はその上で胡座《あぐら》をかいていた。黒いスウェット姿だった。

「こんなに早くから西園先生が来られるのは珍しいですな」達磨《だるま》のような体型の島原は、よく響く声でいった。岡部とは対照的に、赤ら顔で脂ぎっている。その顔を夕紀にも向けた。「研修さんも一緒ですか」

最初に紹介された時から、島原は夕紀をまともな名前で呼んだことがない。おそらくすべての若い人間、特に女性に対して、こういう態度をとる人物なのだろう。

「お加減はいかがですか」西園が訊いた。

「御覧のとおり、ぴんぴんしていますよ。どこも悪いところなんかないみたいだ」

「それは何より」

「だけど実際には爆弾を抱えているわけでしょう？　おかしな話だ。まあしかし、そんなものを抱えてちゃあ落ち着かない。さっさと取っちゃってくださいよ」

「そのことなんですがね、島原さん。手術の日程を若干変更したいと思うんです」

「変更？　早めるんですか」

「いや、少し遅らせます。といいますのは、血液検査の結果が思わしくないんです。わかりやすくいうと、血糖値に問題がありまして」

島原の目が険しくなった。

「どれぐらい遅らすんです？」

「一週間ほど」

西園がそういった瞬間、島原の顔が一層赤くなった。そのことに気づかぬように、西園は淡々とした口調で、血液検査の結果を丁寧に説明していく。その間も島原は、細かい話などどうでもいいといわんばかりに仏頂面だ。

「数日間、食事と薬で対処すれば、すぐに正常値に戻ると思われます。手術はその後で、ということです」

西園は締めくくったが、島原の鋭い目は主治医にではなく、部下の岡部のほうに向けられていた。

「例のモーターショーは来月の何日だった？」

「二十日から三日間です。社長には初日に御挨拶《あいさつ》をしていただくことになっております」

「あと一か月少々か」島原は舌打ちした。西園を見る。「来週末に手術したとして、退院はいつになりますか」

西園はかぶりを振った。術後の経過次第です。すぐに退院できる人もいれば、一か月以上かかる人もいます」

「それじゃあ困るんだ」島原は顔を歪《ゆが》めた。「来月の二十日までには動ける身体になっておきたい。本当は今すぐにでも動き回りたいぐらいなんだよ。先生、何とか今週中に済ましてもらえませんか」

「無理です。術前のデータが条件を満たしていないと、手術には踏み切れません。我々はいつも最悪のケースも想定して、手術をするかどうかを決定しますから」

「その術前データだが、明確な基準があるわけじゃなくて、病院によってまちまちだという話じゃないですか。この病院の基準が厳しすぎるんじゃないんですか」

聞きかじりと思える話を島原はした。部下に調べさせたのかもしれない。そういえば夕紀が採血をする時も、こんなに細かく調べる必要があるのかといつも文句をいってくる。

「手術に関しては、患者さんに納得してもらった形で行う必要があると考えています。もし我々の方針には従えないということでしたら、よその病院を紹介することも可能です」西園は静かな口調でいった。

「いや、逆らうとかそういうことじゃあ」島原はあわてた。愛想笑いになっていた。「西園先生の指示とあれば従いますよ。あなたの腕を見込んだからこそ、この病院に入ったんだ。ただねえ、私としても苦しいところなんです。仕事が山積しておりましてね。だから、何とかしてもらえないかと。つまりこれは相談というやつです」

「島原さんの御意向はよくわかっているつもりです。こちらも御期待に沿いたいと思っています。その上で、今回の提案をさせていただいているわけです」

「わかりました。来週の金曜ですね。じゃあ、そのつもりでいます。執刀は西園先生にお願いできるんでしょうな」

「もちろん、私が行います。助手は二人つける予定ですが、一人は氷室になります」

突然名前を出されたので、夕紀は一瞬狼狽《ろうばい》した。それから急いで頭を下げた。

「研修さんが？」島原の顔がまた曇った。

彼女が助手につくと説明した場合、患者の半分以上がこうした反応を見せる。仕方がないと思いつつ、夕紀のプライドはやはり傷つく。

「研修医ですが、仕事は確実にこなせます。だからこそ使うのです。私を信用してください」西園がきっぱりといった。

島原は不承不承といった顔つきで頷《うなず》いた。

「先生がそうおっしゃるなら大丈夫なんでしょう。研修さん、ひとつよろしくお願いしますよ」夕紀のほうを見て、片手を上げた。

病室を出た後、西園は苦笑を浮かべた。

「脅迫状が理由で手術の日を延ばしたと知ったら、激怒するだろうな」

「モーターショーの予定がどうとかおっしゃってましたね」

「大方、新車の発表会でもあるんだろう。社長が挨拶なんかしなくてもいいと思うが、世間にいいところを見せたいんだろうな。アリマ自動車は、このところあまり評判がよくないようだし」

日本を代表する自動車会社の社長で経済界の大物、政治家とも繋がりが深く、横綱審議委員会のメンバー——夕紀が島原について知っているのはその程度だ。

「社会的地位の高い人は、扱いが難しいですね」

「それが案外そうでもない。私の見たところ、あの人は少しほっとしているよ。内心では手術を恐れている。激怒するといったけど、そういう演技をするだろう、という意味だ」

西園の意図がわからず夕紀が黙っていると彼は続けた。

「手術が怖くない人間などいないよ。島原さんが苛《いら》ついて見せたのは、自分の大物ぶりをアピールしたかったからだろう。部屋には部下もいたからね。きっと今頃は、とっとと手術してくれればいいのにじれったい、というようなことを語っているに違いない。部下から会社の人間に伝わることを期待しているんだ」

「無意味なことをするんですね」

「成功している人間は無意味なことをしないよ。あの人にはあの人なりの計算があるんだ。手術さえもイメージ作りに利用する。だから一流企業のトップなんだ」

「覚えておきます」

「君があのクラスの大物を手がけるようになるには、もう少し時間がかかるだろうがね」

医局のある階でエレベータを降りた。西園は自分の部屋に向かうようだ。

「教授」夕紀は彼を呼び止めた。

なんだ、というように彼は振り返った。

「先程、術前データが揃っていないと手術には踏み切らないとおっしゃいましたが……」

「それが何か？」

夕紀は唾《つば》を飲み込んでから口を開いた。

「かつては今ほど詳しい術前の検査はできなかったと思うんです。たとえば三次元映像なんか、十年以上前はなかったわけですから」

「それで？」西園の目が少し険しくなった。

「検査ではわからない点について最悪のケースを想定した場合、手術が極めて危険なこともありうると思うんです。そのような時、教授はいつも回避してこられたのですか」

これはもちろん健介の手術についていっている。そのことは西園にもわかっているはずだった。夕紀は自分の鼓動が速くなるのを感じていた。体温も少し上がったようだ。それでも彼女は西園の目を見つめ続けた。

「その時々でベストを尽くしてきたつもりだよ」西園は静かにいった。「手術を回避するのも選択肢の一つだ。そうしなかったことも、もちろんある」

「その結果は？　選択を間違ったと思ったことはないのですか」

西園はじっと夕紀の顔を見つめてきた。

「数え切れないほど手術をしてきた。その数だけ選択をしてきたということだ。結果は常に予想の範囲内だった。予想という言い方がわかりにくいなら、覚悟といい換えてもいい」

患者が死ぬことも予想の範囲内という意味なのか。そのことを確認しようと夕紀が口を動かしかけた時、背後から足音が近づいてきた。

「西園先生」元宮の声だった。

夕紀が振り返ると、元宮が厳しい顔つきで西園に駆け寄ってくるところだった。

「先生、至急、教授会に連絡してくださいとのことです」

「何があった？」

「例の――」元宮は夕紀のほうをちらりと見た後、西園に目を戻した。「脅迫状です。また見つかったそうです」

14

『すでに警告文を送ったはずだが、そちらからは何の誠意ある対応も見られない。こちらの要求を単なる悪戯《いたずら》と決めつけているのなら、それは全くの見当はずれである。改めて要求する。これまでの医療ミスをマスコミを通じてすべて公表し、謝罪せよ。二日間、猶予を与える。次の日曜日までに指示通りにしなければ、病院を破壊する。これは脅しではない。

警告者』

第二の脅迫状は、外来患者の待合室において発見された。見つけたのは、腰痛の治療に訪れた五十五歳の女性だった。

帝都大学病院では、初診の場合、まず受付に診療申込書を提出する。申込書は待合室の隅にあるカウンターに用意されていて、そこに自分の症状などを書き込むのだ。発見した女性によれば、脅迫状は診療申込書が入っているケースに差し込まれていたという。

「最初は何なのかよくわからなかったんですよ。診療申込書とケースには書いてあるのに、肝心の申込書が入ってないように見えたんです。申込書の束の一番上に、全然関係ない白い紙が入ってたからなんです。何だろうと思ってよく見たら、何か文字が書いてあるでしょ。注意書きか何かかなと思って読んでみたらあんな内容で……本当にもうびっくりして受付の人に見せたんです」

待合室の横にある喫茶ルームで事情聴取に当たった七尾に、腰痛持ちの発見者は身振り手振りを交えながら興奮した口調でしゃべった。その様子を見るかぎりでは彼女が腰痛で悩んでいるようには思えなかった。注文したアイスティーも殆《ほとん》ど減っていない。生まれて初めて刑事から質問される立場になり、かなり気持ちが高ぶっているようだ。

「あなたの前に申込書を書いていた人は、どういう人でしたか」

「えっ？　私の前に？　ええと、どんな人だったかしら。お年寄りだったんじゃないかな。あっ、違うか。若い人だったかしら。髪の長い女の人だったような気がするけど……。ああ、でも、自信ないわねえ。あんまり当てにされると困るんですけど」

心配しなくても当てになどしない、といいたいのを七尾は堪《こら》えた。

「あなたがその紙を見つけた時、周囲に怪しい人物はいませんでしたか。あなたのことをじっと見ていたとか、周りをうろうろしていたとか」

この質問でも彼女は首を捻《ひね》った。

「そんなこと考えてる余裕なんかありませんでしたよ。だって、あんな内容でしょ。びっくりしちゃって、誰かに知らせなきゃいけないってことで頭がいっぱいで」

そうだろうなと思い、七尾は頷いた。この女性からは有益な情報を得られそうにない。

「治療に来られたのに、足止めして申し訳ありませんでした。また何かお訊《き》きすることがあるかもしれませんので、その時にはよろしくお願いいたします」

ところが彼女のほうは、刑事とのやりとりを終えたくはないようだった。

「ねえ、あれってどういう意味なんですか。この病院、医療ミスがあったんですか」声を潜め、七尾に訊いてきた。野次馬の顔になり、その目は好奇心で光っていた。

「それは我々には何とも」七尾は腰を浮かせた。

「だって、あんなふうに書くのっておかしいじゃないですか。何かあったから、それに腹を立てた人が、あんなものを書いたんでしょ」

「本当に何もわからないんです。病院のことは病院の人に訊いてください」

「じゃあ、あれは？　前の警告文って何なんですか」

「それは……」

「あそこに書いてあったのを読むと、前にも同じようなものが病院に送られてきてたみたいじゃないですか。それって本当なんですか」

女性の声は次第に大きくなる。店内には事情を知らない患者たちもいるのだ。

「奥さん」七尾は声を落とした。「これは非常にデリケートな問題なんです。我々警察としても慎重に対処しなければならないと考えています。そのために必要なことは、捜査上の秘密は絶対に守らなければならないということです。つまり、あの脅迫状を発見したのが奥さんであることも、我々は口外できないんです。それによって奥さんの身に、どんな危険が迫るかわかりませんからね」

「えっ、私に？」女性は自分の胸を押さえた。不安の色が顔に出た。

「ですから、この件につきましては、どうか無闇に話さないでいただきたいんです。奥さんだって、変な連中につきまとわれたくはないでしょう？」

「ええ、そりゃもう」

「ではそういうことでよろしくお願いいたします」七尾はテーブルの伝票を手にすると、足早に店を出た。

外では坂本が待っていた。

「これから事務局に行くところです」

「指紋のほうは終わったのかな」診療申込書のカウンターについている指紋のことだ。

「さっき終わりました。病院の事務局は迷惑そうでしたがね」

「騒ぎが大きくなるのをおそれてるんだろ。だけど、たぶんもう手遅れだな。あのおばちゃん、あちこちでしゃべりまくるぜ、きっと」

脅迫状の発見者とのやりとりを七尾は話した。坂本は苦笑いしている。

事務局に行くと、笠木が白髪の老人と何やら話し合っているところだった。老人は外科の小野川という教授だった。病院長でもあるらしい。

「うちの上司が間もなく来る予定です」坂本がいった。「今後のことを話し合いたいということです。主に、マスコミへの対応の話になると思いますが」

「当病院の態度は決定しております」小野川が硬い口調でいった。

「どのように？」

尋ねる坂本に、笠木が答えた。

「脅迫状のことは公開していただいて結構です。ただ、記者会見を開くような段階ではないでしょう。出来れば警察のほうから各マスコミに知らせていただきたいのですが」

「それは可能だと思います」坂本は答えた。

「よく決断されましたね」七尾はいった。皮肉を込めていた。

「仕方がないでしょう。脅迫状が第三者に見つけられてしまった以上、隠し立てをするとかえって面倒だ。痛くもない腹を探られることにもなりかねませんからね」

「たしかにね」

頷《うなず》きながら七尾は、もしかすると犯人の狙いはこれだったのかもしれない、と思った。

15

中塚芳恵の容態は安定していた。すでにＩＣＵから一般の個室に移されている。まだ少し微熱が残っているが、血圧も脈も問題ない。無論、意識もはっきりしている。本人によれば若干身体がだるいようだが、熱のせいだろう。ほかには自覚症状はないらしい。先日の手術で胆汁をチューブを使って体外に出すようにしているが、その色も悪くない。

彼女が直面している病は胆管癌だから、本来ならば夕紀の担当ではない。それでも彼女は毎日様子を見に来るようにしている。なぜなら中塚芳恵自身は、動脈瘤《りゅう》の手術のために入院していると思い込んでいるからだ。胆管を手術したのは、単なる胆管炎の治療だと理解している。そのように担当医師が説明しているし、夕紀たちも口裏を合わせている。だから芳恵も、そんなものは間もなく治癒し、その後で体力が回復すれば、次はいよいよ動脈瘤の治療にとりかかるのだと信じているのだ。

そんな彼女に対して、夕紀はこれからじつに複雑な事情を説明しなければならなかった。だがそういう面倒な役目を負っているのは夕紀だけではない。この病院の殆どすべての医師が、現在は彼女と同様に頭を悩ませているはずだった。

世間話の合間に夕紀は時計を確認した。芳恵の娘が来ることになっている。それを待っているのだが、まだ現れそうにない。どうしようか、と夕紀は迷った。この患者だけに時間を使ってはいられないのだ。

「じつはね、中塚さん――」

夕紀がいいかけた時、芳恵の視線が夕紀の背後に向けられた。振り返ると、芳恵の娘が近づいてくるところだった。森本久美《もりもとくみ》という名前だということは、さっき夕紀のほうから電話をかけた時に知った。久美は大きな紙袋を提げていた。芳恵の着替えだろう。

久美は夕紀に会釈してから、ベッドで寝ている母親の顔を覗《のぞ》き込んだ。

「どう、具合は？」

「もう大丈夫。だいぶん頭もすっきりしてきたから」

「そう。よかった」久美は笑顔で頷いてから夕紀を見た。「あの、何かお話があるということでしたけど」

「ええ、じつは」夕紀は話しながら呼吸を整えた。

どのように説明するかは元宮たちと話し合ったし、何度も頭の中で整理した。それでも口に出すには覚悟が必要だった。一度しゃべってしまったら、もう取り返しはつかない。冗談でした、では済まされないのだ。

母娘は不安そうに夕紀を見つめている。芳恵の病気について、何かよくないことを宣告されるのではと恐れている顔だった。

「じつは退院日についてなんですけど」

夕紀の言葉に、久美が困惑の色を浮かべた。

「やっぱり、早く出なきゃいけないんですか」

「いえ、そういう意味ではなくて」夕紀は手を振った。「病院にちょっとしたトラブルがありまして、それで、もしかしたら中塚さんのほうが、早めの退院を希望されるかもしれないと思ったんです」

久美は母親と顔を見合わせた後、再び夕紀を見た。「どういったことですか」

「あの、トラブルというのは適切ではないかもしれません。じつは、よからぬことを考えている人がいるかもしれないんです」

まどろっこしい説明だと自分でも思った。しかし核心部分を話すには、それなりの手順が必要だった。それは中塚母娘が想像もしていないことなのだ。

夕紀は母娘を交互に見ながら、低い声でいった。「病院に脅迫状が届きまして」

中塚芳恵の表情は殆《ほとん》ど変わらない。あまりに場違いな言葉が出てきたので、それの意味するところがすぐには頭に浮かばないのかもしれない。それは久美も同様らしく、ぽかんとした顔を夕紀に向けている。

「脅迫状……ですか」確認するように久美はいった。

「まあ、悪戯《いたずら》だと思うんですけど……いえ、その可能性が高いと思われるんですけど」夕紀はあわてて訂正した。断定的なことはいわないようにと元宮から釘《くぎ》を刺されている。

「どんな脅迫状なんですか」さすがに久美の顔つきが険しくなった。ようやく芳恵も事態を理解したらしく、驚いたように目を見開いている。

「詳しいことは私も聞いていないんですけど、病院を壊してやる、という内容らしいです」

「壊すって?」

「さあ、それは」夕紀は首を傾げてみせた。「どういうことなのかはわかりません」

破壊という言葉を使わなかったのも元宮からの指示だ。どうやら元宮は事務局から、患者たちにどう説明するかをレクチャーされているようだった。事務局の意図はよくわかる。医師によって患者への説明が違えば、混乱を招くことになる。

「どうして病院が壊されるんですか」久美がさらに尋ねてくる。

「わかりません。とにかく、わけのわからない脅迫状らしいんです。だから、ただの悪戯かもしれないんです。でも、まるで無視するわけにもいかないので、こうして入院患者さんたちにお話しすることになったわけです」

「へえ……」久美は途方に暮れた様子で母親を見ている。芳恵は黙ったまま瞬《まばた》きした。

「昔、新幹線なんかでも、爆発物を仕掛けたという電話がよく事務所にかかってきたそうです。そんな時、たぶん悪戯だと思いながらも、一旦《いったん》どこかの駅で乗客を全員降ろして、車内を入念に調べた後、再び乗客を乗せて出発するという手順をとっていたそうなんです。実際には、一度も爆発物なんか見つからなかったらしいんですけど」

「ああ、その話なら聞いたことがあるわ」芳恵が少しかすれた声でいった。「私の知り合いで、ひかり号なのに小田原《おだわら》で降ろされたとかいってた人がいるんですよ。頭のおかしい人間が、ちょっと世間を騒がしてやろうと思ってそんな脅迫電話をかけたんだろうけど、迷惑な話だってその人は怒ってました」

「その類《たぐい》の悪戯かもしれません」

「なんとまあ」芳恵は顔をしかめた。「困ったものだわねえ」

彼女の様子を見て、事務局の作戦は悪くないようだと夕紀は思った。新幹線を例にした話も元宮から聞かされたのだ。どうやら患者への説明用として事務局の人間が考えたらしい。こうした脅迫は他の業界でもよくあることで、今回はたまたまこの病院が狙われただけだ、という印象を与えようという考えなのだろう。

「それでうちの病院としても、それと同等の対応をしようということになりまして……」

「一旦、病院を出ていけってことなの？」久美が訊《き》いてきた。

「いえ、そういうわけじゃありません」夕紀は両手を振っていた。「病院は新幹線とは違います。すぐに出ていける人とそれが出来ない人がいます。というより、すぐには出ていけない人が殆どです。皆さん何らかの症状を抱えておられるからこそ入院されているわけですものね」

「だったらどうしろと？」

夕紀はかぶりを振った。

「病院としては、患者さんに出ていくようお願いすることはありません。今まで通りに治療を行います。ただ、そういう状況だということは御理解いただきたいのです。警備は今まで以上に厳重に行いますし、すでに警察が病院内に不審物がないかどうか、怪しい人間が出入りしていないかどうかなどを調べています。それでも脅迫状の主が、次に何をしてくるかはわかりません。病院としては、そのことを皆さんに隠しておくことはできないし、それをお知らせすることで、患者さんの方針に変更がある場合は、迅速に対応したいと考えているんです」

回りくどい言い方だ。病院としては、という表現を二度も使ったことに夕紀は自己嫌悪を覚えた。万一何かあった時に責任の所在を曖昧《あいまい》にするのが狙いだが、無論これも元宮から指示されたことだ。

「患者の方針に変更って、それはつまり……」

「もし早期退院をお望みなら、それが実現できるように努力するということです。で、中塚さんの場合、ほかの患者さんに比べて、それが比較的容易なのです。極端な場合、明日にでも退院は可能です。胆汁のチューブが体外に出ていますが、日常生活に支障がないように処置することは難しくありません」

母娘は困惑した様子で顔を見合わせた。

「おかあさん、どうする？」

「だってねえ……」芳恵が枕から首を起こし、夕紀を見た。「どうせ悪戯なんでしょ？」

「それはわかりません。そうであってくれないと困るんですけど」

母娘はしばらく黙考した。無理もない、と夕紀は思う。この状態で退院となれば、本人だけでなく周りも大変だろう。

「どのようにされるか決まりましたら、看護師にでも私にでも結構ですから、いってください。すぐに対応いたしますので」

ゆっくり考えていいとか、今すぐに返事をしなくていい、といった意味のことはいわないように注意をされている。考える時間を与えるかぎりは、その間に何かがあった場合、病院側が責任を負うことになるからだ。

芳恵が夕紀を見て訊いてきた。「先生はどう思われますか」

「私……ですか」

「そんなこと、この先生に訊いたって仕方ないでしょ」久美の声が尖《とが》った。「とにかく、うちの人にも相談しないと」

母親を退院させた場合、夫から責められると思っているのだろう。

「では、そういうことですので」夕紀は会釈し、病室を出ようとした。

「あの……」久美が呼びかけてきた。「お金とかですか」

「お金？」

「だってほら、脅迫状が来てるんでしょう？　病院を壊すって。そうされたくなかったら金を出せとか、そういう要求はないんですか」

鋭い質問に夕紀は動揺した。ほかの患者にも同じように説明しているが、この点について訊いてきた者はいない。

夕紀は首を振った。「私は聞いていません」

「じゃあ、何も要求してないの？　ただ病院を壊すっていうだけなの？　おかしな話ね」

久美の口調が独り言のようになったので、夕紀はもう一度頭を下げ、黙って部屋を出た。

廊下を歩きながらため息をついた。

医療ミスについて公表し、謝罪せよ——それが犯人の要求内容だ。だがそれについては患者に話さないように、という指示が出ている。いかにもこの病院で医療ミスがあったように誤解される、というのがその理由だった。

しかし夕紀は釈然としない。話すならすべて話す、隠すなら徹底して隠し、それによって発生したことについては全面的に責任を負う、というのが正しいあり方のように思う。病院とはむしろ、そういう組織であるべきではないのか。

脅迫状の件を患者に説明することになったのも、彼等の安全を優先するという考えからではない。マスコミを通じて患者たちが知ることになると、なぜ自分たちに黙っていたのかと責められることが確実だからだ。

何となくもやもやしたものを胸に抱えたまま、夕紀はエレベータで一階に下りた。売店で缶コーヒーを買い、医局に戻ろうとした時、「氷室さん」と後ろから声をかけられた。振り返ると七尾が片手を挙げながら近づいてきた。

「休憩ですか」彼は訊いた。

「少し。七尾さんは例の件で？」

「ええ」彼の顔つきが厳しくなった。「先生方も大変でしょうね。患者さんたちにはもう説明を？」

「今もしてきたところです。疲れました。説明が難しくて」

「そうでしょうね。何もかも包み隠さず、というわけにはいかないでしょうし」七尾は意味ありげに微苦笑した。夕紀の苦悩を理解している顔だった。

「警察では何か手がかりが摑《つか》めましたか」

夕紀の問いに、彼は途端にしかめっ面になった。

「目撃情報を集めていますが、案外皆さん他人のことは見ていないんですね。まあ病院に来る人というのは、自分の病気のことで頭がいっぱいなわけだから、無理ないのかもしれませんが」

「診療申込書に紛れ込ませてあったとか」周りに人気がないことを確かめてから夕紀は小声で訊いた。

七尾は頷《うなず》いた。

「大胆なことをするやつです。診療申込書は毎朝補充されるらしいのですが、今朝補充した時には、そんなものはなかったという証言があります。つまり脅迫状が置かれたのはその後ということです。前回もそうですが、犯人としては危険性の高い方法だ。それでも実行した点が気になる」

「悪戯《いたずら》ではないと？」

「そう覚悟したほうがいいということです」

夕紀はコーヒーの缶を握りしめていた。

「悪戯ではないということを示すために、犯人はわざわざそんな危険な方法をとっているんでしょうか」

「それもあるかもしれないが、もう一つ考えられることがあります。これはまだ自分一人の考えですが」

夕紀が七尾の顔を見つめると、彼は刑事の表情になって続けた。

「前回といい今回といい、犯人は病院関係者ではなく、ここを訪れた人間が第一発見者となるように仕組んでいます。そこに意図を感じるんです。つまり、第三者が脅迫状を発見した場合、病院としては隠すことができない。実際、今回マスコミに公表する決断がなされたのも、そのことが影響しています」

「脅迫状のことを公表させるのが狙いだと？」

「そう考えれば辻褄《つじつま》が合います」そういって七尾は深く頷いた。

16

ハンダごてを持つ手が少し震えた。ハンダ付けは久しぶりだ。しかも目立たないように実験室の照明は極力落としてある。ありあわせの部品を組み合わせているのも、作業を難しくしている要因だ。何しろ使っているＩＣ基板は、洗濯機の制御装置を試作した時の残り物なのだ。

トランジスタの三本の足をうまく固定したところで、穰治はハンダごてを一旦《いったん》置いた。目が疲れる。安全眼鏡を外し、目頭を指先で揉《も》んだ。

その時、実験室のドアが開いた。

「なんだ、直井君か」

顔を出したのは研究主任だった。穰治よりも五歳上だ。直接の上司ではない。隣の係だ。

「残業かい？」

「ええ、まあ」愛想笑いをして頷く。

「だったらもっと部屋を明るくしろよ。目が悪くなるぜ」主任は壁のスイッチを押し、部屋の明かりを増やした。「何やってるんだ」穣治のほうに近づいてきた。

穣治は急いでそばのノートを閉じた。回路図を記したものだ。

「これは単なる頼まれ仕事です。小型モーターの制御装置を作ってくれといわれて」

「アルバイトってわけか。おたくの係長がこぼしてたぜ。最近、直井の様子がおかしいって」

「どうおかしいんですか」穣治は主任の顔を見返した。

「何を考えてるのかわからんってさ。一人で実験室に籠《こも》ってることが多いし、昼休みだって付き合いが悪いそうじゃないか」

「いわれた仕事はきちんとやってますよ」

「そりゃそうなんだろうけど、それでいいってもんじゃないんだよ、会社員は。まあ、俺がこんなことをいわなくてもわかってると思うけどさ」主任は穣治の肩を叩《たた》くと、くるりと踵《きびす》を返した。「じゃあ、お先に。戸締まり頼むよ」

お疲れ様でした、と主任の背中に声をかけ、穣治はため息をついた。

職場の人間には怪しまれているかもしれない、と思った。以前とは会社での過ごし方がまるで違っている。フレックスタイムが導入されているので、穣治たち研究職の人間は、勤務時間がまちまちだ。それでも彼はここ数年、ほぼ変わらぬリズムで出勤と退社を繰り返してきた。それが最近では崩れている。昼過ぎに出勤することなど、以前はなかった。付き合いが悪くなったのも事実だ。昼食や休憩だけでなく、退社後の飲み会にも全く参加していない。

看護師の彼女と付き合っているから、という説明を親しい者にはしている。しかしどこまで信用してくれているかはわからない。

もっとも不審に感じているとはいえ、穣治が何をしているのか、何を企《たくら》んでいるかなどは誰にもわかるはずがなかった。これから起きるある大きな事件の犯人が、この実験室で着々と準備を進めているなどと、一体誰が想像するだろう。

基板のハンダ付けを終えたところで、穣治は一旦引きあげることにした。動作確認をやりたいが、それを始めるにはいくつかの計測器が必要だし、時間もかかる。明日、昼間のうちに必要な機器を揃えておき、定時後にやろうと思った。あわてることはない。島原総一郎の手術は一週間延びたのだ。

手製の装置や部品を箱に納め、それをさらに紙袋に入れて実験室を出た。

職場にはまだ人がいた。ただし穣治とは別の課の人間ばかりだ。

男性社員がインスタントコーヒーを飲みながらテレビを見ていた。ニュース番組だった。

帰り支度をしながら穣治は横目で画面を眺めた。やがて次のようなテロップが出た。

『病院を破壊すると脅迫状　悪質ないたずらか』

穣治はテレビに一歩近づいた。耳をそばだてる。

男性アナウンサーが話し始めた。

「今日、東京中央区の帝都大学病院で、『病院を破壊する』などと書かれた脅迫状が見つかりました。脅迫状は初診で病院を訪れた人が記入する、診療申込書に紛れこませてあったということです。その後、警察の手によって病院内が調べられましたが、不審物などは見つかりませんでした。警察では、悪質な悪戯である可能性が高いとしながらも、今後、目撃情報などを集めていくということです。さて――」

アナウンサーが次の話題に移ったので、穣治はゆっくりとその場を離れた。職場を後にし、会社を出た。

歩きながら携帯電話で真瀬望にかける。望はすぐに出た。

「今から行ってもいいか」

「いいよ。でも、食べるものが何もないんだけど。あたしも今、帰ってきたばかりだから」

「じゃあ、外で一緒に飯を食おう」

「わかった。待ってるね」

「さっきテレビを見てたら、おたくの病院のことをやってたぜ。脅迫状がどうとか」

「そうなの。それで今日はいろいろと大変だった」

「じゃ、その話は後でゆっくり聞かせてもらうよ」

「うん、わかった」

電話を切り、穣治は通りかかったタクシーに手を挙げた。車なら、望のアパートまで二十分ほどで着く。

ニュースで読み上げられた内容を反芻《はんすう》した。脅迫状の内容について、病院を破壊する、としかアナウンサーはいわなかった。肝心な部分である、医療ミスについて公表と謝罪を行わなければ、という部分には触れなかった。テレビ局が配慮したとは思えない。つまり病院と警察が情報を制限しているということだろう。

そのことをどう扱うか、穣治は決めかねた。医療ミスに触れないのは気にくわないということで、さらに脅迫状を送りつける手はある。だが今までと違って、病院の警備は厳重になっていることだろう。脅迫状を置こうとして警官に見つかったりしたら元も子もない。

望の部屋に行くと、彼女はエプロン姿で待っていた。

「やっぱり出かけるのが面倒だから、何か作ろうと思って。ありあわせのもので悪いんだけど」

「そうか。疲れてないのか」

「大丈夫。ビールは買ってあるから、穣治君、一杯やりながら待っててよ。そんなに時間はかからないと思うから」

望は小さなテーブルの上に缶ビールとグラス、そして出汁《だし》巻き卵を並べた。出汁巻き卵は穣治の好物だ。酒の肴《さかな》が必要だと思い、急いで作ったのだろう。

彼がグラスにビールを注いでいると、「なに、これ。おみやげ?」といって望がしゃがみこんだ。彼女は紙袋の中を探っている。彼が提げてきたものだ。

「それに触るな」穣治はいった。優しくいったつもりだったが、やはり声に尖《とが》りが生じた。

望はあわてて手を引っ込めた。「あっ、ごめんなさい」

「残念ながらおみやげじゃないんだ。試作中の機械で、カバーも何もついてないから、ちょっと触っただけで壊れるおそれがある」

「そうだったんだ。ごめんね」望は後ずさりし、キッチンに向き直った。

「いや、俺が先に説明しておけばよかった」穣治はビールを飲み、出汁巻き卵に箸《はし》を伸ばした。相変わらず美味《おい》しかった。

望はグリルの火を調節している。干物を焼いているのだろう。実家から送ってきたという干物を、彼女が冷凍庫で保存していることを穣治は知っている。コンロには鍋《なべ》とフライパンが置かれていた。鍋の中身はおそらく味噌汁《みそしる》だろう。

結婚したら、きっといい奥さんになるんだろうな——この部屋に来るたびに思うことを、彼女の後ろ姿を眺めながら改めて心の中で呟《つぶや》いた。彼女がいい妻になるだけではない。彼女と結婚した男もたぶん幸せになれるだろう。

穣治は神原春菜《かんばらはるな》のことを思い出した。彼女の部屋にもよく遊びに行ったものだ。もっとも彼女が彼のために料理を作ってくれたことは殆《ほとん》どない。

「料理はパス。ごめんね」そんなふうにいって悪戯《いたずら》っぽく肩をすくめた姿が穣治の記憶に焼き付いている。

料理だけでなく、春菜は家事全般を苦手にしていた。そのかわり、彼女は仕事に情熱を捧《ささ》げた。どんなところへでも出かけていき、どんな相手からも臆《おく》せずに話を聞き出した。フリーのノンフィクションライターになれるなら女であることも捨てられる、とさえ豪語していた。

そんな彼女の行動力が、結果的に彼女の命を奪った。いや、実際のところ、行動力は関係がない。ただ、もし彼女が休日には部屋で料理をするような女性なら、あの難は逃れられたかもしれない、というだけのことだ。

携帯電話の着メロの音が耳に蘇《よみがえ》る。あの時、表示された番号が春菜のものだったので、穣治は何の疑いもなく電話に出た。ところが聞こえてきたのは、知らない男の声だった。

「もしもし、失礼ですが、あなたは神原春菜さんのお知り合いですか」相手はいきなりそう訊《き》いてきた。そうだ、と穣治が答えると、ほんの少し間を置いた後、相手はゆっくりとその事実を切り出してきた。それを聞いた時の衝撃は、今も穣治の胸に残っている。

悪夢としかいいようのない出来事だった。穣治はこの世で最も大切なものを失った。それから間もなく、彼は着メロの曲を変えた。

「どうしたの？」

声をかけられ、穣治は我に返った。空のグラスを握ったままだった。

「いや、ちょっと考えごと」彼はビールを注いだ。「ところでさっきの話だけど、病院じゃどんなふうに対応しているんだ？」

「それが結構大変だったの。とりあえず入院している患者さん全員に事情を説明しようってことになって、先生方とかあたしたちが全部の病棟を回ったわけ。でも、いきなり脅迫状とかいっても、ふつうはびっくりするだけでしょう？　どうしますかって訊かれて、すぐに答えられる人なんかいないよ」

「どうしますかって、何を？」

「だから入院を続けるかどうか、よ。そんな物騒な話になってるわけだから、とりあえずうちの病院からは出ていきたいっていう人がいるかもしれないでしょ」

「そういう人は多いのか」

「今日のところはいなかったみたい。考えさせてくれっていう人が殆どかな。悪戯だと決めつけてる人も少なくないし」

やはり脅迫状だけでは威嚇効果は少ないのか、と穣治は落胆した。患者たちが揃って出ていくとは思わなかったが、多少は退院するだろうと読んでいたのだ。

望が料理をテーブルに並べ始めた。蓮根《れんこん》のきんぴら、金目鯛《きんめだい》の干物、ほうれん草のお浸し、家庭的なおかずばかりだ。

「ごめんね。こんなのしかなくて」

「十分だ」

「あと、佃煮《つくだに》ならあるんだよね。肉の佃煮。食べる?」腰を下ろしかけていた望が、またしても立ち上がる。

穣治は手を振った。

「いいよ、これで十分だっていってるだろ。それより、病院のほうは大丈夫なのかよ。脅迫状っていうからには、犯人は何か要求してるんじゃないのか」

望は首を傾げた。

「それがよくわからないんだよね。あたしたちは脅迫状の中身を見てないし、上から指示されたとおりに動いてるだけだから」

どうやら看護師たちでさえ詳しいことは聞かされていないらしい。しかし時間の問題で、脅迫状の詳しい内容については噂となって広まるだろうと穣治は予想していた。危険を冒してまで脅迫状が第三者によって見つけられるようにしたのは、そのためなのだ。

「病院は明日からも通常通りに業務が行われるのかい」

「そうだと思うよ。別に何もいわれなかったし」望は自分のグラスにビールを注ぐ。

穰治もグラスを持ち、乾杯の格好をした。二人で食事をする時の儀式だ。

「手術はどうなるって？」

「どうなるんだ」

「明日からも変わりなく行われるのか」

「そりゃそうだよ。脅迫状が見つかったからって、治療とか手術をしないわけにはいかないでしょ。患者さんは病気とか怪我を治すために来るわけだし」

「そう……だよな」穰治は頷《うなず》き、きんぴらに箸を伸ばす。

病院の対応は、ほぼ彼の予想通りだ。患者がいるかぎりは治療に当たらねばならない。必要がある場合には手術だって行われるだろう。

「ＩＣＵっていったっけ。集中治療室のこと。そこにもまだ何人かいるのかい」

「いるよ。えーと、七人だったかな。どうして？」

「いや、そこにいる人は、今すぐには退院できないわけだよな」

「そうだね。特に心臓血管外科なんかだと、手術の後は必ずＩＣＵで様子を見るし」そういった後、ほうれん草を口に運びながら、望は独り言のように呟いた。「ああそうだ、明日も手術があるんだった。準備を忘れないようにしないと」

「手術？　心臓血管外科の？」

「そうだよ。七十五歳のおじいさんだから、ちょっと心配なんだよね。まあ、うちの先生なら問題ないと思うけど」

穣治は頷き、干物を箸でほぐし始めた。今日、作ったばかりの装置のことを考えていた。

17

いつものように朝八時に出勤した。身体がだるい。さすがに疲れがたまっているのを実感するが、休むわけにはいかない。体調不良を訴えれば休ませてもらえるだろうが、やっぱり女は体力がないと決めつけられそうな気がする。

この日はまず外来に行く必要があった。入院している患者が冠動脈造影検査を受けるので、それに立ち会うのが目的だ。

患者は六十三歳の男性だった。冠状動脈のバイパス手術を受けている。

三十分間の検査の後、その患者と待合室の椅子に並んで座った。彼の表情は明るかった。心電図や血圧などから、彼の心臓が入院前よりも格段によくなっていることは明らかだったが、彼自身も手応《てごた》えを感じたのだろう。

「動いても胸が楽ってのはいいものですねえ。ここ何年も、ちょっと運動したら息があがってしまって、単に歳のせいだと思ってたんだけど、やっぱり病気は治さないとだめですねえ」男性患者は饒舌《じょうぜつ》になっていた。

夕紀が心臓血管外科に移ってきた時、彼はまだICUにいた。術後の経過が思わしくなく、執刀した元宮が深刻そうに西園と話していたのを覚えている。しかし根気よく治療を続けたおかげで、すっかり元気になったようだ。退院も近いだろう。

研修医の生活は辛《つら》いが、それを忘れさせてくれるものがあるとすれば、やはり完治した患者の笑顔だ。それに勝るものはない。

男性患者は退院した後のことをあれこれと話した。いろいろとやりたいことがあるようだ。それを聞きながら周りを何気なく眺めていた夕紀の目に、一人の男の姿が留まった。どこかで見たことがある。二十代後半と思われる瘦《や》せた男性だ。

夕紀が目で追っていくと、男性は地下への階段を下りていった。外来の人間には用のないフロアだ。

「……ですか？」

男性患者に何か質問されていることに夕紀は気づいた。

「えっ？　あ、すみません。何でしょうか」

「先生はいつまでこの病院にいるんですか」男性患者は訊いてきた。

「たぶんあと一か月以上はいると思います」

「そうなんですか。研修が終わったら、やっぱりほかの病院に移るんでしょう」

「それはまだわかりません。どうしてですか」

「だってほら」男性患者は周囲を見回してから小声でいった。「いろいろと変な噂が流れてるじゃないですか。あれって、本当なんですか」

「噂？」夕紀は彼のほうに向き直った。「どういう噂ですか」

彼は悪戯《いたずら》を見つかった子供のような表情をした。

「いわないほうがよかったのかな」

夕紀は笑顔を作った。

「何か気になっていることがあるなら遠慮なくおっしゃってください。私だって気になりますから」

「そりゃそうだよねえ」男性は窺《うかが》うような目で夕紀を見ながらいった。「例の脅迫状のことですよ。なんか、この病院の医療ミスが原因だって話ですけど、そうなんですか」

夕紀は自分の顔が強張《こわば》るのを感じた。

「その話、誰からお聞きになりました？」

「いや、誰からってわけでもないんだけど、あちこちで耳にするから……」男性の語尾が曖昧《あいまい》になる。

どうやらすでに患者たちの間で噂が広まりつつあるようだ。夕紀は憂鬱《ゆううつ》になった。回診すれば患者たちから質問攻めにされそうな気がした。

「やっぱりあの噂、本当なんですか」彼は夕紀の顔を覗《のぞ》き込んできた。

彼女はかぶりを振った。

「詳しいことは私たちもよく知らないんです。医療ミスのことも何も聞いてませんし」

私たち、というのを夕紀は医師全員のつもりでいった。しかし男性患者はそうは受け取らなかったようだ。

「ああそうか。氷室先生はこの病院の正式なお医者さんじゃないからなあ。じゃあ、詳しいことは教えてもらえないかもしれませんね」彼は合点したように頷いている。

そういう意味ではなく、と反論しようとし、夕紀は思い止《とど》まった。プライドを傷つけられてムキになっている、と思われたくなかった。

「脅迫状のこと、患者さんたちの間で話題になっていますか」夕紀は訊《き》いてみた。

「そりゃあもちろん。だって、わざわざ先生方が説明しに来られたじゃないですか。希望があれば早期退院とか転院できるように取りはからうって。あそこまでいわれたら、ただ事じゃないんだなと思いますよ。ふつう」

夕紀は頷いた。病院側としては、単なる悪戯の可能性が高いとしても、患者たちに隠しておくのはかえって混乱を招くと判断したのが、患者たちにしてみれば、そのことで緊迫感をより強めたようだ。

「まあ、私はおかげさまで近々退院できそうだけど、まだ残ってなきゃいけない人は不安だと思いますよ。氷室先生も、せめてこの病院にいる間だけでも何もなきゃいいですね」

彼は親切心からいったのだろうが、夕紀としては頷いていいのかどうかわからない。曖昧な表情をしていると、それをどう勘違いしたか、彼は彼女の耳元でこんなことをいった。

「なんなら私が病院の上の人に、先生がよその病院に移れるように頼んでみましょうか。ちょっとした伝《つて》があるんですよ」

夕紀は驚いて彼を見返し、あわてて首を振った。

「大丈夫です。病院を移る気はありませんから」

「そうですか。でも、もし何かあったらいってください。これも恩返しだ」

男性患者は笑顔で立ち上がると、力強い足取りで去っていった。その後ろ姿を見送りながら、研修医とは一体何だろうと思った。やっていることは正規の医師と変わらない。患者も大抵はそう見ている。だが病状が回復したりして気持ちにゆとりが出てくると、途端に社会人の新米として扱いたくなるようだ。

しかし新米であることは事実だ。この病院内でも、どこまで大人扱いしてくれているのかはわからない。彼のいうように、脅迫状に関して何か裏があるのだけれど、単に研修医には知らされていないだけかもしれない。

憂鬱な気持ちを抱いたまま、夕紀は医局に戻ることにした。今日は十時から手術の予定が入っている。大動脈弁閉鎖不全を起こしている老人の手術だ。

執刀は元宮がやることになっている。だが医局に行くと、彼はのんびりとコーヒーを飲んでいた。手術前の緊迫した気配はない。

「そろそろオペの準備を始めたほうがいいですよね」念のために夕紀はいった。

「そうなんだけど、ちょっとまだわからない」

「何かあったんですか」

「CEさんが、少し待ってくれといっている」

「田村さんが？　何かトラブルですか」

田村というのは、この病院に勤めている臨床工学技士《CE》だ。医療機器のメンテナンスを行うだけでなく、心臓血管外科の手術の際には、人工心肺装置の操作を担当してくれる。

「人工心肺の調子がおかしい、というか、ちょっと気になる点が見つかったそうだ」

「それは……大変ですね」

たしかに重大事だった。人工心肺装置が動かせなければ、心臓血管に関わる手術は殆《ほとん》ど不可能といえる。

「田村さんによれば、故障とかいうんじゃなくて、一応の確認というレベルらしい。そうでなきゃ困る。予備の機械はあるけど、あっちは古いからなあ。病院も、けちけちしないで新しい機械を買ってくれりゃいいんだけどな」

「あの機械って、いくらぐらいするんですか」

「そうだな」元宮は腕組みをした。「都内に一軒家が買えるかな」

夕紀は絶句した。そんな彼女を見て、元宮はにやりと笑って続けた。

「手術のたびにCEさんが人工心肺の回路を組んでくれるだろ。一回につき、いくらぐらいかかると思う？」

見当がつかないので夕紀は黙って首を振った。元宮は人差し指を立てた。

「一万でも十万でもなく百万円だ。それぐらいはかかる」

「そんなに……」

「何しろ心臓や肺の代わりをさせるんだからな。金に糸目はつけられない」

元宮の視線が夕紀の背後に向けられた。彼女が振り向くとCEの田村が仏頂面で入ってくるところだった。大きな顔に汗が浮いている。

「どんな調子？」元宮が訊く。

田村は太くて短い首を傾げた。

「一通りチェックしましたけど、別に何も異状はありません。おかしいな。どういうことかな」独り言のように呟《つぶや》いた。

「一体何があったわけ？」

「いや、それがよくわからないんですけど、知らないうちに機械がリセットされてたんです。触った覚えはないし、電源にも異状はないんですけど」

「リセットって？」夕紀が訊いた。

「早い話、スイッチを入れ直した状態になってたってこと」

「機械が勝手に？」

「だからそんなことはありえないって」田村は冷笑を浮かべる。「短時間だけ停電でもしたのなら話は別だけど」

「あそこは停電しないだろ」元宮が口を尖《とが》らせた。「無停電の電源なんだから」

「そう。もし電源に問題があるなら、今頃病院中が大騒ぎになってるはずです」

「おかしいね」元宮は眉《まゆ》をひそめた。「でも機械は問題ないわけだね」

「大丈夫です。保証します」

「よし」元宮は膝《ひざ》を叩《たた》いて立ち上がった。「オペの準備だ」

手術室に向かう途中、歩きながら夕紀は、さっき男性患者から聞いた話を元宮にしてみた。脅迫状が医療ミスと関係しているという噂が広がっている件だ。

「だから？　俺たちに何か出来るのか」元宮は真っ直ぐ前を向いたまま訊いてきた。

「いえ、どうしたらいいのかと思って……」

「どうしようもない。あの件は警察に任せてある。患者にもそう答えておけばいい」

「でも今のままだと患者を不安がらせる一方だと思って……」

「仕方がない。この病院を信用できないならよそへ行けばいい。患者にはその権利がある。俺たちに出来ることは、今目の前にいる患者を救うことだけだ」元宮は立ち止まり、夕紀の胸元を指差した。「指導医として命令する。これから始まる手術以外のことは考えるな。わかったか」

夕紀は息を呑《の》み、頷《うなず》いた。

手術室の前では、患者が搬送されているところだった。元宮が駆け寄り、患者に声をかけている。真瀬望の姿もあった。

望を見ていて、夕紀は突然思い出した。先程、外来のフロアで見かけた男性のことだ。いつだったか、深夜に見かけたのだった。あの時、望が一緒にいた。

何者なのだろうと考えかけ、夕紀は小さく頭を振った。これから始まる手術のこと以外は考えてはいけない。たった今、注意されたばかりだ。

小さく震えていた輝点が、一瞬大きな波を描いた。穣治は目を凝らした。息を詰め、携帯オシロスコープの液晶画面を見つめながら調節ツマミを操作する。

今、手術が始まったな——そう確信する。

彼は車の中にいた。病院の駐車場から手術室で行われていることを推測している。

心臓血管外科の手術が行われる部屋に延びている無停電電源の配線に、給電監視モニタを取り付けてある。昨日まで会社で作っていた装置だ。モニタからは無線でデータが送信されるようになっている。

無停電電源には間違いなく人工心肺装置などの生命維持機器が繋《つな》げられている。それらの装置が稼働しているということは、手術が本格的な段階に入ったことを意味しているはずだった。

だがそれ以外のことは何もわからない。

手術室で、医師や看護師たちがどんなふうに患者の身体を開いていくのかは、外からは全く窺《うかが》い知れない。病院によっては、テレビモニタで中の様子を見られるところもあるようだが、この病院にその設備はない。

オシロスコープの画面上で震えている輝点だけが穰治の手がかりだ。

こんなもので何が出来る、と不安になった。たったこれだけの手がかりで、絶対にやり直しのきかない、後戻りもできない大それたことを実行しようというのか。

無謀だ、と改めて思う。しかしそれは最初からわかっていたことでもある。すべて承知の上でプランを練ったのだ。

オシロスコープのスイッチを切り、穰治は車のエンジンをかけた。動作確認は終了。とりあえずは良好。心配なのは監視モニタが発見されることだが、それについては祈るしかない。

それよりも問題なのは、と穣治は病院の入り口を見る。脅迫状のニュースが流れたにもかかわらず、患者たちの様子はいつもとさほど変わらぬように見える。外来の数も少なくなっていない。

なぜなんだ、と彼は苛立《いらだ》った。なぜこの病院にしがみついている——。

18

午後七時になっていた。夕紀はICUにいた。昼間、手術を行った患者の術後を監視している。今のところ異変はない。患者は深く眠っている。

血圧、心電図、スワンガンツカテーテル等々、モニタリングすべきことは多い。一時たりとも気持ちを切らしてはならない。

じつはこの時間が夕紀にとっては最も苦痛だった。緊張を強いられる手術がようやく終わり、ほっと一息つきたいところだが、それが許されないのだ。だが神経が疲弊しているので、集中しようとすればするほど瞼《まぶた》が重くなる。眠気覚ましに冷やしたアイスノンを首筋に当てているが、それも冷却効果が薄れつつある。

元宮はCEの田村と小声で話し合っている。人工心肺装置の不具合についてらしい。不具合といっても実際の手術では、田村が保証した通り何の問題もなかった。ただプロのエンジニアとしては、やはり気になるのだろう。徹底的に調べたいから、二、三日は別の装置を使ってくれ、という意味のことを田村はいっている。

教授と相談しておくよ、と元宮がいった。田村はそれで折れたらしく、お疲れ様、と夕紀にも声をかけて出ていった。

「エンジニアは頑固だ。まあ、だからああいう仕事が務まるんだろうけどな」元宮が苦笑し、大欠伸《おおあくび》をしてみせた。

「医者とは人種が違いますか」

夕紀の質問に彼は首を振った。

「同種だと思うよ。我々は人間の健康を維持し、病気を治す。彼等は医療機器の正常動作を維持し、故障を修理する。どちらも妥協は許されない」

説得力のある説明だった。夕紀は頷いた。

自動ドアが開いて、看護師の菅沼庸子が入ってきた。夕紀は憂鬱《ゆううつ》になった。仕事で元宮と二人きりになっているにすぎないのに、後で何か嫌味をいわれるかもしれない。いっそのこと席を外そうかとさえ思う。

「元宮先生、カトウさんがお見えになってるんですけど」菅沼庸子はいった。

「カトウさん？　ええと、どこの人だったかな」

「この方です」彼女はカルテを用意していた。「三か月前にお亡くなりになったカトウカズオさんの息子さんです」

元宮がカルテを受け取った。夕紀も横からちらりと覗《のぞ》く。加藤和夫という文字が見えた。年齢は七十八歳。書き込まれた内容によれば、胸部大動脈瘤《りゅう》で三回の手術を受けている。どうやら段階的に行ったようだが、三回目は緊急手術になった模様だ。破裂したのかもしれないと夕紀は推測した。

「あの人か」元宮の顔が歪《ゆが》んだ。「助けてやれなかったんだよな。で、どうして息子さんが今頃来たんだ？」

「それが……」菅沼庸子がちらりと夕紀のほうに目をやった。研修医の耳が気になるらしい。

夕紀は立ち上がった。資料を探すふりをして、二人から離れた。

菅沼庸子が元宮に顔を近づけて何か耳打ちした。

「今頃、そんなことをいってきたのか」元宮の声が尖った。「どうしてまた……」

その声に夕紀は振り返らざるをえなかった。

「で、今はどこに？」元宮が庸子に訊《き》いた。

「談話室で待っていただいてます。どうしましょうか。先生は手が離せないから、後日もう一度いらしてくださいとでもいっておきましょうか」

元宮は少し黙ってから首を振った。

「いや、会おう。逃げているように思われたくない」

「事務局に連絡は？」

「まだしなくていい。話がこじれるようなら、俺のほうから報告しておく。加藤さんを相談室に案内しておいてくれ。すぐに行くから」

「わかりました」菅沼庸子は頷いて出ていった。

元宮はさっきのカルテを手に取った。眉間《みけん》に皺《しわ》を寄せている。唸《うな》り声のようなものが漏れた。

「氷室君、ここは一人で大丈夫だな」カルテに目を落としたままで彼はいった。

「大丈夫です。容態は安定していますし」

「何かあったら呼びにきてくれ。話は聞いていたと思うけど、俺は相談室にいる」

はい、と夕紀は短く返事した。事情を知りたいが、研修医が出しゃばるなといわれそうで何も訊けない。

だが元宮のほうが吐息をついてからいった。「医療ミスを疑っているらしい」

えっ、と夕紀は目を見開いた。

「父親が死んだのは病院のミスが原因だったんじゃないかといいたいようだ」

「でも、亡くなったのは破裂が原因なんでしょう？」

「そう。そのことは遺族もわかっている。ただ、結果的に破裂したのは病院側の判断ミスではないかと疑っているらしい」

「結果的って？」

「この患者には三回の手術が行われている。症状がかなり広範囲にわたっているし、高齢だったから、一度で全部を取り除くのは危険だった。一回目は弓部全置換を施し、二回目にはバイパス手術を行った。その時点で瘤《こぶ》が残っていることはわかっていた。だけどそこまでが限界だった。三回目を急いで実施するには、患者の体力がなさすぎた。言い訳するつもりはないが、西園先生の同意も得ている」

「その残っていた動脈瘤《りゅう》が破裂を？」

夕紀の問いに元宮は小さく頷《うなず》いた。

「運ばれてきた時には脊髄《せきずい》動脈が環流障害を起こしていたし、重篤な合併症も引き起こしていた。命を助けられたとしても、意識が戻る見込みはなかった」

「それなのに医療ミスだと？」

「手術を何回かに分けて実施することは事前に本人にも家族にも説明してあった。二回目の手術を行った後も、まだ瘤が存在することは話した。破裂のおそれはあるが、患者の体力が戻ることが先決だといった。亡くなった時点では、遺族たちは不満を漏らしたりしていなかったんだけどな」元宮は唇を噛《か》んだ。

「今になってどうして……」

「よくわからんが、例の件が関わっているのかもしれないな」元宮がぽつりといった。

「例の件？」

「脅迫状だ。犯人側の要求について、患者たちの間で噂になっているといってたな」

夕紀は頷いた。「何人かの患者さんは御存じのようです」

「それを加藤さんたちも耳にしたのかもしれない。そんな脅迫状が舞い込んだということは、この病院は医療ミスを隠しているんじゃないか、と疑っても無理はない」

「加藤和夫さんが亡くなったのは、元宮先生のミスだと？」

「まだそうだと決めつける気はないと思うけど、疑い始めたのはたしからしい。遺族というのは、どんなに医師がベストを尽くしたといっても、腹の底から納得しているわけではないからな。何とかできたんじゃないか、と何年経っても疑っている。それを言葉に出さないのは、単にきっかけがないからだ。だから今回の脅迫状は、そうした潜在的な疑念を持っている遺族たちにとっては起爆剤になるのかもしれない。とにかく説明してくる。こちらにはやましいことはない」

元宮はふっと息を吐いてからドアに向かって大股《おおまた》で歩きだした。

彼を見送った後、夕紀は再び患者の術後監視に戻った。データを睨《にら》みながらも、元宮の言葉が頭から離れなかった。

医師がベストを尽くしたといっても、腹の底から納得しているわけではない——。

それはまさに夕紀自身のことだった。どれほど論理的に説明を受けたとしても、西園医師はベストを尽くした、と心の底から納得することは不可能のように思われた。

この病院では医療ミスを隠しているのか、と問われた時、自分ならどう答えるだろうと彼女は考えた。元宮のように、やましいことはないと断言できるだろうか。

元宮が戻ってきたのは、それから約一時間後だった。彼の後から西園も入ってきたので、夕紀は驚いた。

「患者の様子は?」元宮が夕紀に訊いてきた。

「安定しています。血圧が少し低いんですけど、問題ないと思います」

モニタのデータを眺め、元宮は頷いた。西園はほかの患者たちの様子を見て回っている。

現在、昼間に手術した患者を含めて、五人がICUにいる。

「そちらのほうはいかがでしたか」夕紀は訊いてみた。

「とりあえず説明はした。納得してくれたかどうかはわからんが」元宮の歯切れは悪い。

「西園先生にも来ていただいたんですか」

「たまたまいらっしゃったので、同席してもらった。加藤さんも、教授がわざわざ出てきたということで、少し気をよくしている様子だった」

「加藤さんは、一体どういう疑いを持っておられるんですか」

元宮は渋面を作り、頭を掻《か》いた。

「予想通りだった。二回目の手術について不満を持っておられるようだ」

「バイパス手術ですね」

「その時に瘤を残しておいたのがミスじゃないかと思っておられるわけだ。結果的にそいつが破裂したんだから、その点に不満を持つ気持ちはわかる。しかし現実的に、あのケースではほかに方法はなかった。そのことは事前に、しっかりと説明してあったんだけどな」

「加藤さんは納得してお帰りになったわけじゃないんですか」

元宮は吐息をつき、肩をすくめた。

「相談したい人間がいるから、その者と話し合ってから、また伺いますってさ。誰と相談するつもりなのか……」

「最後まで付き合うことだよ」西園が両手をポケットに突っ込み、近づいてきた。「遺族にとって大切なことは、納得する、ということだ。医者は患者の治療に全力を投じるだけでなく、もし残念な結果に終わった時には、遺族の心の傷を癒すことにも手を抜いてはならない。彼等が何度も説明を求めるなら、何度でも説明すればいい。知りたいことがあるなら教えてやればいい。疑いを晴らす方法はそれしかない」

元宮は教授のほうを向き、二度三度と頷いた。

「そうします。御心配をおかけして申し訳ありません」

「私に謝る必要はない。こういうことも医師としての技量をあげるための試練だと思うことだ。私にだって同様の経験はある」そういってから西園は夕紀のほうを見た。夕紀は反射的に目をそらしていた。

「それにしても、思った以上に厄介なことになりそうですね。あの脅迫状に触発された遺族たちが、加藤さんのように乗り込んでくるケースがほかにも出てくるかもしれません」

元宮がいった。

「だとしたら、その責任の一端はやはり医師にあると考えるべきだろう。遺族たちに潜在的な不満が生じる最大の原因は、説明不足以外の何物でもないからね」

「肝に銘じておきます」

「まあ、そう悲観的な顔をするな。君はそろそろ引きあげてもいいんじゃないか。後は氷室君に任せて」

「そうしてください」夕紀はいった。「ここはあたし一人で大丈夫です」

「じゃあ、そうさせてもらおうかな。西園先生は？」

「私はまだここにいる。氷室君に話があるんだ」

「そうですか。では、お先に」

元宮は西園に一礼すると、出入口に向かった。それを見送った後、夕紀は患者のモニタ画面に目を向けた。全身に力が入っているのがわかる。ＩＣＵで西園と二人きりになるのは初めてだ。

「患者の遺族に説明を繰り返すということは」西園の声が背後から聞こえてきた。「医師が自分自身を救うことにも繋《つな》がる」

夕紀は少しだけ後ろに首を捻《ひね》った。「自分自身を？」

「患者を死なせてしまった時、ある意味で医師は遺族以上に傷つき、消耗する。そこから立ち直るのに必要なことは、自分が何をやったのか、冷静に見つめ直すことだ。それをしないままで次の患者に向き合おうとしても、不安に押し潰《つぶ》されるだけだ。たとえ残念な結果に終わったのだとしても、ベストを尽くしたと信じられることが、その後の医療行為の支えとなる」

夕紀は黙っていた。西園は健介のことをいっているに違いなかった。自分はベストを尽くしたという自信がある、と主張しているように聞こえた。

しかし、と彼女は思う。それを鵜呑《うの》みにする材料はどこにあるというのだろう。

「明日の夜、空いてるかね」

西園の声に、夕紀は思わず振り返った。「えっ？」

「君に会わせたい人間がいるんだ。夜、付き合ってほしい」

「でも、明日はいろいろと……」

「仕事のことなら私のほうから元宮君たちに頼んでおこう。急な話で申し訳ないが、明日しか時間がなくてね。何しろ、会わせたい相手というのが、来週には日本を離れてしまうものだから」

「どういう方なんですか、その人」

すると西園は照れたような顔を浮かべ、鼻の下をこすった。

「息子だよ」

夕紀は息を呑んだ。言葉が出なかった。

「道楽息子でね、いい歳なのに未《いま》だに独り者で、コンピュータ・グラフィックなんかをやっている。その勉強のためなのかどうかは知らないが、それでアメリカへ行くそうだ。ささやかな壮行会を開いてやることにしたが、君にも出席してもらいたいと思ってね」

どうしてあたしが、といいかけて言葉を呑み込んだ。

ああそうか、と思った。西園の息子なら、いずれは夕紀にとっても義理の兄弟になるのだ。

「母は？」念のために訊《き》いてみた。

「もちろん、来てもらうよ」西園は明言した。

19

煙草に火をつけるのに三分以上もかかった。風が強いからだ。七尾は一本目をくわえてすぐ、二本目の煙草を耳の上に挟んだ。一本目を吸い終えたら、その火を消す前に二本目につけようと思った。

病院の外にいる。夜間用出入口のそばだ。スタンド式の灰皿は、今にも溢《あふ》れそうになっている。見舞客だけでなく、病室を抜け出して吸いにくる患者も少なくないのだろう。

煙草が半分ほど燃えた頃、二人の男が病院から出てきた。一方はトレーナー姿で、もう一方はパジャマの上からジャンパーを羽織っている。どちらも四十代半ばに見えた。

「やれやれ、ようやく煙草にありつける。それにしても、俺が悪くしてるのは腸だぜ。肺ならわかるけど、なんで大腸が悪いだけで禁煙しなきゃいけないんだよ。なあ」患者らしき男がぼやいている。

「まあ、人間の内臓ってのは繋がってるから、腸が悪い時もやっぱり吸っちゃいけないってことじゃないのかなあ」見舞客と思われるほうが煙草の箱を差し出した。

患者の男は舌なめずりしそうな顔でそこから一本取り出す。香りをかぐように鼻の下にこすりつけてから口にくわえた。

見舞客がジッポのライターで火をつけてやっている。それから自分の煙草にもつけた。

今度からは自分もオイルライターを持ってこよう、と二人の動作を横目で見ながら七尾は思った。

「それにしても、この病院、大丈夫なのかい？」見舞客が煙草の先で建物を指した。

「大丈夫って、どういう意味？」

「なんかいろいろと騒がれてるじゃないか。爆破するとか何とか、脅迫されてるんだろ。テレビで見たぜ」

「ああ、あれね。医者からも説明があったよ。心配ならほかの病院に移る手続きも出来るっていわれた。一瞬、どうしようかなと思ったけど、なんか面倒臭いから、このままでいいですって答えておいたんだ。それにああいうのは大抵悪戯《いたずら》だろ？　いちいち気にしてたら、今の世の中、やってられないよ」

「まあたぶん悪戯だろうけどさ」見舞客は気楽な口調で同意を示した後、少し声を落として続けた。「でも、あの噂は本当かな」

「噂って、あれか。医療ミスのことか」患者の男も声をひそめる。

「うん、なんか、結構隠してるんじゃないかって話を聞いたぜ」

「隠してるって、病院がそういうミスのあったことをか？」

うん、と見舞客は頷《うなず》いてから七尾のほうをちらりと見た。とりあえず人目を気にしてはいるようだ。七尾は彼等には横顔を向け、携帯電話を取り出し、操作するふりをした。聞き耳をたてる気はないが、彼等の話を中断させるつもりもない。

「どこで聞いたんだよ、そんな話」患者の男が尋ねている。

「いやそれがね、うちの職場に、母親を以前ここに入院させてたって奴がいるんだよ。そいつがいうには、どうも納得のいかない死に方をしたっていうんだな」

「どんなふうに？」

「詳しいことは聞かなかったけど、院内感染したらしいぜ。エムアール……何だっけな。なんか、横文字の並んだ病気だ」

ＭＲＳＡ感染症のことだな、と七尾は察した。院内感染するケースが多い病気だ。

「院内感染ってことは、病院に入ってからその病気にかかったってことかい？」

「そうなんだよ。元々は全然別の病気で、その手術をするために入院したってことだ。ところが入院して二、三日目とかにその病気にかかってさ、肝心の手術をする前に死んじゃったんだってさ。それ、おかしいと思わないか」

「おかしいな。つまり病院でおかしな菌をもらったってことだろ」

「そうなんだよな。入院しなきゃ、そんな病気にはかからなかったってことだ。家族としちゃあ納得できる話じゃないよな」

「で、どうしたんだい、その人。病院に文句をいったのか」

「もちろん問い詰めたそうだよ。だけど病院側の説明だと、それはミスではないってことらしいんだ。その病気にかかっちまうのは避けようがない、みたいな説明だったそうだ」

「なんだ、それ。そんなんでいいのか」

「そいつも合点がいかなくて、知り合いの弁護士かなんかに相談したんだってさ。そうしたらやっぱり、それはどうしようもないという意味のことをいわれて、しっくりいかないまま終わっちまったんだそうだ」

へえ、と患者の男は声をあげた。「そういうもんなのか」

「俺もよくわからないけど、結局医療ミスってのは、証明するのが難しいんじゃないのか。一般人には無理だよ。医学の知識はないし、病院内のことなんて、隠されたらおしまいだもんな」

「そう考えると、ちょっと怖いな」

「だろ、だからさ、この病院で大丈夫なのかって訊いてるんだよ」

「そんなことをいわれてもなあ、俺の場合はポリープを切り取る程度だし、まさかとんでもないミスなんかはしないだろ」

「まあ、そう祈るしかないよな」

二人は煙草の火を消し、病院に戻っていった。七尾は彼等を見送った後、耳に挟んであった煙草をつまんだ。話を聞いているうちに一本目の煙草を灰皿に捨てていた。火をつけるのに、また少し苦労した。

MRSA感染症については七尾も少しだけ知識がある。MRSAというのは、ブドウ球菌が何らかの事情で耐性を持ったものだ。ブドウ球菌自体はどこにでも存在するといってもいい菌で、健康な人間ならば発症することはない。ただし耐性を持ったものは話が別で、未熟児、高齢者、入院患者などが発症する場合がある。効果的な薬はなく、腸炎や肺炎、時には敗血症を起こして患者が死亡することも珍しくない。たしかに院内感染と聞いただけだと、いかにも病院の管理不行き届きが原因のように思われるが、誰が、あるいは何が菌の仲介者になるかは予想できないので、完全な防御は不可能に近いというのが実態だ。発症した患者を隔離し、症状に応じた治療をするのが精一杯で、それを怠らないかぎりは病院の責任が問われることはない。今の二人の会話を聞いた範囲では、帝都大学病院側に落ち度はなかったように七尾には思われた。病院側のミスが問われるのは、感染の原因が明らかに予防不足だと認められる場合や、発症後の対応に不適切な部分があった時だけだ。

医療ミスとは何か。じつはこの定義がかなり難しい。医事法学では、医療行為から有害な結果が生じた場合、そのすべてを医療事故と定義している。その中から、不可抗力によるものを除いたケースが医療過誤つまりミスとみなされる。故意もしくは過失で引き起こされたというわけだが、通常は故意ということはまずありえない。

このように表現すると医療ミスの定義は確立されているように感じるが、現実には、不可抗力かそうでないか、が問題となる。裁判で争われるのも、大抵はその点だ。

なぜそうなるのかというと、事故の原因についての見方が、患者側と病院側で異なるからだ。事故が起きた時、医師を含めた病院側の人間は、その原因を病気の特性や患者の体質といった、避けようのない外的因子に求めようとする。それに対して患者側の人間は、医師や看護師の力量不足、不注意といった個人的要因を問題にしようとする。食い違いが生じるのは当然のことなのだ。

例の脅迫状は、この食い違いの部分を刺激していた。それによって患者たちの心が揺さぶられているのは事実のようだ。そういう動揺さえも犯人の狙いなのかどうかまでは七尾にはまだわからない。

特殊犯捜査二係では、まだこの事件に本腰を入れているとはいいがたい。七尾は坂本と二人で帝都大学医学部や大学病院に関する情報を集めている。病院事務局の話はあまり当てにならない。彼等が本当に何もかも打ち明けてくれているかどうかはわからないからだ。

医療ミスについて公表し、謝罪せよ――。

犯人が二度にわたって要求している内容は、一体何を指すものなのか、今のところ七尾には全く摑《つか》めていなかった。少なくとも帝都大学病院は、ここ数年、その種の裁判に関わっていない。約十年前に、胃癌と診断された患者が胃切除の手術を受けたが、じつは単なる胃潰瘍《いかいよう》で手術の必要はなかったというケースがあるが、これについては担当医師が謝罪し、患者と病院との和解も成立している。

脅迫状が単なる悪戯ならば問題はないが、もしそうでないなら、犯人には確固たる動機が存在するはずだ。となれば、その動機の根拠となる事実も、もしかすると今後犯人によって示される可能性もあると七尾は踏んでいた。

勝負はそれからかもしれない。

だがそう思った後で彼は一人苦笑を浮かべた。自虐的な笑みだった。もし事件が本格化すれば、自分は一線から外されるかもしれないと思った。

二年前、大手信販会社が脅迫されるという事件が起きた。犯人は会社が所有する顧客名簿のコピーを持っており、それをネット上に流すといってきたのだ。脅迫文もインターネットによって送られてきていた。

七尾たちは電子メールを分析し、犯人が新宿のインターネットカフェを主に利用していることを突き止めた。その結果、張り込んでいた捜査員が犯人を逮捕することに成功したのだ。犯人は元社員で、退職する前に顧客リストを持ち出したらしい。

それだけならば何も問題はない。話が複雑になったのは、犯人が所持していたリストから、とんでもないものが見つかったからだ。

それは刑余者に関する詳細なデータだった。住所氏名は無論のこと、犯歴、肉体的特徴などがじつに数千人分まとめられていた。

そんなものを揃えられる機関は一つしかない。警察庁の人間が関与しているとしか考えられなかった。

ところがそこから先になると捜査は進まなくなった。というより、進め方について上層部から物言いがついた。七尾は苛立《いらだ》った。身内のことは隠す、と非難されるようなことを、また繰り返そうとしているわけだ。

七尾は自分の判断で動いた。脅迫された信販会社にいる警察のOBを探り出し、彼等と接触する人間を調べていった。その結果、ある人物が浮かび上がった。驚いたことに警察庁の幹部だった。その幹部は、信販会社から多額の報酬を受け取っている形跡があった。

だが七尾の捜査はそこで頓挫《とんざ》した。別の事件を捜査するように指示されたからだ。警視庁が動くほどのことはないと思える小さな事件だった。

間もなく警察庁の人間が逮捕されたが、七尾が追っていた人物とはまるで別人だった。しかし事件についてはそれ以上調べられることはなかった。国会で野党議員が形式的な質問をしたが、「今後類似のことが起きぬように対処する」と国家公安委員会の委員長が、これまた形だけの答弁をしただけだった。

そして七尾にはその後も無言の圧力がかけられている。今回のように、まだ悪戯《いたずら》かどうかが判明しないようなケースの下捜査が彼の主な職務だ。捜査が本格的に始まれば、彼の名前は担当者のリストから外される。

警察の使命とは何なのだ、と毎日のように疑問に思う。犯罪を防止し、万一起きた場合には全力で犯人逮捕にあたる、ということなのだろうが、それを完璧《かんぺき》に実施できるシステムが今の警察機構に存在しているとはとてもいえない。

尊敬する先輩だった氷室健介の言葉を思い出した。人間は生まれながらにして使命を与えられている、というものだ。その言葉を嚙《か》みしめるたびに苛立ちが募る。自分がそれを全く果たしていないという思いに駆られる。

二本目の煙草がフィルター付近まで灰になっていた。彼はそれを灰皿に捨て、病院に入った。ドアをくぐって左側に警備室の窓口がある。

「何か変わったことは？」中にいる警備員に一応尋ねてみた。

「いえ、特に何も」中年の警備員は首を振った。

七尾は頷《うなず》き、歩き始めた。

廊下の途中にあるトイレから、一人の男性が出てきた。骨折でもしたらしく、右腕を肩から吊《つる》している。外で女性が待っていた。

「早かったのね」女性がいっている。

「いや、それがさ、まだ塞《ふさ》がってるんだ。ほかのトイレを探すよ。なんか、気分よさそうに鼻歌を歌ってるんだよな」

男女が去った後、七尾も一旦《いったん》トイレの前を通り過ぎた。だが数メートル進んだところで引き返した。トイレのドアを開ける。

直感、というほどのものではない。そもそも彼は刑事の勘というものを信じていない。気になったのは、鼻歌という言葉だ。

小用の便器が二つ並んでいて、奥に個室がある。そこのドアがぴったりと閉じられている。先程の男性は個室を使いたかったのだろう。

七尾はついでに自分も用を足した。耳をすませると、たしかに鼻歌が個室から漏れてくる。衣擦れの音も聞こえる。かちゃかちゃと鳴っている金属音は、ベルトか何かか。

七尾はトイレを出て、歩きだした。夜間用出入口のそばなので、昼間はあまり誰も通らない廊下だ。今も周囲に人はいない。

彼はまた足を止めた。何となく気になって仕方がないのだ。再びトイレに入った。

相変わらず鼻歌が聞こえる。そして衣擦れの音。

声や物音が聞こえるのだから、中で誰かが倒れているわけではない。それでも彼は個室のドアをノックした。「あのう、大丈夫ですか？」

返事が聞こえるはずだった。しかし何の反応もない。彼はもう一度ノックした。

「すみません。聞こえてますか」

やはり返事はない。七尾の全身に緊張感が走った。

彼はドアの金具に手をかけた。捻《ひね》ると簡単に外れた。鍵《かぎ》はかかっていないのだ。そのままドアを開けた。

その瞬間、何かがカチリと音を立てた。それと同時に七尾は、中に誰もいないことを認めた。洋式便器の蓋《ふた》は閉じられ、その上に何かが載っている。黒い箱のようなものだ。

危険を察知した。次の瞬間、箱から猛烈な勢いで煙が噴出した。

20

ガラス越しに庭園が眺められた。ライトアップで、植込みの間を流れる水が光っている。それらを見ていると、ここがホテルの五階であることを忘れそうだ。

テーブルを挟んで夕紀の斜め向かいに座っている西園は、しきりに時計を見ていた。約束の時刻は七時らしい。それにはまだ少し間がある。病院を出るのが早すぎたのだが、西園がせっかちになる気持ちもわからないではなかった。ほんの少しぐずぐずしていたばかりに、急遽《きゅうきょ》運ばれてきた患者を診なければならなくなるということが往々にしてあるからだ。

西園の顔が動いた。入り口のほうを見て、手を上げた。グレーのスーツを着た百合恵が、仲居に導かれて入ってくるところだった。彼女は西園と夕紀を均等に見比べながらテーブルに近づいてきた。夕紀は小さく頷いてみせた。

「ごめんなさい、少し待たせたかしら」百合恵は西園に訊《き》いた。

「いや、それほどでもない。我々が少し早く着きすぎたんだ。やっぱり落ち着かなくてね」

「緊張してるの？」

「少々ね」そういってから西園は夕紀を見て笑った。

百合恵は夕紀の隣の椅子に座った。

「道孝《みちたか》さんは？」

「まだなんだ。さっき電話があったから、そろそろ着く頃だと思うけど」

「そう。――仕事のほう、大丈夫なの？」これは夕紀に向けられた質問だ。

「あまり大丈夫じゃないと思うんだけど、西園先生が是非にっておっしゃったから」

「今日は特別だよ。まあ、先日も特別だったわけだけどね」西園が夕紀と百合恵を交互に見ていった。

「あの……道孝さんのことはもう？」百合恵が訊く。

「タクシーの中で少し話した。でも、詳しいことは本人が現れてからと思ってね」

そうね、と百合恵は頷いた。彼女も少し緊張しているようだ。それが夕紀にも伝わってくる。

道孝というのは西園の息子の名前だ。彼がいうように夕紀はそのことをタクシーの中で聞かされた。

「あなた、何かお飲みになったら？」

百合恵が西園にいうのを聞き、夕紀は膝《ひざ》に置いた手を一瞬握りしめた。あなた――。

「そうだな。ビールぐらい飲もうか」西園が夕紀のほうを見た。「君も同じでいいかい？」

「いえ、あたしはやめておきます。いつコールがあるかわからないし。お茶でいいです」

西園は少し考え込むように唇を閉じてから頷いた。

「そうだな。じゃあ君は？」百合恵に尋ねる。

「私もお茶にしておくわ」

「わかった」

西園は仲居を呼び、飲み物を注文した。

彼が上着を脱ぐのを見て、百合恵がすぐに横から手を貸した。上着を受け取り、仲居を手招きする。そのしぐさは実に自然だった。

まさに夫婦そのものだと夕紀は思った。自分が知らないところで、この二人はすでに夫婦としての関係を確立しつつあるのだ、と感じた。

ビールと日本茶が運ばれてきた。夕紀が湯飲み茶碗《ぢゃわん》を手にした時、西園が入り口のほうを見て、「おっ、来たか」と呟《つぶや》いた。

黒っぽいジャケットを羽織った二十代後半と思われる男性が、大股《おおまた》で歩いてくるところだった。髪は長く、少し染めているようだ。彫りの深い西園と目元は似ているが、ほかの部分はやや平坦《へいたん》で、中性的な印象を夕紀は受けた。

「こんばんは。遅れてすみません」歯切れのいい口調で彼は百合恵に詫《わ》びた。

「大丈夫よ、私も今来たばかりだから」百合恵が応じる。

このやりとりを見て、二人はすでに面識があるのだと夕紀は了解した。

若い男性は夕紀を見ると、少し表情を硬くした。

「先に紹介しておこう。氷室君、こいつがさっき話した息子だよ。道孝だ」西園は夕紀にいった。

彼女は立ち上がり、頭を下げた。「氷室です。はじめまして」

「あ……道孝です。父がいつもお世話になっています」道孝も立ったまま会釈してきた。

「とにかく座りましょうよ。道孝さんも、さあどうぞ」

百合恵に促され、道孝は夕紀の向かいに腰を下ろした。

「何だか、お見合いみたいだな」西園がそういい、夕紀以外の三人が笑った。

食事は懐石のコースだった。箸《はし》を動かす合間に、西園は道孝にアメリカでの仕事や生活について、しきりに尋ねている。夕紀は話の聞き役に徹しながら、というより必要最小限のこと以外は決してしゃべらぬように気をつけながら料理に手をつけた。彼等のやりとりから、どうやら道孝は映画製作会社の傘下にある特撮専門会社で働くつもりだと知った。

「俺のことはもういいよ。それより、病院の話が聞きたいな」道孝が苦笑しながらいった。

「そんなものを聞いてどうするんだ」

「親父に訊いてるんじゃない。夕紀さんに尋ねてるんだ」

自分の名前が出たので彼女は思わず顔を上げた。道孝がじっと目を見つめてきた。

「どうですか、西園教授は。あなたにとって、どんな上司ですか」

「やめろよ」

「ちょっと黙ってろって。俺は今、夕紀さんと話してるんだ」うるさそうに手を振った後、道孝は、「で、どうなんですか」と再度訊いてきた。

夕紀は箸を置き、俯《うつむ》いた。誰かの助け船を待ったが、西園も百合恵も黙っている。おそらく二人も彼女の答えを聞きたがっているのだと気づいた。

夕紀は道孝とは目が合わない程度に顔を起こした。

「医師として、素晴らしい技術と知識をお持ちだと思います。経験も豊富だし、学ばせていただくことは多いです。あたしがこんなことをいうのは生意気かもしれませんけど」

「何だか、居心地が悪いな」西園が照れたようにいった。

「優等生の回答だなあ」道孝の口調には皮肉の響きがあった。彼はさらに訊いた。「では、尊敬できる医者ですか」

一拍置いてから夕紀は答えた。「ええ、もちろん」

「今、少しためらいましたね」

「いえ、そんなことは……」

「じゃあ、もう一つ質問」道孝が人差し指を立てた。

「おい、もうやめろよ。彼女が困ってるだろ」

「親父は黙っててくれ。大事な質問なんだ」

道孝の言葉に夕紀は顔を上げた。彼と目が合った。彼はその目をそらさずにいった。

「西園陽平を父親としてどう思いますか？」

夕紀の心臓が大きく跳ねた。隣で百合恵が息を詰めるのを気配で感じた。

「いい加減にしろよ」西園が息子の腕を肘《ひじ》で突いた。

「俺はそのことを知っておきたいんだ。親父だってそうだろ？　そもそも、それを確認するのが、今夜の会食の目的じゃないのか」中性的な顔立ちからは想像しにくい強い口調でいった後、道孝は夕紀を見てにっこりと微笑んだ。「遠慮なくいってくださって結構です。あなたの答えを聞かないことには、安心してアメリカに行けません」

単刀直入な質問に、夕紀はたじろいだ。道孝の口振りから、彼は二人の再婚に反対ではなさそうだと悟った。その上で彼は、義母となる女性の実娘を強く意識しているのだ。

夕紀は、西園の家族のことなど、これまであまり考えたことがなかった。彼を父親として認められるかどうか、ということでひたすら悩んできた。だが当然のことながら、この結婚は百合恵と西園だけの問題ではない。そのことを改めて思い知った。

「どうですか」道孝はなおも訊いてくる。

夕紀は吐息をついた。

「正直いって……よくわかりません。ごめんなさい」

西園が頷《うなず》くのを夕紀は目の端で捉《とら》えた。百合恵の表情はわからない。

「二人の結婚には賛成なんですか」道孝は食い下がってくる。

「反対はしていません。あたしが反対する理由はないし」

「反対ではない、でも積極的に賛成もしない、ということでしょうか」

「おい、もういいだろ」たまりかねたように西園がいった。「彼女がわからないと答えたのは、極めて正直な感想だと思う。彼女は大学や病院内の私しか知らない。教授と研修医という立場でしか接していない。その状態で、そんなことを質問されても答えなど出せるはずがない」

「でもそのままじゃあだめだろ。若い男女が結婚するのとはわけが違うんだぜ」

「そんなことはおまえにいわれなくてもわかっている。だから急《せ》いたことをするつもりはない。氷室君にも、じっくりと考えてもらうつもりだ。時間はいくらかけても構わないと思っている」

「どんなふうに考えてもらうんだ?」

「何?」

「どうやって考えてもらうんだと訊《き》いてるんだよ。今のままじゃ、いつまで経っても夕紀さんは大学教授あるいは医者としての親父のことしか知りようがない。自分の父親としてふさわしいかどうか、どうやって見極めろというんだ」

道孝の言葉に、西園は黙り込んだ。すると代わりに百合恵が開口した。

「まあいいじゃない。そういうのは、本当に時間がかかることだと思うし。夕紀が研修医をしている間は、ちょっと考えにくいと思うし……」

「あたしは――」夕紀はいった。「母の人生ですから、母がいいと思えばそれでいいです。何も不満はありません」

「本当にそう思うんですか」道孝が覗《のぞ》き込んでくる。

ええ、と夕紀は頷いた。

「何も迷ってません。あたしが考えることではないと思います」

「あなたがそう思っておられるのなら、それでいいんですけど」道孝は目をそらし、グラスビールに手を伸ばした。

それからは話があまり弾まなくなった。気まずい空気が四人を包んだ。その責任を感じたか、道孝が西園にいった。

「ところで例の脅迫事件のほうはどうなってるんだ。いろいろと噂が流れてるみたいだけど」

西園は箸を止めた。「噂?」

「出版社に知り合いがいて、そいつから聞いたんだ。犯人の目的は帝都大学病院の医療ミスを暴くことだっていうのは本当なのかい？」

　西園はふっと唇を緩めた。

「こういう事件が起きた時には、無責任な憶測が飛び交うものだ。そんなものにいちいち付き合ってられんよ」

「デマだっていうのか」

「犯人の目的なんか私は知らないし、医療ミスについても心当たりがない。誰かが何かを知っているのかもしれないが、その誰かとは私じゃない」

「それにしても、悪戯《いたずら》じゃなかった場合のことも考えなきゃいけないだろ？　もし病院に爆弾でも仕掛けられたらどうする気なんだ」

「それは我々の考えることじゃない」そういった後、西園の顔つきが変わった。内ポケットに手を入れながら立ち上がった。「ちょっと失礼」

　携帯電話がかかってきたようだ。病院からなら、なぜ先に自分の電話が鳴らないのだろうと夕紀は訝《いぶか》しんだ。西園を呼ばねばならないほどの事態が起きたということか。

　間もなく西園が戻ってきた。顔つきが一層厳しくなっている。

「すまないが、病院に戻る用ができた。これで失礼させてもらうよ」

「何があったの？」百合恵がやや悲壮感の籠《こ》もった声を出した。

「いや、それほど大したことでは――」そこまでいったところで西園は言葉を詰まらせた。

夕紀や道孝の、不安そうに彼を見上げる視線に気づいたからだろう。

西園は周囲を見回してからテーブルの上に身を乗り出した。頭を下げ、低い声でいった。

「病院で小火《ぼや》騒ぎが起きた。それで、どうやら例の犯人の仕業らしいということだ」

夕紀は息を呑《の》んだ。

「爆弾ですか」こういったのは、つい先程の道孝の言葉が頭に残っていたからだ。

西園は薄く笑って首を振った。

「電話で聞いたかぎりだと、そういうことではないようだった。ただ、消防車なんかも駆けつけてきたりして、かなり騒然とした状況らしい。とにかく各科の教授は集まることになった」彼は百合恵のほうを見た。「申し訳ないが、そういうことだ。後のことは頼むよ」

「病院に戻っても大丈夫なの？　まだ危険なんじゃないの？」

「危険性はないという話だった。それにもし危険だとしたら、余計に駆けつけなきゃならない。病院には私の患者も大勢入院している」

「先生、あたしも行きます」夕紀も立ち上がった。

西園は一瞬躊躇《ちゅうちょ》したようだが、すぐに首を縦に動かした。「わかった」

21

事務局長の笠木の顔は強張《こわば》っていた。目は血走り、唇は白かった。隣にいる病院長の小野川は時折唸《うな》り声を漏らす。二人から共通して感じられるのは怯《おび》えの色だ。危険にさらされているという恐怖と同時に、現在の地位を失うのではないかという危機感も抱いているに違いない。

特殊犯捜査二係の統括者である本間和義《ほんまかずよし》が、読んでいたファイルから顔を上げた。窪《くぼ》んだ眼窩《がんか》から、病院の責任者である二人をじろりと見た。

「そちらで把握しておられる医療ミスは本当にこの六点だけですか。案外少ないんですな」

「いや、先程もいいましたように、医療ミスではありません。そのように誤解される可能性があるということで、その六つをあげているだけです。ですから、まだこれから先、いくつか出てくることも考えられます」説明する笠木のこめかみを汗が流れた。

「実際、出てきておりますな」小野川が呟《つぶや》くようにいった。「各科で、以前うちで治療を受けたという患者やその家族が、その時の治療内容について説明を求めにやってくるケースが増えているんです」

「ほほう」本間が興味深そうに病院長を見た。

「これは脅迫状の影響だと思われます。例の内容が噂となって広がったために、かつての患者や遺族たちが、今になって改めて押し掛けてきているというわけです。治療の結果に満足していない患者は少なくありませんからな」

「それのケースを医療ミスとはいわないんですか」本間が意地悪そうに口元を曲げた。

小野川はむっとしたように目を剝《む》いた。

「いずれも最善を尽くした結果です。問題はなかったと思います」

「それが事実なら、今回のような犯人は現れないと思うんですがね」本間は再びファイルに目を戻した。

「悪質な悪戯、とは考えられませんか」すがるような目で笠木が本間を見た。

「その可能性もゼロではありませんが、もはやそんな呑気《のんき》な希望的観測に頼るわけにもいかんでしょう」

はあ、と笠木は肩を落とす。

係長、やる気を出しているみたいだな、と横でやりとりを聞きながら七尾は思った。そうでなければ、自ら質問に当たったりはしない。

男子用トイレに仕掛けられていたのは、単なる発煙筒だった。ドアを開けると同時に煙が噴き出す仕組みになっていたのだ。

無論、すぐにそうだとはわからなかったから、発見した七尾も一瞬後ずさった。爆発物かと思ったのだ。トイレから漏れ出た煙に気づいた病院の職員が火災報知器を鳴らしたのも、間違った判断とはいえない。

警備員が駆けつけてきた時には、七尾は煙の正体が発煙筒だと気づいていた。火災報知器が鳴りやんだのは、それから数分後だった。

間もなく消防車が到着したが、火災が発生していないことが判明すると、すぐに引きあげていった。しかし煙で濁った空気が完全に換気されるには一時間以上を要した。そして騒然となった院内が平静を取り戻すには、さらに時間がかかった。

中央署から捜査員が駆けつけ、続いて警視庁の七尾の同僚たちもやってきた。係長の本間の姿もあった。

鑑識によって現場の調査が行われた。その間、七尾は病院の事務局で本間たちに事件発生の模様を話した。発見者が一般人でなかったことは警察にとって好都合のはずだが、それが七尾だということで本間は少しやりにくそうだった。

現場からは脅迫状が一通見つかっていた。その内容は以下のようなものだった。

『今まで二度、警告状を届けたが、いまだに誠意ある回答がない。それどころかマスコミに対し、警告状の主旨といえる医療ミスに関する記述を隠蔽《いんぺい》する、という不誠実な行為が認められた。

警告者の実行力を過小評価しているか、あるいは警告状を単なる悪戯だと決めつけているのならば、それは大いなる誤りである。そのことを思い知らせるため、非常に不本意ではあるが、実力行使の模擬実験を行うこととした。

すでに確認済みだと思われるが、我々が仕掛けたのは単なる発煙筒である。しかし、もしそれがダイナマイトであった場合はどうであろうか。それが爆発する前に発見されていただろうか。また爆発していた場合、被害状況はどうであっただろうか。犠牲者が全く出ないなどという馬鹿げた推論がなされるのであろうか。

こちらの実行力についてどのように評価されようと自由だが、これが最後の警告であることだけは断言しておく。この次は発煙筒ではない。

警告者』

この期に及んでは、ついに警視庁も静観を決め込んでいるわけにはいかなくなった。本間自らが乗り出してきたのも、単なる悪戯ではないと危機感を持ったからだろう。

事務局を後にすると、本間は早速、病院にクレームをつけてきている人間全員に当たるよう部下たちに指示した。

「犯人がわざわざそんなことをするでしょうか」

異を唱えた七尾を本間は睨《にら》んだ。「どういう意味だ」

「クレームをつけることです。自分から警察に疑われるようなことはしないと思うのですが」

本間は持っていたファイルで七尾の胸を小突いた。

「カムフラージュってことも考えられるだろ」

「カムフラージュ……ですか」

「警察が動けば、必ず医療事故についての調査が行われる。クレームをつけてこようとこなかろうと、怪しい事例があれば、それに関係する人間全員を調べることになる。それに対して犯人が先手を取ってきたということもあり得るんだ」本間は鋭い目を部下たちに向けながらいった。

七尾はそれ以上反論せず、坂本と共に聞き込みに出ることにした。だがやはり内心では、この犯人はそんな単純な捜査線上には浮かんでこないのではないか、と考えていた。その根拠となっているのは、発煙筒と共に見つかった、もう一つの仕掛けだ。

発煙筒は洋式トイレの蓋《ふた》の上に載っていたのだが、その横に小型のテープレコーダーが置いてあった。そこには男性の鼻歌、着衣を整える音などが吹き込まれていて、エンドレスで流れるようになっていた。おそらくドアが開けられるのを遅らせるのが目的だろうと思われた。物音がしないまま、長時間にわたってトイレのドアが閉められた状態では、病院という場所柄、すぐにドアが開けられてしまうおそれがあるからだ。実際あの鼻歌と物音に騙《だま》されて、一旦《いったん》は七尾でさえも見逃しそうになったのだ。

犯人が逃走時間を確保するためにそういう仕掛けを施したにすぎない、といってしまえばそれまでだが、それだけが目的ならば、もっと人目につかないところに仕掛けて、発煙筒はタイマーで作動するようにしておけばいいはずだ。なぜそうしなかったのか。犯人にそれだけの技術があることは、ドアが開けられると同時に作動する仕掛けからも明らかだ。

男子トイレという、不特定多数の人間が利用する場所に敢《あ》えて仕掛けた、という点に七尾はこだわっていた。その特徴は、これまでの二通の脅迫状とも共通している。犯人は病院に対してだけでなく、病院を利用する人間たちに対しても犯行をアピールしようとしているように思えるのだ。

七尾は、犯人の狙いが、病院の医療ミスを糾弾するということだけとは思えなくなっていた。脅迫状、そして今回の発煙騒ぎ、それらはすべて犯人がこれから起こそうとしている何らかの行為の下準備のような気がしてならなかった。

明日から病院内の警備は一層強化される。いやそれはすでに今夜から始まっている。警備員の数は増やされ、警察官も配備されるだろう。テロを警戒する空港のように、ゴミ箱も撤去されるかもしれない。犯人が爆発物を仕掛けるのは難しくなるだろう。

しかし犯人がそのことを予想していないはずはないのだ。そんな愚かな人間に、今度のような仕掛けが思いつくはずがないと七尾は思った。

警察の介入も警備強化も犯人の計算には入っているはずだ。同時に、病院側が脅迫に屈しないことも予想しているとみるべきだった。

それにもかかわらず発煙騒ぎを起こしたのはなぜか。

考えられることは三つある、と七尾は考えていた。一つ目は、この犯人はやはり本気ではなく、爆弾を仕掛ける気もない、ということ。二つ目は、厳重な警備をかいくぐって爆弾を仕掛けるだけの自信があるということ。

そしてもう一つは——。

発煙騒ぎには脅迫以外の別の目的があった、ということだ。

22

夕紀がすべての作業を終えた時には夜中の一時近くになっていた。といっても容態の変わった患者が出たわけでもなく、緊急手術が入ったからでもない。西園と共に病院に戻ってきた彼女を待ち受けていたのは、膨大な数の事務処理だった。

発煙騒ぎでパニックを起こした患者たちの中から、転院と一時退院を希望する者が続出したからだ。通常ならばそういった要望に応じる時間帯ではないが、それを拒否して、万一本当に爆破事件でも起きて被害者が出れば、病院側としては申し開きができない。そこで非常措置として、事件が解決するまでは、二十四時間いつでも対応するということになったのだ。

転院の場合は受け入れ側の病院を手配しなければならない。退院にしても、完治していないケースが殆《ほとん》どだから、今後の処置について詳しく打ち合わせておく必要がある。いずれにしても、カルテの記入をはじめ、様々な事務処理が要求される。確定診断名、合併症、手術名、入院経過抄録といった退院時サマリーを記入するだけでも、あっという間に時間が過ぎていく。

すべての処理を終えて医局に戻ると、元宮が疲れた顔でインスタントコーヒーを飲んでいた。夕紀を見上げ、「お疲れ」と低い声をかけてきた。

「お疲れ様です」夕紀も自分用のマグカップにコーヒーを入れ始めた。

「終わったのか」

「とりあえず。元宮先生のほうは？」

「伝票類はナースたちに任せたけどね」彼は自分の肩を揉《も》み、首を回した。「参ったよな。こんなことになるとは思わなかった」

「脅迫状だけの時は、悪戯《いたずら》だと思っている患者さんが殆どだったみたいですけどね」

「爆弾だもんなあ」そういってから元宮は訂正した。「じゃなくて、発煙筒か。でもあんなことをされたらふつうびびるよな。俺だって、落ち着かなくなった。正直なところ」

夕紀は無言でマグカップにポットの湯を注いだ。じつは彼女も同感だった。

「俺の読みは外れたよ」

「読み？」

「どうせ悪戯だろうと思い込んでいた。もちろん、まだその可能性は残っているんだろうけど、少なくとも脅迫状だけの話ではなかった。犯人を見くびってたよ」

　夕紀は元宮の向かい側に腰を下ろした。

「警察でも、そんなふうに思っていた人が多いみたいですよ」

「明日からゴミ箱を撤去だってさ。監視カメラの数も増やすそうだ。あとそれから警官をあちこちに立たせるらしい。物々しい雰囲気になりそうだ。君が脅迫状を見つけた時点で病院は警察に届けてるんだから、これでもし何かあったら警察の責任も問われかねないってことで焦ってるんだろう」

　夕紀は七尾のことを思い出した。彼は単なる悪戯とは思えないと最初からいっていた。今頃はどんなふうに考えているだろう。

　コーヒーを飲みながら、夕紀はソファの上に置かれた鞄《かばん》に目を留めた。西園のものだ。

「教授はまだいらっしゃるんですか」

「警察や事務局の人間と打ち合わせ中だ。明日からの方針について揉めているみたいだな」

「といいますと？」

「早い話、診療業務をどうするか、だ。警察としては、しばらく業務を中止してほしいんだろうけど、そんなわけにはいかない。入院患者はまだ大勢いるから、病院の機能は保たなきゃいけないし、予約を入れている患者の中には、明日もやってくる者もいるだろう。だけど来院者をどこまで受け付けるかは難しいところだ」

「初診の患者さんには遠慮してもらうとかですか」

「それが妥当なセンだと思うよ。犯人がどうやって紛れ込んでくるか予想できないからな。まさか東京ドームみたいに手荷物検査をするわけにもいかないし」

そういうこともありうるのか、と夕紀は改めて危機感を募らせた。考えてみれば、今回にかぎらず、これまでの脅迫状のケースにしても、犯人は患者のふりをして病院に近づいてきたに違いないのだ。

今まで通り無制限に来院者を受け入れていたら、明日からは待合室を通りかかる時でさえ、疑いの目を患者たちに向けてしまいそうだと夕紀は思った。

「今夜は教授と食事中だったんだろ」

夕紀は虚をつかれた思いで指導医を見た。彼は口元を緩めた。

「君のお母さんとのことは教授から聞いている。大丈夫、ほかの人間にはしゃべってない」

「前から御存じだったんですか」

「君がうちに来るとわかった頃にね。知らないふりをするのは少々面倒だったが、おかしな誤解を招きたくないという教授の言い分もわかる」

「じゃあ、どうして今になって……」

「間もなく君の研修期間が終わる。その前に大きな手術を控えているだろ？　島原さんの手術だ。君は助手として参加するはずだ。その前に一度話をしておきたいと思ってさ」

「どういうことでしょう」

「もしこれから先、君と一緒に仕事をすることになって、で、その時点で君が教授の娘になっていたとしても、俺は君に対する態度を変えるつもりはない。君は駆け出しの医者で、まだまだ半人前以下だ。注意すべきところは注意するし、褒める時には褒める」

「もちろんそれで結構です」

「西園教授も君にはそのように対応するとおっしゃってた。俺が見たところ、その言葉に嘘はないと思う。ところが、君のほうに問題がある」

夕紀は顔を上げた。元宮の真剣な眼差しが目の前にあった。

「母親の再婚なんていう経験は俺にはないから、こんなことをいうのは無責任かもしれないけど、君だって大人なんだから、ある程度は距離を置いて二人を見守るべきじゃないか」

「どういう意味ですか」

「自分は自分、母親は母親と割り切ったらどうかといってるんだ」

「割り切ってますけど」

「そうかな。君を見ているとそんなふうには思えないな。君が教授を見る目は、やっぱりどこか不自然だ。どこか無理をしている。そんなふうでは手術の助手は務まらない」

夕紀は目を伏せ、ぬるくなったコーヒーを喉《のど》に流しこんだ。

「結婚に反対なのか」

「いえ、そんなことは……」夕紀はかぶりを振った。「ただちょっと……意識しているだけです」

「それだけか」元宮は顔を覗《のぞ》き込んできた。

「それ以外に何があるんですか」

「いや、それならいい。ただ、もし君のほうに何かわだかまりがあるのなら、手術までには解消しておいてもらいたいと思っただけだ。オペはチームワークが何よりも大切だ」

「わかっています。御心配をおかけして申し訳ありません」夕紀は頭を下げた。

わだかまりがあるのは事実だ。だがその原因は元宮の考えが及ばぬところにある。ここで夕紀がそれを話すわけにはいかない。

元宮はまだ何かいいたそうな顔で夕紀をじっと見つめていたが、ふっと吐息をつくとコーヒーカップを置いた。

「息子さんには会ったんだろ？　道孝さん」

「ええ」夕紀は顎《あご》を引いた。西園がそんなことまで話していたとは意外だった。「教授はドラ息子だなんていうけど、あの人はなかなか頭のいい人だ。しっかりしている。君とはうまくやっていけるんじゃないかな」

「お会いになったことがあるんですか」

「何度かね。彼も妹ができるってことで喜んでいるだろう」

「一人っ子だったんですよね」

「まあそうだけど、単なる一人っ子じゃないから、甘やかされて育ったなんて思っているなら大間違いだ。何しろ、ずっと母親がいなかったんだからね。それに、じつは兄さんがいたはずだ」

「兄さん？」そんな話は初耳だった。

「どういうことですか」

「ずいぶん前に事故で亡くなっている。道孝さんはまだ小さかったけど、ショックは相当なものだったと思う」

夕紀はソファの上の鞄に目を向けた。

「そんな話、聞いたことがありません」

「教授は話したがらないだろうな」

「どんな事故だったんですか」

「それは——」いいかけて元宮は首を振った。「いや、ここから先はやめておこう。正確なことを知っているわけじゃないし、部外者が口にすべきことではないかもしれない。いずれ教授から話があるだろう」

妙に歯切れの悪い言い方だった。

元宮が空になったコーヒーカップを手に立ち上がった時、ドアが開いて西園が入ってきた。

「なんだ、まだいたのか」夕紀と元宮を交互に見ていった。

「患者さんの事務手続きがいろいろあって……」夕紀が説明した。

「転院、退院の希望者が急に増えたらしいからな。それは御苦労様」西園は身体を投げ出すようにソファに腰を落とした。

「明日の業務、どうすることになりました？」元宮が訊《き》く。

「いつも通りだ。うちをあてにしてやってくる患者を追い返すわけにはいかないってことでね。もっとも、ニュースなんかで発煙騒ぎが報道されているから、余程の理由がないかぎりは敬遠されるだろうけどな」

「明日、予定に入っているオペも変更なしですね」

「そういうことだ」

「じゃあ、早く帰って、少し休むことにします。どうもお疲れ様でした」

「ああ、お疲れ様」

元宮が出ていくと、息の詰まりそうな空気だけが残った。夕紀はマグカップを流し台で洗い始めた。

西園がふうーっと太いため息をつくのが聞こえた。

「大変な一日だったな。君も疲れただろう」

「大丈夫です」

「ただでさえ研修医は身体がきついのに、こんな事件が起きたんじゃ、たまったものじゃない。じつはほかの教授たちとも相談したんだが、事件が一段落するまで、研修を一時的に中断してもいいんじゃないかということになった」

夕紀は手を止めて振り返った。

「どういう意味ですか」

「事件解決まで研修医は自宅待機ということだ。今の状態では、研修プログラムを正常に機能させることは難しい。もし何かあって研修医に被害が及んだ場合、どう補償するのかという問題もある。冷めた言い方をすれば、研修医は正式には病院の人間ではないわけだからね」

「それは強制的なものですか」

「いや、本人の希望があれば、ということだ」

「それならあたしは――」夕紀は西園のほうに向き直った。「あたしは続けます。続けさせてください」

西園は意表をつかれた顔で彼女を眺めた後、小刻みに首を縦に動かした。

「わかった。ただその場合は、事務局が作る書類にサインをしてもらうことになる。いってみれば同意書だ。何かあった場合のことを考えて、だ」

「わかりました」

「じゃあ、私も帰るかな」西園は鞄《かばん》を抱えて立ち上がった。「送っていこうか」

「いえ、もう少しやることがあるので」

「そうか。あまり無理をしないようにな」西園はドアに向かいかけたが、立ち止まって振り向いた。「道孝が失礼なことをいって申し訳なかった。気分を悪くしただろう」

「そんなことは……」

「あいつは結婚に反対ではない。ただ、最初から君のことを気にしていた」

「あたしのことを?」

「とにかく君に会わせろとうるさくてね。会って話をしたいのだといってたんだが、まさかあんなふうにからむとは思わなかった」

「何も気にしてませんから、心配しないでください」

「それならよかった」

背中を向けた西園に、今度は夕紀が呼びかけた。「あの……」

「なんだ？」

夕紀は唾《つば》を飲み込んでから口を開いた。

「もう一人お子さんがいらっしゃったというのは本当なんですか」

西園は一瞬だけ狼狽《ろうばい》を見せた。しかしすぐに落ち着いた表情で頷《うなず》いた。

「元宮君から聞いたのか。本当だ。もう二十年になるかな。事故で死んだ」

「そのことを母は？」

「知っている。君にもいずれ話すつもりだった」

「交通事故ですか」

「うん。通学中、トラックに轢《ひ》かれたんだ。十四歳だった」他人事《ひとごと》のように淡々とした口調で西園は答えた。「それが何か？」

「いえ……」

先程の元宮の言い方が気になっていた。もっと複雑な事情があるような口振りだった。

「親の不注意だ。交通量が激しいところだとわかっていながら、自転車通学をやめさせなかったからね。だから道孝には、絶対に自転車はだめだといった」西園は遠くを見るような目をしてから、その目を夕紀に向けてきた。「詳しい話が聞きたいのかな」

「結構です。あの……悲しいことを思い出させたみたいで申し訳ありませんでした」

「二十年だ。もう大丈夫だよ。それより――」西園は人差し指の先を夕紀の胸元に向けて続けた。「島原さんは退院も転院もしないそうだ。予定通り、金曜日に手術を行う。準備をよろしく頼む」

西園の顔は心臓外科医のものになっていた。

了解しました、と夕紀は研修医の声で答えた。

23

午前十一時を少し過ぎた頃、ミニスカートを穿《は》いた望が建物の角を曲がって現れた。手にコンビニの袋を提げている。その足取りが軽やかでないことは遠目にもわかる。

彼女はアパートの十メートル以上手前から、バッグを開けて中を探り始めた。部屋の鍵《かぎ》を探しているのだろう。それを取り出してから欠伸《あくび》を一つ。

穣治は小走りで近づいていった。彼女が気づく様子はない。彼のほうから、よお、と声をかけた。

望が虚《うつ》ろな目を向けてきた。だがすぐに大きく見開かれた。

「穣治君、どうしたの？　会社は？」

「打ち合わせで取引先に行ってきたんだ。これから会社に戻るところだけど、その前に寄ってておこうと思ってさ。望がまだ帰ってないみたいだから、そこの本屋で時間を潰《つぶ》してた。もう少し待って帰ってこなかったら、会社に戻ろうと思ってたところだ」

「そうなんだ。ごめんね。だから合い鍵を預けるっていってるのに」

「いいよ。そういうのは好きじゃないんだ」穣治は手を振った。

鍵を預かったら、いずれは返さねばならない。貴重品だから、郵送するのは気がひける。それに望に大きな希望を持たせたくなかった。彼女の鍵を預かれば、いずれは彼女も穣治の部屋の鍵を持ちたがるだろう。やがては一緒に住みたいといいだすかもしれない。

「遅かったんだな。どこかに寄ってたのか」

「寄ってたのはコンビニだけ。日勤の子への申し送りが手間取っちゃってさあ」

部屋に入ると望はコンビニの袋を提げたままキッチンに立った。

「コーヒーでも入れるね」

「疲れてるんだろ。冷蔵庫にあるものでいいよ」

「じゃあビール？」

「馬鹿。こっちは勤務中なんだ」

「あっ、そうか」

望は冷蔵庫から日本茶のペットボトルを出してきた。

「昨日、大変だったんじゃないか」ペットボトルの茶をグラスに注ぎながら穣治は訊《き》いた。

「そうなの。よく知ってるね」望は着ていたミニスカートを脱ぎ、スウェットに脚を通していく。その肌の生々しさに欲望が若干刺激されたが、穣治は雑念を抑えた。

「ニュースで何度もやってたからな」

「やっぱり。パトカーが何台も来てたし、テレビの取材なんかもあったみたいだもんね。最初は消防車だって、すっとんできたし」

「でも火事ではないんだろ」

「発煙筒を仕掛けられたんだって。マジ、やばいよねえ。ダイナマイトとかだったら、どうなってたかわかんないよ」深刻な内容のはずだが、望は他人事のように話す。

病院関係者への威嚇効果は自分が期待したほどではなかったのか、と穣治は少し不安になった。

「病院の人たちはどうなんだ。パニクってねえのかよ」

「そりゃあ、最初はびっくりしたよ。火災報知器が鳴った時、あたしは病室にいたんだけど、点滴中の患者さんが逃げだそうとして転んじゃうし、みんな口々に何か叫ぶし。こっちは何が何だかわかんないからナースステーションに戻ってみたんだけど、先輩たちは泡食ってるだけだしさあ」

「よく怪我人が出なかったものだな」穣治は密《ひそ》かに心配していたことを口にした。

「転んで怪我をした人ぐらいはいたみたいだけど、大した怪我人は出なかったみたい。まあ、すぐにアナウンスが流れて、火事じゃないってわかったせいもあるけど」

「それならよかった」穰治は心からそういった。「急患とかはいなかったのか」

「幸いね。一般の診療時間はとっくに過ぎてたから、そんなに人がいなかったし。病院の窓から外を見たら、人がいっぱいいたんだけど、あれは全部野次馬だったみたい」

望はコンビニの袋からサンドウィッチとミネラルウォーターのペットボトルを取り出した。これから食事らしい。

「穰治君も食べる？」

「俺はいいよ。それより、今朝の新聞によれば、例の脅迫犯の仕業らしいってことだったけど、そうなのか」

「そういう話だよ。あたしたちも、ニュースとかでいわれてる程度のことしか知らないんだけどさ」

彼女たちからマスコミに情報が流れることを病院側が警戒しているのだろう、と穰治は推察した。警察の指示でもあるだろうが、噂が一人歩きすることを病院は恐れているに違いない。

「だけど患者たちはどうなんだ。詳しいことを教えてもらえないんじゃ、ストレスが溜《た》まるんじゃないか」

「それが一番厄介なんだよ」サンドウィッチのセロハンを剝《は》がしながら、望は顔をしかめる。「一体どうなってるんだって質問されるのは、あたしたちなんだよね。よく知りませんとかって答えたら、無責任だとかっていわれるし。警察とか事務局の人も、もう少しあたしたちの身になって考えろって感じ。大体さあ、患者さんたちが事件について詳しく知りたがるのは当然なんだよね。病気を治すために入院してるのに、爆破騒ぎとかに巻き込まれたら、すごい災難だもん。そういうことをきちんと説明しないから、みんな怖がって逃げ出すんだよ」

「逃げ出す？」穣治は眉《まゆ》を動かした。「どういうこと？」

「昨夜から退院希望者続出。あと転院も。前から、そういうのを希望する人はいってくださいって告知はしてあったんだけど、これまでは申し出る人は殆《ほとん》どいなかったんだよね。でも昨日の爆弾騒ぎっていうか、煙が出た事件のせいで、これは悪戯《いたずら》じゃないと思ったらしくて、まだ病状のよくない人まで退院したいっていいだしたの」

「かなり大勢なのか」

「そうねえ。最初はさほどでもなかったんだけど、何人かが申し出て、昨日のうちに出ていくようになると、我も我もって感じになっちゃった。こういう時だから、二十四時間、退院や転院の希望には応じるっていうふうになったし。おかげでこっちは大変だよ。先生たちはカルテ書いたり、最後の検査をしたりするのに追われるし、あたしたちだっていろいろと手続きがあるしさ。こんなことになるぐらいなら、患者全員を別の病院に移しとけばよかったのにねって友達と話してたんだ」

穣治は内心ほくそ笑んでいた。望を待っていた甲斐《かい》があった、と思った。

「それは大変だったな。じゃあ、今はどれぐらい患者は残ってるんだ」

望はサンドウィッチをかじりながら首を捻《ひね》った。

「かなりの人が出ていっちゃったよ。残ってるのは、どうしても動けない人とか、ICUにいる人ぐらいかな。正確な人数はわかんないけど」

まだ残っている人間がいるのか――穣治は密かに吐息をつく。しかしそれは想定していたことだった。一人を残して全員が退院する、という状況までは期待していない。デモンストレーションはもう出来ない、と彼は考えていた。あの発煙筒の仕掛けが精一杯だ。今度は本番しかない。

「ところでさ」彼はさりげなく訊いた。「島原総一郎はどうした？」

「あっ、あの威張りん坊将軍はまだ残ってる」

望の言葉は、どんな名言よりも穣治の心を揺さぶった。

「病院を出てないんだな」

「だって手術を控えてるもん。今度の金曜だから、それまでは粘ろうってことじゃないの。手術が無事に終わったら、とっとと出ていく気だよ」

「ほかの病院で手術をする気はないわけだ」

「それはそうでしょ。うちの先生の腕を見込んで、わざわざ手術を受けにきてるんだから」

「延期もないのかな」

「もうないと思うよ。一度延期してるからね。なんか、それ以上は遅らせられない事情があるみたい」

モーターショーだな、と穣治は察した。アリマ自動車はそれに社運を賭《か》けている。島原が顔を出さないわけにはいかない。

「それに手術を延ばしたって、事件が解決しなきゃ意味ないもんね。それよりかは、さっさと済ませたほうがいいと思うのは当然かも」望は、サンドウィッチを食べる手を止めると、穣治を見て首を傾げた。「本当に有名人の話が好きだね。そんなに気になるの？」

「いや、単なる野次馬だ。よそでしゃべったりしないから心配するな」

「それだけはお願いね」

「大丈夫。——俺、もう行くよ」穣治は腰を上げた。「会えてよかった」

「今度はいつデートできる？」

「連絡するよ、近いうちに」

部屋を出た後、彼は右手で拳《こぶし》を作った。すべて予定通りだ——。

24

ドアをノックすると低い声が返ってきた。「はい」

七尾はドアを開けた。まず目に入ったのは白衣姿の背中だ。相手はゆっくりと椅子を回転させた。

「西園です」相手はいった。

心臓血管外科の教授だ。年齢は五十代後半と七尾は踏んだが、髪がたっぷり残っているせいで若く見えるのかもしれない。

「警視庁の七尾です。お忙しいところ、申し訳ありません」

彼が頭を下げると、西園は薄く笑って手を振った。

「我々のために動いてくださっているんだ。協力するのは当然です」

「恐縮です」

「まあ、座ってください」

西園に勧められ、七尾は空いている椅子に腰掛けた。いつもの癖で部屋を見回す。西園が向かっている机の前には、数枚のレントゲン写真が並べられていた。

「電話でもお話ししましたが、うちの科で患者が亡くなったり、重篤な後遺症が残ったケースについては、すべて事務局に報告してあります。少なくとも、過去五年間については抜けはないはずです」

「承知しています。現在それらのケースについて、一通り調べているところです。治療内容についてクレームをつけてきた人たちのところへは、すでに行きました」

西園は渋い顔を作った。

「少なくともうちの科が関わった患者さんやその遺族の方たちの中に、今回のような事件を起こす人がいるとは思えないんですがね。残念な結果に終わった場合には、特に細かく説明してきたつもりです。裁判沙汰《ざた》になったこともない」

「それはわかっています。そこでですね。今日は少し別の発想をしていただけないでしょうか」

「別の発想……といいますと？」

「御存じの通り今回の脅迫犯は、再三にわたって帝都大学病院の医療ミスについて書いています。ところが医療ミスの内容については、全く触れていません。そこで、これはもしかすると犯人の狙いは別のところにあるのではないか、という意見が出てまいりまして」

「狙いは別……ですか。それはつまり」

「たとえば病院の権威と信用を失墜させること、とかです」七尾は即座にいった。「それについては説明不要でしょう。今回の騒ぎで、病院を出ていった患者さんがたくさんいると聞きました。また、この病院の過去を調べた週刊誌などが、ごく些細《ささい》なミスでも大袈裟《おおげさ》に取り扱ったりしています」

「たしかに悪評は流れているようです」

「ですから、犯人はそれを最初から狙っていた、という見方もできるわけです。そういったことについて、何か思い当たることはありませんか」

西園は苦笑を浮かべ、首を捻った。

「うちの病院の評判を落として得をする人間がいるとは思えませんが」

「得はしなくても、恨みを晴らすことはできるでしょう。医療ミスにはこだわらず、こちらの病院に何らかの恨みを抱いているような人物に心当たりはありませんか」

「穏やかじゃないですね」

「仕方がありません。穏やかでない事件が起きているわけですから」

西園は笑みを消し、唇を固く結んだ。眉間《みけん》に皺《しわ》が寄り、それは次第に深くなっていった。

実際のところ、現時点では七尾の上司である本間は、まだ医療ミスの被害者が犯人である可能性が最も高いと考えているようだ。しかも本間は、今後の展開について七尾とは全く違うことを予想している。

「犯人が実際に病院を爆破する可能性は低いとみる。犯人の目的はおそらく金だ。いずれは何らかの取引を持ちかけてくるはずだ」――というのだった。医療ミスの内容を明記していないのは、それをすれば犯人が特定されてしまうからだろうと推理している。

本間の考えは七尾にもわからないではない。企業なり組織なりを脅迫する人間の大半は、最終的には金銭を要求する。今回が例外と考える根拠はない。

しかし七尾は、これまでの脅迫の仕方から、金銭目当てとはどうしても思えなかった。犯人は明らかに、脅迫状が外部の人間の目に留まるように工夫している。金銭を要求するだけなら、病院側と密《ひそ》かに取引を行ったほうが成功率が高いと考えるのがふつうだ。

西園はまだ考え込んでいる。七尾の質問に合致する事例が思いつかないのか、思いついているが口に出せずにいるのか、その表情からはわからない。

黙考する西園の顔を見つめているうちに、不意に奇妙な既視感を七尾は覚えた。脳の、全く別のところが刺激されている。

西園――その名字をどこかで目にした。どこだっただろう?

「やはり」西園は静かに口を開いた。「病院に恨みを持つとすれば、治療がうまくいかなかった患者か、その家族や親しい人間ということになるんじゃないでしょうか。それ以外のことはあまり思いつかないのですが」

「たとえば、病院関係者の中に、そういう人物はいませんか」

七尾の質問に西園は目を見開いた。

「犯人は内部の人間だというんですか」

「現在もこちらで働いているかどうかはわかりません。かつてこの病院にいて、何らかの事情で辞めねばならなくなったとか、そういうケースも考えられると思うのですが」

内部犯行説は、捜査陣の間でも有力な意見だった。仮に犯人が本当に帝都大学病院の医療ミス隠しを糾弾したいのだとすれば、そもそもそういった実態をどのように知ったのかという疑問が出る。ミスを隠しているわけだから、患者側の人間にも知りようがないはずなのだ。となれば、最も怪しいのは病院内部の人間、医療ミス隠しに直接的にせよ間接的にせよ関わった人間ということになる。

ただし、もしそうだとすれば、なぜ犯人はこのような回りくどい方法を取っているのかが問題となる。告発したいのなら、匿名でマスコミに文書でも送れば済むことだ。

西園はゆっくりと首を振った。

「内部の人間を疑う気持ちはわかります。もしかしたらそうなのかもしれない。しかしいずれにせよ、その種の質問にはお答えするわけにいかない。ノーコメントとさせていただきます」

「先生から聞いたとは、誰にもいいませんよ」

「そういうことをいってるんじゃない。告げ口は性に合わないといってるんです。それに病院にいる間は医療以外のことには関心がなくてね、あなた方が興味を示すような裏話などは何ひとつ知らないんです。私のところに話を聞きに来られたのは無駄足でしたよ」

七尾は苦笑を浮かべた。

「ほかの先生にも同様のことを訊《き》いて回っています。大体、同じようなお答えしかいただいておりません」

「そりゃそうだろうな」西園は頷《うなず》いた。

「お忙しいところを申し訳ありませんでした」七尾は腰を浮かせた。「ところで、先生の科では今週手術があるそうですね」

「金曜日に予定しています」

「今回の騒ぎで延期になった手術もたくさんあるようですが、その患者さんの場合は、そういった話は出ないのですか」

すると西園は少し困ったような顔で首筋に手をやった。

「延期することは可能なんですが、御本人の強い要望がありまして」

「早く手術してほしいと？」

「何でも、後に大きな仕事が控えているそうなんです。だからそれまでに完治させて、現場に戻りたいということのようです」

七尾は肩をすくめた。

「ずいぶんと仕事熱心な人ですね。それともリストラが怖いのかな」

西園が意外そうな顔で七尾の顔を見つめてきた。

「御存じないんですか」

「何をですか」

西園は一瞬躊躇《ちゅうちょ》の色を浮かべてからいった。

「島原社長です。アリマ自動車の」

七尾は口を開け、そのまま頷いた。

「そういえばあの人、こちらの病院にいるんでしたね。捜査会議でもそんな話が出ていました。そうですか、先生のところの患者さんでしたか」

「ここですよ」西園は自分の胸を指した。「少し前の夕刊紙か何かで伝えられていたから、隠す必要はないでしょう。胸部の大動脈瘤《りゅう》です」

「その手術を金曜日に？」

「その予定です。少し難しい手術ですが、まあ問題はないでしょう。御本人は退院後のことで頭がいっぱいのようです」

「たしかにあの人なら、自分の心臓より、会社の業績を大事にしそうだ」七尾はいったが、島原総一郎を個人的に知っているわけではない。マスコミで取り上げられている情報から、イメージを作り上げているだけだ。

「今回の事件については島原社長も気にしておられますよ。手術を延期した挙げ句、事件が長期化するようでは目も当てられないというお考えのようです」

「だからさっさと手術を終えて、やばい場所からは一刻も早く退散しようというわけですか」七尾は口元に手をやった。「失礼。やばい場所というのは失言でした」

西園は頬を緩めた。

「島原社長からはっきりといわれましたよ。とにかく手術が終わるまでは、犯人にはじっとしておいてもらいたいとね。しかも笑いながら」

「企業のトップには、そういうタイプの人間が多いからなあ」

「医者としても、自分が手術をしている間だけは、何事も起きてくれるなと祈っているわけですがね」

七尾は頷いた。西園の気持ちは理解できた。

同時に、ある可能性について閃《ひらめ》いた。しかし、ほんの思いつきにすぎない。それで七尾は口には出さず、改めて西園に礼を述べると、部屋を後にした。

エレベータで一階に下り、正面玄関に向かった。携帯電話の電源を入れようとしたところで、「七尾さん」と前から呼ばれた。坂本が駆け寄ってくるところだった。その顔は明らかに不満そうだ。

「やっぱりここにいたんですか」

「どうした？」

「どうしたじゃないでしょう。今日は大学のほうに行く予定だったじゃないですか」

七尾はふんと鼻を鳴らした。

「裏口入学なんか、今度の事件には何の関係もねえよ」

数年前、帝都大学医学部の入試において不正が行われた、という情報が駆け巡ったことがある。実際には未遂に終わった事件で、関わった事務員が逮捕されただけだが、そのことが今回の事件に関係しているのではないかという意見が捜査会議で出されたのだ。その場の誰もが——意見を出した本人でさえ脈はないと思える説だったが、とりあえず当たっておこうということになった。そこで本間は、七尾と坂本にその仕事を命じたのだ。

「関係ないかもしれませんけど、一応命令された仕事ですから。無視してると、後が面倒ですよ」

「坂本、おまえ、ついてないな。俺なんかと組んでると、ろくな仕事が回ってこないぞ」

「そう思うんなら、せめて俺の足は引っ張らないでくださいよ」

「わかった。つきあえばいいんだろ」

病院を出て、二人でタクシーに乗り込んだ。帝都大学へ、と坂本が運転手に告げた。

「アリマ自動車の島原社長が入院しているんだな」

「そのようですね。うちのお偉方も、その点には気を遣ってるみたいですよ。本当は別の病院に移ってほしいんだけどなって、係長もいってました」

「金曜に手術らしい」

「そうなんですか」頷いてから坂本はしかめっ面を七尾に向けた。「自己判断での聞き込みもほどほどにしておいてくださいよ。分担を乱したって、本来の担当刑事から文句をいわれるのはごめんですからね」

「連中の手間を少々省いてやっただけのことだ。それはそうと、アリマ自動車ってのは、少し前にトラブルを起こしてたな」

「欠陥隠しの件ですか」

「それだ。どういう内容だったかな」

「俺も詳しくは覚えちゃいませんが、エンジンを制御するICに欠陥があったんじゃなかったですかね。ところが対応が遅れて、結果的に犠牲者を出したんですよ」

「工場長とか、製造部長とかが責任を取ったんだったか」

「それと担当役員が一人。欠陥のことを把握していたのはその役員までで、それより上の人間たちは知らなかった――」坂本は一旦《いったん》言葉を切ってから、ふっと笑った。「ということになっています。島原社長が記者会見で謝罪してたけど、自分の非について認める気はなさそうでした」

「国土交通省も調べてたはずだな」

「ええ。でも社長や会長の関与は確認できなかったんです。まあ、よくある話ですよ。あの事件が何か？」

「いや、ちょっと気になったものだから。別に何でもない」

七尾は言葉を濁した。今の段階では坂本にさえも聞かせられる内容ではなかった。それほど荒唐無稽《こうとうむけい》な発想だ。

しかしその思いつきは彼の頭から離れなかった。

25

中塚芳恵の顔色は悪くなかった。胆管に病巣がある患者の場合、遅かれ早かれ黄疸《おうだん》が出るものだ。投与されている薬が効果的なのだろうと夕紀は思った。

「じゃあ、退院の話は出なかったんですか」

夕紀の言葉に芳恵は、枕に頭を載せたままで顎《あご》を引いた。

「あの子たちの家は狭くてね。おまけに子供がいるし。せせこましい所で寝ているよりは、やっぱりこっちのほうが落ち着くんじゃないかと思って。だから私からは何もいいませんでした」

「そうですか。まあ、今のところはベッドにも空きがたくさんありますから、病院側としても退院を急《せ》かすようなことはないと思います」夕紀は笑みを浮かべていった。

今朝、芳恵の娘夫妻が来たはずなのだ。当然退院の話が出たものと思い込み、どうなったのかと夕紀は尋ねてみたのだった。

夫妻の顔が思い出された。妻は相変わらず夫に気を遣っている様子だった。夫の考えはよくわからない。発煙騒ぎが起きても、なお義母を置いておける神経が夕紀には理解できなかった。現在の状態なら、芳恵はいつでも退院できるのだ。

まさか病院が実際に破壊され、それに巻き込まれて芳恵が命を落とすことを期待しているわけではないだろうなと不快な想像が頭に浮かんだが、夕紀はすぐにそれを振り払った。

ICUに行くと菅沼庸子が一人の患者に付き添っていた。一番最近に手術をした患者だ。手伝います、といって夕紀はそばについた。

「ていうか、本来これは先生の仕事で、あたしが手伝ってるってことなんですけど」

「あ、ごめんなさい」

夕紀がデータの確認を始めたのを見て、菅沼庸子は立ち去ろうとした。しかし途中で足を止め、振り返った。

「西園先生の息子さん、氷室先生と何か関係があるんですか」

意表をついた質問に、夕紀はたじろいだ。「どうしてそんなことを……」

「元宮先生からいわれたんです。西園先生の亡くなった息子さんについて、氷室先生から何か訊《き》かれるかもしれないけど、無闇にはしゃべらないでくれって」

その言い方から、元宮と庸子の間にはかなり親密なやりとりがあることが察せられた。

もちろん庸子が積極的なのだろう。

　夕紀が黙っていると、それをどう解釈したか、庸子は口元を曲げていった。

「どこかで西園先生の息子さんのことを耳にしたんでしょうけど、おかしな好奇心は働かせないほうが身のためだと思うわよ。誰だって知られたくないことはあるんだから」

「息子さんの事故のことは教授から直接聞きました」

「あらそうなの」庸子の顔に落胆の色が浮かんだ。

「だから下の息子さんには自転車を通学には使わせなかったっていうことも聞きました」

「自転車？　何いってるの、バイクよ」

「バイク？」

「そう、バイク。バイクで逃げてて、トラックにぶつかったのよ」

「逃げてたって……何から逃げてたんですか。通学の途中でトラックに轢《ひ》かれたんじゃないんですか」

　すると庸子は不思議そうな顔で首を傾げ、夕紀をしげしげと眺めた。

「氷室先生、一体何の話をしてるの？」

「だから西園教授の……」

　庸子は手を大きく振った。

「全然違うわよ。通学途中なんかじゃない。バイクで逃げてたのよ。それでトラックにぶつかって亡くなったの。あたし、元宮先生からはそう聞いてるもの」

「元宮先生から……」

どういうことだろうと夕紀は思った。たしかにこの前の元宮は何らかの事情を知っているような口振りだった。彼がでたらめを菅沼庸子に話したとは思えない。すると西園が嘘をついたということなのか。だが何のために――。

バイクで逃げた、という言葉が夕紀の胸に妙にひっかかった。逃げている途中でトラックにぶつかった？　そんな話をどこかで聞いたことがある。しかもつい最近のことだ。

はっと息を呑《の》んだ。突然思い出したことがあった。

夕紀は菅沼庸子を見つめた。

「もしかして、パトカーから逃げてたんじゃないんですか」

庸子の顔色が変わった。「知らないわよ」

「お願いです。教えてください。菅沼さんから聞いたとはいいません」夕紀は彼女の腕を摑《つか》んでいた。

「離してよ」

「教えてください。お願いだから」

夕紀は頭を下げた。菅沼庸子は困惑した顔になった。

「どうしてそんなことを知りたいの？」

「大事なことなんです。教えてください」

庸子は一度目をそらし、吐息をついた。

「そうよ。パトカーから逃げてたの。何か悪いことをしているところを見つかったんですって」

夕紀は庸子の手を離した。その場にしゃがみこみたくなった。

26

七尾が門前仲町《もんぜんなかちょう》のアパートに戻った時、時計の針は午前零時を回っていた。ドアを開け、手探りで壁のスイッチを入れた。古い蛍光灯が二、三度瞬きしてから点灯した。

1DKといえば聞こえはいいが、入ってすぐのダイニングキッチンはせいぜい四畳ほどの広さしかない。通販のカタログで見つけた一番小さいテーブルと椅子を置いただけでいっぱいだ。

そのテーブルの上には今朝食べたカップ麺《めん》の容器がそのまま残っている。飲みかけていたウーロン茶のペットボトルも出しっぱなしだ。七尾はそのペットボトルを摑み、直に口をつけて、ぬるいウーロン茶を喉《のど》に流し込んだ。

灰皿の中は吸い殻でいっぱいだった。それをカップ麺の容器に入れ、空になった灰皿を手にして、奥の部屋に進んだ。ところどころ床がべたべたしているところがある。前に掃除をしたのはいつだったか、と考えることさえ最近はしない。

服を脱ぎ捨て、下着のままでベッドに寝転んだ。通販で買った安物のセミダブルだ。クッションが硬く、おまけにいつも寝る位置だけがくぼんでいる。

寝転んだまま煙草に火をつけた。テレビを見ようかと思ったが、リモコンに手が届かないので諦《あきら》めた。

こんな生活を続けていたら、いつかきっと身体を悪くする。しかし改善する手段も機会もなかった。近頃では結婚を勧める人間もいなくなった。

煙草を吸いながら、七尾は今日一日のことを振り返った。予想通り、帝都大学の不正入試事件のセンからは何ひとつ摑めなかった。学生課の職員から露骨に迷惑そうな顔をされただけだ。係長の本間にしても、そんなことは最初からわかっていたはずだ。だが七尾を重大な部分の捜査から遠ざけるには絶好の口実だったのだ。

本間は今、帝都大学病院の内部事情を徹底的に調べようとしている。今回の脅迫は、一種の内部告発だというのが彼の説なのだ。

七尾も基本的にはそのセンが濃厚だと考えていた。だが心臓血管外科の西園から聞いた話は、彼に全く別の可能性を思いつかせた。それは、脅迫者のターゲットが病院や病院関係者とはかぎらない、というものだった。

病院には、ある意味もっと重要な人々が大勢いる。それは患者だ。患者が真のターゲットとは考えられないか。

ありうることだ、と七尾は思った。病院が何らかの攻撃を受ければ、当然患者たちも被害を受けることになる。事実それを恐れて、何人もの患者が逃げ出している。

ただ、そうだとすると、脅迫状の意味がわからなくなる。ターゲットの患者に逃げられてしまっては元も子もなくなるはずだ。それとも帝都大学病院から出させること自体が目的なのか。

いずれにせよ、この線に沿って調べてみることは必要だと七尾は思っている。特に気にかかっているのは島原総一郎だ。彼は病院から逃げ出す気はさらさらないらしい。手術が間近に迫っているという話も引っかかる。

問題は本間に話すかどうかだが、今のところ七尾にその気はなかった。話したところで文句をいわれるか、その担当をほかの刑事に回されるかのどちらかだ。島原ほどの大物に関わるとなれば尚更そうなるだろう。

自分一人でやるしかない、と七尾は腹をくっていた。

俺は一体何をしているのだ、と二本目の煙草に火をつけながら苛立《いらだ》ちを抑えた。真実を暴くことこそが使命だと信じていたはずなのに、それを実行するためにはこそこそと動き回らねばならないのだ。しかも協力者はいない。

かつて尊敬していた先輩の言葉が改めて蘇《よみがえ》る。人間は皆、生まれながらにして使命を与えられている――。

その瞬間、七尾の頭に引っかかっていた何かがぽろりと落ちた。欠落していた記憶の破片が、ぴたりと収まったような感覚があった。

彼は煙草の火を消し、ベッドから起き上がった。本よりも雑貨のほうがたくさん並んでいる書棚の前に立ち、さっと視線を走らせてから古いファイルのひとつを取り出した。

彼が警察官になったばかりの頃は、自分の関わった事件に関する資料や新聞コピーなどはすべてきちんとファイルにしていた。今ではもちろんそんなことはしないから、ファイルが増えることもない。

ファイルを開き、ある事件に関する新聞記事を確認した。こういう見出しがついていた。

『中学生がバイクで逃走中に事故死　スーパーで万引き後にパトカーに追われて』

警部補だった氷室健介が警察を辞めるきっかけになった事件だ。つい先日、彼の娘である氷室夕紀に七尾自身が話したばかりだった。

その新聞記事には中学生の氏名が出ていなかったので、七尾は別の資料に目を通した。名前はすぐに見つかった。

やはり――。

中学生の名前は西園稔《みのる》とあった。そして父親は帝都大学医学部助教授、西園陽平となっていた。

どうして今まで思い出さなかったのか、と自問したが、その理由についてはすぐに思い至った。この事件の内容については何度も振り返ることがあっても、死んだ中学生の名前までは気にかけることがなかった。しかもその父親となれば、考えたことさえ殆《ほとん》どない。西園という比較的珍しい名字でなかったら、今もまだ気づいていなかったかもしれない。

あの時の中学生の父親が西園陽平――。

すごい偶然があったものだと七尾は思った。西園の下で、現在氷室夕紀が研修医として学んでいる。西園稔が事故を起こす直接のきっかけとなったパトカーに、彼女の父親が乗っていたのだ。

氷室夕紀はそのことを知っているのか。西園はすべて承知の上で彼女を指導しているのだろうか。

このことを二人に尋ねるべきかどうか考え、七尾は首を振った。第三者が無闇に関与すべき問題ではないと思った。双方が知らないのならそのままにしておいたほうがいいし、どちらか、もしくは両方が知っているのなら、彼あるいは彼女には、それなりの深い考えがあるとみるべきだった。

七尾はファイルを閉じ、元の場所に戻した。

27

「あっ、まだ残ってらしたんですか」

声をかけられ夕紀はドアのほうを見た。菅沼庸子が立っていた。ちょっとたじろいだ顔になっている。

「調べものがあったので、ちょっと……。ICUの患者さんに何か?」

「いえ、そうじゃなくて、忘れ物を……」

庸子は部屋に入ってくると、夕紀のほうを気にする素振りを見せながら、元宮が使っている机に近づいた。その引き出しを開け、メモのようなものを素早く押し込んだ。病院内ではメールを使うわけにいかないので、こうして連絡を取っているらしい。

「お邪魔しました」庸子は出ていこうとする。

「あのう」夕紀は呼び止めた。「さっきの話ですけど、あたしが菅沼さんから聞いたってことは秘密にしておいたほうがいいんですよね」

「あたしはどっちでもいいですけど」

「でも元宮さんから叱られるでしょう?」

庸子は少し悔しそうな顔を見せた後、「お好きなように」といって出ていった。

夕紀は吐息をつき、時計を見た。午前一時だ。入院患者が減ったことで、仕事は以前よりも少なくなっている。今夜中にやっておくべきことは特にない。しかし彼女は医局に置かれたパソコンの前に座っていた。そのパソコンを使えばインターネットへの接続が可能だ。寮に戻れば彼女のパソコンがあるのだが、情報検索サービスは受けられない。

そのサービスを使うのは、大抵は専門紙の記事などを検索する時だけだが、今夜はいつもとは違う使い方をしていた。夕紀は一般紙の記事を調べていた。そのキーワードは、中学生、バイク、パトカー、事故、逃走といったところだ。

検索してみると、似たような事件の多いことに驚かされた。パトカーに追われて事故を起こす少年が毎年のようにいる。事故を起こして病院に運び込まれた後、こっそり抜け出して自殺した、という親としては泣くに泣けないケースさえあった。

しかし事故を起こして即死となるとかぎられてくる。東京に限定すれば、殆ど見当たらない。見つかったのは、たったの一件だった。

記事の内容はあっさりしたものだった。死んだ中学生の名前は載っていない。もちろんパトカーに乗っていた警官に関する情報も一切ない。警察署が広報を通じて、「追跡は正当な手順に沿ったもので、行き過ぎがあったという事実は確認されていない」というコメントを出しているだけだ。

だが場所が渋谷区となっているのを見て、夕紀は自分の想像が事実だと確信した。西園の住まいは渋谷区だ。

パソコンの電源を落とし、椅子から立ち上がった。だがすぐにそばのソファに腰を下ろした。動く気力がわかなかった。それほどショックは大きかった。

間違いない。西園の長男が亡くなった事件に、夕紀の父である健介が関わっている。いやそれどころではない。極端な言い方をすれば、その事故が起きるきっかけを作った張本人とさえいえるのだ。

西園は知らないのか。

そんなはずはない、と夕紀は思った。事故の状況を考えると、親がパトカーに乗っていた警官たちについて知ろうとしないほうがおかしいのだ。警察が簡単に教えることはないかもしれないが、西園の人脈を使えば、知ることは不可能ではないだろう。

それに、西園は夕紀に本当のことを話さなかった。皆に隠しているのならわかるが、元宮は知っているのだ。なぜ彼女にだけ嘘をつく必要があるのか。

西園はいつ、夕紀の父親がパトカーに乗っていた警官だと知ったのか。

それについては考えるまでもないだろう。二人が再会した時だ。健介が大動脈瘤《りゅう》の治療のため、この病院に来た時だ。

医師は患者に関する情報を可能なかぎり集めようとする。健康状態はもちろんのこと、生活環境、仕事内容、家族構成、それらをすべて把握しないことには、最適な治療方法を見つけだせないからだ。相手の顔をしっかりと見ることも必要だ。優れた医師は、顔色だけで内臓や血液の異状に気づくことがある。

おそらく西園はそれらの情報から確信したに違いない。

一方健介のほうはどうか。思い出しただろうか。

おそらく気づかなかっただろう、と夕紀は推測した。もし気づいていたなら、当時、その話が出なかったのはおかしい。健介が平気で治療を受けていたというのも解せない。知っていたなら、病院を移るなり、担当医師を替えてもらうといった対応をとっていたはずなのだ。

患者は、当然のことながら自分の病状にしか関心がない。医師の顔や名前ぐらいは覚えるが、それ以上のことを知ろうとはしない。加えて、白衣には医師の個性を隠す力がある。それに医師と患者という立場を度外視しても、両者の事故に対する思いには温度差があったはずだ。

西園は、息子を死に至らしめた警官を憎んでいた可能性が高い。その名前は無論のこと、もし顔を見ていたなら、それもまたしっかりと記憶に刻みこんでおいただろう。氷室健介という名を目にした瞬間、その記憶は一気に意識の中心へと押し出されたに違いない。

その点、健介のほうはどうか。七尾の話からもわかるように、彼は自分の行動に信念を持っていた。追跡したことについても判断を間違えたとは思っていない。少年が事故死したことについて後味の悪さを覚えつつ、詫《わ》びる筋合いのことではないという考えを貫き通したはずだ。

一人の少年が死に、微妙な関係にいる二人の男が、全く違う立場で再会する。相手を憎んでいるほうは気づいているが、もう一方は気づいていない。たちの悪いことに、忘れているほうの人間は、自分が憎まれていることも知らぬまま、その命を相手に委ねることになった。

健介が何も思い出していない様子を見て、西園はどんな気がしただろうか。ふつうなら思い出させ、謝罪を求めるところだ。少なくとも、相手の考えを聞きたいと思うのではないか。

だが夕紀の知るかぎり、そういったことが行われた気配はない。健介や百合恵が当時交わしていた会話を彼女は覚えている。「大動脈瘤の手術においては有名な先生らしい」とか、「いい先生に診てもらうことになってよかった」という、ごくふつうの言葉ばかりだった。

西園は意図的に隠していたのだ。

問題はここからだ。なぜ彼は憎むべき男の手術をすることにしたのか。

ほかの人間に代わってもらうことは大いに可能だ。上の人間に事情を話せば、彼に執刀させることのほうが非常識だと判断するだろう。しかし彼はそれをしなかった。複雑な事情を誰にも話さず、氷室健介の大動脈瘤切除手術に臨んだ。

黒い疑惑が煙のように夕紀の胸中に広がっていった。だがその色は、これまでよりもはるかに濃い。

28

七尾がモーニングセットのトーストとスクランブルエッグを食べ終えた頃、自動ドアが開いて一人の若い男が入ってきた。店内をさっと見渡した後、彼は七尾のテーブルに近づいてきた。男は小坂といった。七尾が親しくしている新聞記者だった。

「朝早くから悪かったな」七尾は謝った。

「それはいいんですけど」小坂はウェイトレスにコーヒーを頼んでから席についた。「一体どういうことなんですか。今は帝都大病院のほうが大変だと思うんですけど」

「順を追って話すよ。それより例の件はどうだ。調べてくれたか」

「大体のところは」小坂は脇に置いてあった茶封筒を手にした。「手間がかかりましたよ」

「嘘つけ。自分のところが出してる新聞記事を調べるのに、どれだけの手間がかかるっていうんだ」

七尾が手を出したが、小坂はそれを渡そうとしない。様子を窺《うかが》うような顔で七尾を見た。

「何だって、今頃こんなことを調べるんですか。帝都大の件とどういう関係があるんです」

「だからそれを今から説明するといってるだろ」

「目的のものを手に入れたら、後は適当にごまかす――それが刑事さんたちのやり方だ。その手には乗りませんよ」小坂はにやにやする。

七尾は口元を曲げた。「俺を信用しろよ」

「アリマ自動車が事件とどう関係しているんです?」

「そんなことはまだわからん。上にだって話してないことだ」

「ということは――」

小坂が言葉を切ったのは、コーヒーが運ばれてきたからだ。ウェイトレスが去るのを見届けてから彼は改めて口を開いた。

「またしてもスタンドプレーですか。いいんですか。今度問題を起こしたら、間違いなく飛ばされますよ」

七尾はふんと鼻を鳴らした。

「そんなことはどうだっていい。元々、受け入れ先が見つからないから今のところにいさせられてるだけだ」

小坂は何もいわずにコーヒーカップを口元に運ぶ。七尾が遅かれ早かれ警視庁から去るであろうことは、警察廻《まわ》りをしている記者なら大抵知っている。

「寄越せよ」七尾は茶封筒に手を伸ばした。

「島原社長が入院してますよね、帝都大病院に」

七尾は舌打ちしたいのを堪《こら》えた。「まあな」

やはり知っていたか、という思いだった。考えてみれば当然のことだ。島原が入院した時、それを真っ先に記事として取り上げたのが小坂のところの新聞なのだ。

「もしかして、犯人の狙いは島原社長……とかって考えてます？」小坂が七尾の顔を覗《のぞ》き込んできた。

「そんなはずはないだろ。だったら病院を脅すことに何の意味がある？」

「じゃあどうして七尾さんはアリマ自動車に関心を持つんですか。関係があると考えているからでしょう？」

七尾は吐息をつき、煙草に火をつけた。

「さっきもいったが、係長にもこのことは話してない」

「そうでしょうね。本間さんに張り付いている奴からもそんな話は聞こえてきませんから。病院の関係者による内部告発のセンが最有力なんでしょう？」

「俺もそう思っている」

「でも別の可能性もあると考えている。違いますか」

七尾は横を向いた。深く煙を吸い込み、ゆっくりと吐いた。小坂の視線を感じる。

「金曜日に島原総一郎の手術が行われるらしい。医者の話では、ふつうにやれば、特に問題はない手術だということだった」

「それで？」

「その手術を妨害するのが犯人の真の狙い……だとしたらどうだ」

小坂が口を歪《ゆが》めるようにして笑った。

「面白いですね。だけど、疑問があります」

「わかっている。仮に妨害がうまくいったとしても、それで島原が命を落とすと決まっているわけじゃない。島原の命を奪いたいなら、そんな面倒なことをする必要がない。現在入院中なんだから、いくらでもチャンスはある。病院を脅す理由もない」

「だけど七尾さんは、そのアイデアを捨てきれないというわけですか」

「大した根拠はない。まともな仕事をやらせてもらえないから、妙なこじつけを考えだしただけかもな」

小坂は頷《うなず》き、茶封筒の中から書類を取り出した。端をホッチキスで留めてある。それは二部あった。一部を七尾に差し出した。

「七尾さん、文字を追うのは苦手でしょう。大まかなところを説明しておきますよ」

「急に親切になったたな」

「面白いと思ったからですよ。疑問はたくさんあるけれど、それが事実なら最高に面白い。大どんでん返しだ」

「まだ記事にはするな」

「しませんよ。ていうか、出来ません。昼間から寝言をいうなどとやされるだけです。ただし、少しでもそのセンが見えてきたらやります。いいでしょう？　本間さんから何かいわれるだろうけど、七尾さんの名前は出しません」

「かまわんよ。どうせ同じことだ」七尾は書類に目を通した。「アリマ自動車がらみの事故はこれだけか」

「全部で六件です。例の欠陥が原因と認定されたのが四件で、残る二件については調査中です。でもたぶん間違いないでしょう」

「どういう欠陥だったんだ」

「コンピュータの故障です。使われていたICに不良があったせいです。設計そのものに問題があったわけではなく、生産ラインでの品質管理に原因があったようです。要するに、不良品だと気づかずに出荷してしまったということです」

「それで、どうなった」

「最近のアリマのクルマっていうのは、徹底的にコンピュータ化されているんです。ドライバーとアクチュエータとが、メカでは殆《ほとん》ど繋《つな》がれていない」

「意味がさっぱりわからん。どういうことだ」

「たとえば運転するには、ブレーキやアクセルを踏んだり、ハンドルを回したりするでしょう？　そういった動きが、それぞれの機械に直接伝えられるんじゃなくて、電気信号として一旦《いったん》コンピュータに入れられた後、コンピュータから改めて各機械に命令が出るようになっているんです。運転手が下手な操作をしても、コンピュータが最適な動きに修正してくれるというわけです。そういうふうにすると運転が簡単になったり、乗っていて快適だったりするんだそうです。メーカー側としても、コストダウンだとか軽量化といったメリットがある」

「そのコンピュータが故障したのか」

「今回問題になったのは、アクセルの動きをエンジンに伝える電気系統です。そこに欠陥があったため、コンピュータが狂ったんです。わかりやすくいうと、ドライバーがさほど深くアクセルを踏んでいないにもかかわらず、エンジンの回転数が上がる、つまり車のスピードが上がるという現象が起きたわけです」

「その逆もあるようですが」

「なるほどそれで」七尾は手元の資料に目を落とした。「暴走事故が多いわけか」

「発進できずに立ち往生というのもあります。狭い一方通行だったために、ひどい渋滞になったみたいですね」

「怪我人や死者は？」

「暴走した車に乗っていた人間の殆どが怪我を負っています。でも幸いなことにそっちには死人は出ていません。気の毒なのは、そういう車にぶつかられた側です。直接はねられた人はいませんが、側面からぶつかられた車があります。当たった後、横転したそうです。助手席に乗っていた女性が亡くなりました。死んだのはその人だけです」

「その被害者についての詳細は？」

「書類の一番最後に書いてあります」

七尾は書類をめくった。名前と住所が記されていた。二十五歳の女性だった。高円寺に住んでいたらしい。

「賠償金は？」

「もちろん支払われています。アリマも責任を認めていますし」

「しかし社長は辞めなかった」

「欠陥車を出した原因は現場にあると判断されたからです。品質管理体制に関して国土交通省が調査しましたが、マニュアルには問題がなかったんです。不良品を見つけてからの会社の対応にしても、まあ妥当なものだったようです。少なくとも会社ぐるみで隠そうとした形跡は見つかりませんでした」

「だけどそれで遺族が納得するかな」

「社長が辞めたら納得できる、というものでもないでしょう。たしか父親が会見して、同様のことが起きないようにしてくれって涙ながらに語ってました」

その会見なら七尾も見た覚えがあった。

「大きな事故になったのはそのケースだけかな。ひどい後遺症が残ったとか、そういうのはないのか」彼は書類を見返した。

「そこまでは把握していませんが、いずれにせよ交通事故だから、むち打ち症とかが出たというケースはあるかもしれませんね。あれは時間が経ってから出てくるものだし」

「むち打ちか……」呟《つぶや》いてから七尾は書類を閉じた。「ありがとう。助かった」

「よかったら、これをどうぞ」小坂は茶封筒をテーブルに置いた。「七尾さん、一人でやるつもりなんですか」

「手伝ってくれるのかい」

「俺に出来ることがあれば、ですけど。坂本さんは何をやってるんですか」

「あいつは巻き込まない。スタンドプレーってのは一人でやるものだ」

書類を茶封筒に入れ、じゃあな、といって七尾は立ち上がった。

29

望は細いスプーンを器用に使い、パフェに載ったフルーツを口に運んでいた。そうしながら友人の失敗談を話す。笑った唇の端に、白いクリームがついていた。穣治は手を伸ばし、指先でそれを取った。格好悪い、といって彼女はまた笑った。

オープンテラスの喫茶店に二人はいた。外はよく晴れていた。平日の昼間だから、店はそれほど混んでいない。

「で、どうする、この後は？」穣治は笑顔を作って訊《き》いた。

「どういうふうでもいいよ。買い物でも映画でも」

「じゃあ、買い物でもするか。新しいバッグが欲しいっていってただろ。買ってやるよ」

「えっ、いいの？」望が顔を輝かせる。

「そんなに高いのは無理だけどさ」

「いいよ、ブランド品とかが欲しいわけじゃないもん。穣治君が買ってくれるものなら何でもいい。宝物にしちゃう」望は胸の前で両手を握りしめた。

その様子を見た途端、穣治の気持ちにふっと暗い影が落ちた。彼はアイスコーヒーのグラスを置き、顔をしかめた。

「ごめん、今日はやっぱりやめよう」

えっ、と望は目を丸くした。

「見たい映画があるんだった。すっかり忘れてた。バッグはこの次必ず買ってやるから、今日は映画に付き合ってくれないか」

「いいよ、別に。でも次は買ってね。約束だよ」

「約束する」穣治は頷いてグラスに手を伸ばした。

バッグなんかは買ってやらないほうがいい、と彼は思った。自分の形跡、自分に関する思い出の品なんかを、望の元に残すわけにはいかなかった。それらはいずれ、彼女にとって苦いものとなる。仮にすべての計画がうまくいったとしても、穣治はもう彼女の前には姿を現さないつもりだ。

「でもびっくりしたよ。今日、デートができるなんて思わなかったから」

「突然、代休を取れっていわれたからさ。急に誘って悪かったな」

「全然いいよ。どうしようかなと思ってたから最高」望は無邪気に笑った。

もちろん代休というのは嘘だ。今日、望が非番で、しかも何の予定もないと知っていたから、わざわざ休みをとったのだ。金曜日も休まねばならず、上司には小言をいわれることになるだろうが、今日だけは彼女と一緒にいてやりたかった。

神原春菜を失って以来、誰かと楽しく過ごすという感覚を穣治はなくしていた。しかし望といれば、それと限りなく近いものを味わえた。今だけの擬似的なものだとわかっていたが、心が安らぐような錯覚を抱いたのは事実だ。そのことを望に感謝したかった。同時に、近い将来に訪れるであろう彼女の傷心に対して、詫《わ》びておきたかった。

店を出て、二人並んで歩道を歩きだした。望が手を穣治の腕にからませてきた。

あの日も——穣治は過ぎ去った重要な一日のことを思い出した。

あの日もこんなふうにして春菜と歩いた。その少し前に穣治はプロポーズをしていた。彼女からの返事は彼を有頂天にさせるものだった。幸せの絶頂にいた。

夜遅くまで、二人は一緒にいた。いつもなら穣治の部屋で過ごしていたはずだ。それをしなかったのは、翌朝早くから春菜には予定が入っていたからだ。取材、ということだった。

「車には気をつけろよ」

別れ際にそういった。特に深い意味はなかった。何の予感もなかった。彼女の仕事が終わればまた会える。そう信じて疑わなかった。

大丈夫よ、ありがとう——そういって春菜は手を振った。彼女の顔も幸せの色でいっぱいだった。

穣治を奈落《ならく》の底に突き落とす電話がかかってきたのは、それから約二十時間後のことだった。

30

戸越銀座《とごしぎんざ》からほんの少し離れたところにその家はあった。門構えの小さな、築三十年以上は経っていそうな木造家屋だった。望月《もちづき》、という表札が出ていた。門についたインターホンのボタンを七尾は押した。

「はい」男性の声が聞こえた。

「つい先程お電話した者です」七尾はいった。

「あ、はい」

しばらくすると玄関のドアが開き、カーディガンを羽織った七十歳ぐらいに見える男性が現れた。髪は薄く、白い。小柄で痩《や》せている。そのせいで実年齢よりも老けて見えているのかもしれない。

「望月さんですね。突然、申し訳ありません」

七尾が名刺を出したが、相手は一瞥《いちべつ》しただけで受け取ろうとしなかった。

「手帳のほう、いいですか」望月はいった。

「あ、そうですか」

七尾は懐から警察手帳を取り出し、身分証明の欄を開いて見せた。望月は老眼鏡をずらして凝視した後、頷《うなず》いた。

「すみませんね。警察のほうから来たとか、役所のほうから来たとかいって、おかしなものを売りつけようとする輩《やから》が時々いましてね。老人の二人暮らしだと舐《な》められるようです」

「用心されるのはいいことです」

「七尾さん、ですか。輪島のほうの御出身ですか」

「私は違いますが、祖父が向こうで生まれたと聞いています」

「なるほど、やっぱり」望月は頷いた。「まあ、どうぞ。狭いところですが」

「失礼します」

玄関から中に入って、すぐ右側にある和室に通された。小さな卓袱台《ちゃぶだい》と茶簞笥《ちゃだんす》があるだけの質素な部屋だった。掃除が行き届いている。

七尾が座布団に正座して待っていると望月が湯飲み茶碗《ぢゃわん》を載せた盆を持って現れた。

「どうかお気遣いなく。すぐに帰りますから」

「女房がパートに出てましてね、夕方まで帰らないんですよ。茶菓子がどこかにあるはずなんですが、私じゃよくわからなくて」

「本当に結構ですから」

恐縮しながら、見込み違いだったかもしれないと七尾は思った。この人は単なる孤独な老人だ。妻がいない昼間は話し相手がいなくて寂しいのだ。少なくとも、娘の復讐《ふくしゅう》を企《たくら》むタイプではない。

「こちらには御夫婦だけで？」

「そうです。娘が就職して間もなく独り暮らしを始めましたからね。私が定年で、ずっと家にいるのが鬱陶《うっとう》しかったようです」

「ほかにお子さんは？」

望月は首を振った。

「おりません。亜紀だけです」

「そうでしたか」

定年退職し、ようやく娘とゆっくり会話のできる時間が持てると望月は思っていたに違いない。その娘に家を出ていかれてしまったのは誤算だっただろう。そして彼女は永遠に帰らぬ人となったのだ。

「ええと、亜紀のことでお訊きになりたいことがあるとか」

「お嬢さんのことも含めて、例の事件全体について、いろいろと教えていただきたいんです」

「それは構いませんが、どうして今頃になって？」

「じつは、別の事件を捜査しておりまして、もしかしたら関連があるのかなと思ったからです」

「別の事件とは？」

「いや、それについては今はまだ何もお話しできないんです。捜査上の秘密というものがありましてね」

「そうですか。警察の方はいつもそうおっしゃいますな」望月は口元を少し歪《ゆが》めた。「亜紀の時もそうでした。こっちは事故の調査結果を知りたかっただけなのに、今はまだいえないとかいわれて、結局殆《ほとん》ど何も教えてくれなかった。詳細がわかったのは、弁護士さんに入ってもらってからでした」

「そうでしたか。それはどうもすみませんでした」

「あなたが謝ることはない。警察のルールというのが、そうなっておるんでしょう。警察もやっぱり役所と同じなんだなと思いましたよ」

七尾は湯飲み茶碗に手を伸ばした。この手の抗議には反論のしようがない。

「まあいいです。で、どういったことをお知りになりたいんですか」

「望月さんはたしか、被害者の会で代表をされていましたね」

「弁護士の先生からの指示にしたがったまでです。先生の話では、一番大きな被害を受けた人間が表に出ていくのが効果的だということでしたから」

「亡くなられたのはお嬢さんだけですからね」

「全く、かわいそうな話です」望月は目を伏せた。「亜紀は友達の車に乗せてもらってたんですが、右折しようと待機していたところ、反対側から来た車にぶつかられたということでした。その車も右折するつもりだったが、突然車が暴走して、ハンドルをきりそこねたんだそうです。その時には単なる交通事故として処理されかけたんですが、保険会社がアリマの欠陥に気づきましてね、話がまるで別の方向に進んでいったんです。私はぶつかってきた車の運転手を恨んでいましたから、それがじつは筋違いなんだと説明されてもぴんとこなくて、ずいぶんと戸惑ったものです」

「運転していたのは……」

「会社員の男性です。自分の車で得意先に向かう途中だったそうです。その人も怪我をされましたんですが、意識はしっかりしていて、車のエンジンが急に速くなったのだと病院で主張されたわけです。それが欠陥が発覚したきっかけです」

そのあたりの経緯については、七尾も小坂から貰《もら》った資料で把握していた。

望月は茶を啜《すす》り、吐息をついた。

「その人とは補償交渉の時に初めて会いました。一応挨拶《あいさつ》はしましたが、複雑でしたね。加害者と被害者のはずだったのに、どちらも被害者ということになっている。一緒に戦いましょうといわれた時には、少し腹が立ちましたよ。向こうのいってることのほうが筋が通っているというのはわかっているんですが、やっぱりねえ。欠陥のある車を購入した人を気の毒だとは思いますが、自分で選んで買っているわけだから、多少は諦《あきら》めなきゃいけない点もあると思うわけです。ところがこちらはそうじゃない。何の落ち度もない。アリマとは全然関係がないんです。それなのに娘が命を落とした。運が悪かったでは、済ませられないです」

七尾は頷いた。資料だけを読んでいると、さほど複雑な出来事でもなかったように思えるが、巻き込まれた人々の心中では、様々な思いが交錯している。欠陥のある車を売った会社が悪い、だけで終わる問題ではないのだ。

「アリマとの交渉は、もう終わっているんでしたね」七尾は確認した。

「金銭的な面ではね。お金が欲しくてアリマを責めたわけじゃないんですが、じゃあほかに何をすればいいのかと尋ねられても、今後こういうことは絶対にないようにしてくれとしかいえなくて……」

「とりあえず納得はされているということですか」

「納得なんか」望月は笑った。自虐的な表情に見えた。「そんなこと、死ぬまでできるわけないでしょう。どうしようもないということです」

「社長についてはどのように？」

「社長？」

「島原社長です。辞任していない点についてはどのように感じておられますか」

「辞任ねえ。辞めたからって娘が戻ってくるわけじゃないし、そんなことはどうでもいいですよ」

七尾の目には、望月が演技をしているようには見えなかった。

「お嬢さんは二十五歳でしたね。交際していた男性はいたんでしょうか」

「どうでしょうかね。私は聞いておりませんが」

「ほかの被害者の方々とも連絡をお取りになっているんですか」

「以前は時々。といっても私から取ったわけじゃなくて、弁護士の先生にいわれて集まったようなものですが」

「皆さん、交渉結果についてはとりあえず納得しておられる感じでしたか」

「さあねえ。賠償額が人によって違うし、それぞれ事情ってものがあるし」

「納得できずにアリマ自動車や島原社長を特に憎んでいた、という人はいませんでしたか」

「憎む……さあ、憎んでいるといったら、私だってそうですからね」

「過激な行動を起こしそうな人、という意味ですが」

「過激？」望月は眉《まゆ》をひそめ、七尾の顔を見返してきた。「それはどういうことですか。あなたの質問を聞いていると、どうやら被害者の中に、何やらよからぬことを考えている人間がいるかのようだ。一体どういう事件が起きているんです？　少しだけでも話してもらえませんかな」

七尾は迷った。もちろん本当のことなどいえない。

「じつは」彼は唇を舐《な》めた。「アリマ自動車の社員たちに、いやがらせの電話が頻繁にかかってきているらしいんです。今のところ目立った被害はありませんが、一応調べておこうということになりまして」

これは嘘ではなかった。小坂から受け取った資料に書かれていたことだ。ただし、今はそういうことはなくなっているらしい。

「そんな話は私も聞きました。でも被害者の会は関係ないと思います。つい感情的になったこともありますが、我々は恨みを晴らそうと思ったわけじゃない。誠意ある対応を求めたまでです。そんな電話をかけたのは、何の関係もない、ただの目立ちたがり屋だと思います」

「そうかもしれません」

「しかし珍しいこともあるものですな。その程度のことで警察が動くなんて話は、あまり聞いたことがない。やはり大企業が絡むと警察も逆らえませんか」

望月の口調は揶揄《やゆ》を含んだものに変わっていた。自分たちが疑われていると知り、不快になったようだ。

「お忙しいところ、お邪魔しました」七尾は曖昧《あいまい》に笑ってごまかし、腰を上げた。

31

「検査の結果は今のところ良好です。したがって、予定通りに手術を行うと思います。それでよろしいでしょうか」

西園の声がVIP用の広い病室に響き渡った。ベッドの上では島原総一郎が、いつものように胡座《あぐら》をかいて座っている。その横に置かれた椅子には、彼の妻である加容子《かよこ》が座っていた。髪には白いものが混じっているが、肌の張りはとても五十過ぎの女性のものではない。金をかけているのだろうと夕紀は想像した。シャネルのスーツもよく似合っている。膝《ひざ》にはバーキンが載っていた。

「ひとつ、よろしく頼みますよ、先生。これでやっと面倒臭いことから解放されると思うとせいせいする」

島原は堂々としたところを見せようとしている。だがじつは非常に手術を恐れていることに夕紀は気づいていた。ここ数日、様々な検査が行われ、その殆どに彼女も立ち会っているのだが、島原は日に日に緊張を高まらせているようだった。つい先程脈を測ったのだが、西園教授から手術に関する説明がありますといっただけで、彼の掌《てのひら》は汗びっしょりになっていた。

「当日は朝八時頃、まず準備麻酔を行います。筋肉注射になります。それから手術室に移動していただきます。もちろんストレッチャーでお運びします」

「その時にはもう眠ってるんですか」島原が訊《き》く。

「眠る方もいらっしゃいます」

「ということは、眠ってないかもしれないわけか」

「本格的な麻酔は手術室に移ってから行います。全身麻酔になります」

「そうすると意識はなくなるんですな」

「そうですね。完全に眠ってしまわれるわけですから」

島原は不安そうな顔つきで頷《うなず》いた。彼の内心が夕紀には何となくわかった。彼は麻酔で眠る時のことを想像し、そのまま目覚めないのではと怯《おび》えているのだ。

西園はそんな島原の気持ちに気づかぬ様子で、淡々と手術当日のスケジュールを語っていく。さらに彼はこのように続けた。

「全力を挙げ、最善の処置を施すつもりですが、手術にはやはりリスクが伴います。それについては、今のうちに御説明しておきたいと思います」

「リスク？」島原の頬が引きつったように見えた。

今まで俯《うつむ》いていた加容子も顔を上げた。

「手術中にはどんなことが起きるかわかりません。その際に御家族の方に、この場合奥様ということになりますが、御相談することになります。当然、なるべく早く結論を出していただく必要がありますから、事前に御理解しておいていただけると助かるのです」

「ちょ……ちょっと待ってください」島原が狼狽《ろうばい》を見せた。「先生は大丈夫だといったじゃないですか。絶対に大丈夫だと」

「島原さん」西園は静かにいった。「絶対に大丈夫な手術など、この世にはありません」

「そんな、今さら……」

「手術内容を御説明します。まずはそれを聞いてください」

簡単なイラストを描いた紙を西園は取り出した。大動脈瘤《りゅう》の状態を描いたものだ。島原の場合、心臓のすぐ上の、弓のようにカーブしている部分が大きく膨らんでいる。

「この部分を人工血管に取り替えます。ただし前にも御説明したと思いますが、この弓部では頭と上肢に影響する重要な血管が分枝しています。それらの中には脳へ行くものもあります。今回の手術では、これらの血管も人工血管に取り替えることになりますから、ほかの場合と比べてリスクは高くなります」

父の場合と全く同じだ、と横で聞きながら夕紀は思った。

「具体的にはどんなリスクがあるんですか」島原の声が少しかすれた。

「出血については、様々なリスクが考えられます。まず弓部から枝分かれしている血管が動脈硬化を起こしている可能性が高いのですが、人工血管に取り替える際、吻合《ふんごう》の針穴から出血することがあり、その止血に難渋することがあります。動脈硬化を起こしている血管は弾力がなく、もろいからです」

「そうなると、どうするんですか」

「もちろん再手術を行います。出血の程度によっては助からないかもしれません」

島原が息を呑《の》む気配があった。加容子の身体がびくんと動いた。

「ほかにはどんな危険が……」島原が呟《つぶや》く。

「動脈硬化を起こしている血管には、大抵の場合、内側の壁に滓《かす》がついています。その滓がはがれて血流に乗り、脳に達した場合、そこで脳梗塞《のうこうそく》を起こすことがあります。これもまたその程度によるわけですが、最悪の場合は脳に障害が残ります。そうならないように慎重に行いますが、動脈硬化がひどい時には、血管の滓を全く落とさないで処置を行うのは極めて難しいのです」

西園の説明はさらに続く。手術中は心臓を止めるが、止めている時間が長すぎると心臓に負担がかかりすぎ、心不全が重くなるおそれがある。それが原因で別の臓器不全を起こしたり、呼吸不全を招いたりすることもある。術後の経過が順調にいかない場合、抵抗力不足から感染症、合併症を引き起こすこともある――。

考えられるかぎりの危険性について、西園は一つ一つ丁寧に説明していった。それを聞いているうちに、島原は自分がどのような手術に臨むのか、改めて確認しているようだった。顔面は蒼白《そうはく》になり、その表情は空疎なものとなっていった。

「大体、以上のようなことが考えられます」最後に神経麻痺《まひ》の話をして、西園は締めくくった。「ここまでのことで、何か御質問はありますか」

島原はふうーっと長いため息をついた。参ったな、というように頭に手をやった。

「いろいろあるんですな」

「すみません。一度にたくさんのことを話しすぎたかもしれませんね。もう一度ゆっくり御説明しましょうか」

「いや、もう結構。よくわかりました。なるほど、絶対に大丈夫な手術というものはないんですな」

「率直に申し上げて、今回の手術は極めて危険な部類に入ります」

「そのようですな。で、どうなんですか。いろいろとリスクはあるようですが、何もかも全部ひっくるめて、どれぐらいの確率で助かるわけですか」

「確率……ですか」

「というより、助からん確率はどんなものなんですか。遠慮せず、はっきりといってください。そのほうがすっきりする」

西園は表情を変えずに頷いた。

「確率という表現が正しいのかどうかはわかりませんが、このケースでの死亡率は大体五パーセントとか六パーセント、まあそのぐらいだとお考えになってください」

島原は唸《うな》った。妻の加容子と顔を見合わせた。

「そのことは島原さんが入院された時にもお話ししたと思います。その上で、仮に手術をしなかったらどうなるか、ということも同時に御説明したはずですが」

「破裂するんでしたな」島原がいう。「で、今にも破裂しそうだと」

「いつ破裂してもおかしくない状態です。そうなってしまうと、手術をしても助かる見込みは極端に低くなります」

島原は再び唸り声を漏らした。それから、ふっと唇を緩めた。

「下駄を預けるしかないわけですな。まな板の鯉だ。先生の腕を信用しますよ。それしかない」

「奥様はいかがですか」西園は加容子にも確認を取った。

彼女は座ったまま頭を下げた。

「よくわかりました。よろしくお願いいたします」

「では、後で同意書を持ってきますので、それに署名の方をお願いします」

「あの、先生……」島原がためらいがちに口を開いた。

「何でしょう？」

「いや、ええと、今日はもう検査はないんですか」

「それは――」西園が夕紀を振り返った。

「今日はありません。明日、動脈の採血をします。それからもう一度心エコーをとります」夕紀が答えた。

「そうですか。じゃあ、よろしく」島原は夕紀に向かってぺこりと頭を下げた。

病室を出て、少し歩いてから西園が立ち止まった。

「同意書は君が持っていってくれ。で、署名してもらうんだ」

「あたしがですか。先生は？」

「私はその場にいないほうがいいだろう。後で、島原さんの様子を伝えてくれればいい」

西園の真意がわからなかったが、はい、と夕紀は答えた。

いわれたとおり、同意書を持って再び島原の部屋を訪れた。島原はベッドに腰掛けていた。加容子は流し台で果物を切っているところだった。

二人の前で同意書を読み上げ、署名を求めた。まず島原が、続いて加容子が書類にサインをした。漏れがないことを確認し、夕紀は書類をファイルに戻した。

「お手数をおかけしました」

彼女が二人に会釈して部屋を出ていこうとした時、「ああ、研修さん」と島原が声をかけてきた。

「何でしょう」

島原は頭を掻《か》き、加容子のほうをちらりと見てから夕紀に顔を向けた。

「これでもう決まりってことなのかな」

「決まり？」

「だから、何というか、もう変更はきかないってことなのかね」

ああ、と夕紀は頷《うなず》いた。ようやく彼のいいたいことが理解できた。

「もし気持ちがお変わりになった場合は、いつでもそういってください。今後どのようにするか、改めて西園先生と御相談していただくことになりますけど」

「ええと、その場合、いつまでにいえばいいのかな」

「いつでも結構です」夕紀はいった。「手術が始まる前なら大丈夫です。正確にいえば、麻酔が効いてしまう前ということになりますけど」

「あ、そういうことか」

「迷っておられるわけですか」

夕紀の問いはあまりにストレートすぎたようだ。島原は心外そうに眉間《みけん》に皺《しわ》を寄せた。口がへの字になった。

「別に迷っているわけじゃない。念のために訊《き》いておこうと思っただけだよ。会社のことがあるからな。いつ何時、わしの出番が必要になるかわからんだろう。経営者というのは、最後の最後まで気を抜けないということだ」

「わかりました。このことは西園教授にも伝えておきます」

「いや、西園先生にはいわんでいい」島原は右手を上げた。「ちょっと確認したかっただけだ。そう大層に受け取らんでくれ」

「そうですか。じゃあ、私はこれで」

「うん、ありがとう」

病室を出て、廊下を歩きながら、夕紀は西園が彼女に同意書を持っていかせた理由を考えた。西園の前では迷いを口に出来ない島原の気持ちを見抜いたのだろう。

夕紀の思いはまたしても十数年前に飛ぶ。健介と百合恵も島原夫妻のように、西園から手術の内容やリスクについての説明を受けただろうか。うまくいかなくて死亡する率などは、現在よりも当時のほうがはるかに高かったはずだ。

健介は怯《おび》えなどおくびにも出さなかった。夕紀が最後に見舞いに行った日も、カッコよく生きていこう、と笑っていた。

もちろん不安はあっただろう。そういうものを表に出さない人物であったことは事実だ。だがそれ以上に、手術に対する信頼があったのではないかと夕紀は想像する。すべてを委《ゆだ》ねても大丈夫だという確信が、あの笑顔を生んだように思える。

手術前の患者を安心させるものはただ一つしかない。それは医師の言葉だ。

絶対に大丈夫な手術など、この世にはありません――西園が先程島原に向かって発した言葉が耳に蘇《よみがえ》った。安心を与えるのではなく、覚悟を決めさせる言葉だった。それを聞いて島原は動揺し、迷っている。

果たして西園は、同じことを健介にも話しただろうか。リスクのことを本当にすべて打ち明けたのだろうか。絶対に大丈夫、という禁句を使ったのではないか。

西園にとって健介は、息子の命を奪った張本人なのだ。その男の生死を決める鍵《かぎ》を手にした時、西園は何を考えただろうか。

長い間夕紀は、百合恵と西園の男女関係が、健介の死に繋《つな》がったのではないかと疑ってきた。その答えを得るために医師になったようなものだ。

だが西園にもう一つ、息子の復讐《ふくしゅう》という動機が存在するとしたらどうか。

もしかするとそちらが先にあったのかもしれない。病院にやってきた健介を見て、西園はすぐに、あの時の警官だと気づいたはずだ。一方の健介は気づかない。自らの病状を心配しているだけだ。

健介の大動脈瘤《りゅう》を検査して、西園は思いついたのではないか。これは困難な手術になる、成功率は決して高くない、仮にうまくいかなかったとしても誰からも怪しまれず、責任を問われることもまずない――。

百合恵と深い関係になったのは、その後だ。そこに何らかの思惑があったのかどうかはわからない。おそらく、たまたまであっただろうと夕紀は想像する。計算通りに女性の心を摑《つか》むことなど、ふつうの男性にはまずできない。ましてや百合恵は人妻なのだ。ただ、彼女との不倫関係について、西園があまり躊躇《ちゅうちょ》しなかったことは想像できる。むしろ積極的だったかもしれない。それもまた復讐の一環だと考えられるからだ。さらには、最終的な計画を完璧《かんぺき》なものとするのに、最適な共犯者を得たことにもなる。術後に健介が亡くなっても、百合恵さえ黙っていれば、誰からも訴えられる心配はない。術前に面談は行われただろう。だがそこで手術のリスクについて、西園が健介に正確に話したかどうかは怪しい。あまりに危険性を強調しすぎて、健介が手術の回避を望んだらまずいからだ。

十分に説明せず、大丈夫だという安心感だけ与えて同意書に署名をさせる。インフォームド・コンセントを無視した行為だが、それもまた発覚はしない。署名する家族は百合恵だからだ。

黒い想像がとめどなく広がるのを抑えられなかった。こんな状態で、島原の手術に臨めるのだろうかとさえ思った。

医局に戻ると元宮が誰かと話しているところだった。振り返ったその相手は七尾だった。

夕紀は会釈してから元宮を見た。「何か？」

「この方は知っているよね。警視庁の人だけど」

ええ、と彼女は頷いた。

「島原さんのことで訊きたいことがあるそうだ。西園先生以外に担当している医者はいないのかってことだから、君のことを話した」

「何度もすみませんね」七尾が笑いかけてきた。

「構いませんけど、どうして島原さんのことを？」

「いろいろとありまして」

「俺はICUに行ってくるよ」元宮は立ち上がり、部屋を出ていった。

夕紀は今まで元宮が座っていた場所に腰を下ろした。

「お忙しいところ、どうもすみません」七尾は頭を下げた。「しかし、担当があなたでよかった。初めての人だと、どうしても警戒されますのでね」

「例の脅迫事件のことですよね」

「そうです」

「島原さんが今回の事件と何か関係しているんですか」

「いやいや」七尾は手を振った。「まだ何もわかっちゃいないんです。全然関係ないかもしれません。ただ、一応は何もかも調べておこうということです」

「患者さんのことは原則として――」

「わかっております。病気に関することは訊きません。ただちょっと思い出していただきたいんですがね、島原さんが入院されてから、何か変わったことはなかったですか」

「変わったこと？」

「島原さんに関する問い合わせがあったとか、病室付近で不審な人物を見かけたとかです」

「さあ」夕紀は首を捻《ひね》った。「思い当たることはありませんけど」

「そうですか」

浮かない顔の七尾を見ていて、夕紀は不意に全く別のことを考えていた。この人物なら、西園と健介の関係を知っているのではないか、ということだった。

32

島原総一郎の担当が氷室夕紀だと知り、七尾は迷った。脅迫犯の狙いが島原にあるのではないか、という推理についてはここでは口にしないつもりだった。迂闊《うかつ》にしゃべって、その仮説だけが一人歩きしてしまうのが怖かったからだ。

だがこの女性研修医なら自分の考えを打ち明けてもいいのではないかと思った。今まで何度か会い、彼女が極めて理性的で責任感の強い女性だという手応《てごた》えを摑んでいた。今回の事件には最初から関わっており、ほかの人間よりも事情をよく知っている。それに何よりあの氷室健介の娘だ。

「じつは、これはまだ私一人の考えなんですが」

七尾は思い切って自分の推理を述べることにした。脅迫犯の狙いは島原総一郎ではないかということ、その犯人はアリマ自動車の欠陥で何らかの被害を受けた人間の可能性もあることなどだ。

氷室夕紀は若干驚きの色を見せたが、その表情はあまり変わらなかった。睫《まつげ》の長い目を、ほんの少し見開いた程度だ。

「もし私の推理が当たっていれば、犯人は何らかの形でこれまでに島原さんに接触していると思うわけです。病状や手術の予定といった情報を集めているに違いありませんから」

七尾の話を頷《うなず》きながら聞いていた夕紀だったが、聞き終えると小さく首を傾げた。

「おっしゃることはよくわかりました。でも、それならどうして病院を脅迫するんでしょうか。犯人の主張は医療ミスについて認めろというものですけど、全く関係がないということになりますよね」

「そのとおりです。だから私も自信を持って上司に進言することができないんです」本当は別の理由があるのだが、七尾はこの場ではそういった。「ただ、こういう可能性はあると思います。一連の犯人の要求はカムフラージュだということです」

「といいますと？」

「警察の目を違ったところに向けさせるのが目的なのかもしれません。実際、警察では現在、病院内部や周囲にいる人間を徹底的に調べています。島原さんやアリマ自動車との関連には誰も目を向けていない。私を除いて、ですが」

夕紀は七尾から目をそらし、斜め下をじっと見つめた。彼のいった意味を考えている顔だった。単に人の意見を聞くだけでなく、自分なりに咀嚼《そしゃく》しないと気の済まない性格なのだろう。

「もしそうだとすると、犯人は犯行そのものには自信を持っているということになりますね」

「どうしてですか」

「だって、捜査の目を攪乱《かくらん》するのが目的だとしても、脅迫状を出すなんて犯人にとってすごくリスキーでしょう？　事実、今この病院には、七尾さん以外にも大勢の警察官が出入りしています。犯人にとっては、犯罪を実行するには困難な状況です。それなのに敢《あ》えて脅迫状を出したというのは、それだけ犯行には自信を持っているということになります」

七尾は頷いた。

「まさにそういうことになります。さすがは氷室警部補のお嬢さんだ。ふつうの人はそこまで考えません」

「すみません。生意気なことをいって」彼女は照れたように俯《うつむ》いた。

「いや、非常に参考になる意見です」

「犯人は何をやろうとしているんでしょうか。当然、島原さんの手術に関係しているわけですよね」

「犯人の狙いが島原さんにあるのなら、当然そういうことになります。島原さんの命を奪うつもりではないかと私は睨《にら》んでいます」

言葉がきつかったせいか、夕紀の顔が一瞬強張《こわば》った。

「もう一度伺いますが、以上の話を踏まえて、何か思い当たることはありませんか。どんな些細《ささい》なことでも結構です。犯人は必ず、何らかの手段で情報を集めているはずなんです。帝都大学病院に入院した、という新聞記事程度の情報では、犯人には何もできないと思われますから」

夕紀は腕組みし、唇を嚙《か》んだ。化粧気はまるでないが、真剣に考え込む顔立ちは美しかった。誘惑はないのかな、と七尾は関係のないことを考えた。

「病院というところは閉鎖的なようで、じつはかなりオープンな場所だともいえるんです。見慣れない人が廊下を歩いていても誰も気にしないし、むしろそういう人があちこちにいるというのが病院なんです。だから不審人物といわれても、余程おかしなことをしないかぎりは記憶に残ることはありません。でも、今のお話を伺いましたから、これからは少し気をつけてみます」

彼女のいうことはもっともだと思われた。たぶん彼女たち医師が気にしているのは患者のことだけで、それ以外の来訪者にはあまり関心がないだろう。

夕紀の協力を得られるのは七尾としてはありがたかった。彼女なら、万一犯人が接近した場合には気づくのではないか、という根拠のない予感もあった。

「よろしくお願いします。まあ、いろいろとお話ししましたが、すべて推論にすぎません。

全くの的はずれかもしれないんです。例の脅迫状にしても発煙筒にしても、悪戯《いたずら》というセンはまだ消えていないわけですし」

「悪戯だといいんですけどね。悪質ではありますけど」

夕紀の表情は浮かない。彼女なりに、悪戯の可能性は低いと感じているのかもしれない。

「ひとつお願いなんですが、今お話しした内容については、誰にも口外しないでいただきたいのです。じつは西園教授にもまだ話しておりません。必要があれば、私のほうから話します」

夕紀は苦笑して頷いた。

「ええ、それはよくわかっています。信用してください」

「お忙しいところをすみませんでした。これで失礼します」七尾はソファから腰を上げた。

夕紀も立ち上がった。「あの……」

「はい」

彼女は一瞬躊躇《ためら》いの表情を見せた後、何かを決意した顔で七尾を見た。

「事件とは関係ないんですけど、七尾さんにお訊《き》きしたいことが」

「何ですか」

「父のことです」

「警部補の？」

七尾が問い直した時、廊下から話し声が聞こえてきた。夕紀が気まずそうな顔をした。この部屋を利用している者が戻ってきたようだ。

「外でお話を」彼女はいった。

「わかりました」

七尾が勢いよくドアを開けると、二人の若い医師が驚いたように立ち止まった。この部屋に入ろうとしていたようだ。彼等に会釈し、七尾は部屋を出た。夕紀も後からついてきた。

エレベータで一階に下り、病院の外に出た。灰皿の置いてある場所で夕紀は立ち止まった。七尾に気を遣ってくれたようだ。

「先日、父が警察を辞めた理由について話してくださいましたよね」

ええ、と頷きながら七尾は煙草をくわえた。嫌な予感がした。

「父が追跡した結果、事故死した中学生のことなんですけど」

「それが何か」七尾は煙草に火をつける。煙が目にしみたふりをして顔をしかめた。

「その中学生の名前を覚えておられますか」

やはりその話か、と七尾は思った。触れたくない話題だった。

「どうして今頃そんなことを？」

「その少年の名字は」彼の問いには答えず、彼女はいった。「西園、というんじゃないんですか」

七尾は黙って煙を吐いた。夕紀の口調から、彼女は今まで何も知らなかったのだと悟った。自分が余計なことを教えたのかもしれないと後悔もした。

「そうなんですね、やっぱり。うちの……西園先生の息子さんだったんですね」

「だとしたら、どうなんですか」

「七尾さんはいつから御存じだったんですか」

「思い出したのは少し前です。事件のことで頭がいっぱいだったから、うっかりしていました。それにずいぶん昔のことですし」

「どうしてあたしにいってくださらなかったんですか」

「前にあなたにお会いした時には、まだ思い出していなかったというだけのことです。それにわざわざ教える必要はないだろうとも思いました。余計なお世話かもしれないし」

夕紀は瞬《まばた》きし、目を伏せた。ショックを受けているように七尾には見えた。

「あなたはそのことを知った上で、あの方の下で学んでおられるわけではなかったんですか」七尾は訊いてみた。

夕紀はかぶりを振った。

「全然知りませんでした。だって、父が警察を辞めた理由も、あなたに教わるまでは知らなかったんですよ」

「あ……それもそうか」

「母は何もいってくれないし。西園先生も……」

「教授は御存じなのかな」

「知っていると思います」断定する口調で夕紀はいった。「たぶん最初から知っていたと思います。父に会った時から」

「警部補に？」

七尾が問うと、彼女は迷いの表情を見せた後、すっと息を吸い込んだ。

「父の手術をしたのが西園先生なんです」

「えっ」七尾は煙草を落としそうになった。気づくと灰がずいぶん伸びている。煙草を灰皿で消し、そのまま捨てた。「本当ですか」

夕紀は顎《あご》を引いた。

「やはり七尾さんは、そのことは御存じなかったんですね」

「初めて聞きました。警部補の執刀医にまでは意識が向かなかったものですから」そういってから七尾は改めて彼女を見つめた。「するとあなたはそれを知っていて、西園教授の下で学ぶことにしたんですか」

「そうです。帝都大医学部を選んだのは、あの方がいるからです」

「そうだったんですか。いや、でも――」ふと頭に浮かんだ疑問を口にしかけて七尾は言葉を呑《の》んだ。

だがそんな彼の内心を察したらしく、夕紀はふっと唇を緩めた。

「父親を救えなかった医師の下で学ぼうと思うのはおかしい……ということですか」

「いや、そのあたりのことは我々凡人にはよくわかりませんが」

「あたしなりに考えがあってのことです。父が命を託した人であることは事実ですし」

七尾は深く頷《うなず》いた。

「たしかにそのとおりだ。氷室警部補が信頼した人なんだから、もしかしたらあなたが師事するのに最もふさわしい人物なのかもしれない」

だが夕紀は、なぜかかすかに眉《まゆ》をひそめた。それを見て七尾は、自分の解釈は的はずれらしいぞと察知した。

「七尾さん、どんな理由があるにせよ、自分の息子を死に追いやった人間が患者としてやってきた時、医師はどう対応すると思いますか」

夕紀の質問に、七尾は言葉を失った。氷室健介の担当医が西園なら、たしかに彼女のいう状況だったわけだ。

同時に気づいた。彼女は西園医師の執刀に疑いを持っているのだ。

「私は医者じゃないからわかりませんが、どんな場合でも、いつもと同じように対応するんじゃないでしょうか。それがプロというものでしょう」

だが夕紀は首を振った。

「あたしには出来ません。あたしなら、きっと心が乱されると思います」

七尾は彼女の顔を見つめた。もしかするとこの若い女医は、父親が死んだ時から、執刀医を疑っていたのかもしれないと思った。その答えを得たくて、敢《あ》えてその医師の下で学ぶことを選んだ――そう考えれば先程の表情にも納得がいく。

「そのことで警部補の奥さん……おかあさんとは何か話を？」

すると夕紀はゆっくりと首を左右に振った。口元に笑みが浮かんだが、それは冷笑と表現したくなるようなものだった。

「母とは何も話していません。母はあの方の味方ですから」

「味方？　どういう意味ですか」

夕紀の笑みが消えた。唇を舐《な》め、胸に淀《よど》んでいる何かを打ち明けたそうな顔をした。だが最後にはふっと吐息を漏らした。

「ごめんなさい。変なことをいってしまいました。忘れてください」

「氷室さん……」

「お仕事の邪魔をしてすみませんでした。このことは西園教授には話さないでください」

「もちろん話す気はありません」

「お願いします。それじゃああたし、そろそろ行かなきゃいけないので。どうもありがとうございました」

「あっ、どうもこちらこそ」

夕紀の後ろ姿を見送った後、七尾は再び煙草を取り出した。その時、携帯電話が鳴った。表示された番号は坂本のものだ。相方のスタンドプレーに腹を立てているに違いなかった。

七尾は煙草を吸いながら、着信音が鳴りやむのを待った。

33

木曜日になった。夕紀は島原総一郎をＩＣＵに案内していた。複雑な機器が並ぶ部屋に足を踏み入れた島原は、ぐるりと見回した後で呟《つぶや》いた。

「ここに連れてこられるわけか」

「昨日、西園先生からお話がありましたように、手術終了後も島原さんには麻酔で眠っていただきます。次に目が覚めた時にはここにいらっしゃるはずです。術前に御覧になっておいたほうが、その時になって戸惑わないと思いまして」

「うん、そうだな。目が覚めた時、全然知らんところだと、たしかにびっくりするだろうな。周りに誰もおらんようだし」

「その時には私とか、ほかの医師がいるはずです。看護師も」

「ああ、そうか。今は患者がいないから、医者もおらんのだな」

「そうです」

「ふだんから、いつもこんなふうなのかな」ずらりと並んだベッドを見て島原は訊《き》いてきた。現在そこには誰もいない。

「こういうことは珍しいです。私も初めての経験です。いつもは、何かしらの手術が行われていますから」

「どうして今はこんなことに？」島原は不思議そうな顔をした。

「ですからそれは……」

夕紀がいい淀むのを見て、島原はああと頷いた。訳知り顔になっていた。

「ほかの患者は逃げ出したということか。例の脅迫事件に恐れをなしたわけだ」

「それだけでなく、事件が解決するまでは、延期が可能な手術は出来るだけ先延ばしにするという方針がとられていますから」

「いずれにしても脅迫状の影響か」島原は口元を曲げた。「馬鹿げたことだ。あんなものは悪戯《いたずら》に決まっている」

「だといいんですけど」

「わしも組織を預かっとるからわかるんだが、その組織でやっている仕事が成功すればするほど、おかしな輩《やから》からも狙われることになる。といっても、そんな連中に大したことなんて出来やしない。せいぜい悪戯の脅迫状を送りつける程度だ。所詮《しょせん》はやっかみなんだよ。自分が無能だから、能力があって成功している人間に嫉妬《しっと》するんだ。ちょっとした騒ぎを起こして自己満足しようというだけのことだ。警察だって、あんなに真剣になることはない。ほうっておけばいいんだ」

彼の口調には苛立《いらだ》ったような気配があった。それで夕紀は訊いてみた。

「島原さんの会社にも似たようなことが？」

島原は二重顎を引いた。

「あるよ。しょっちゅうだ。研修さんも知っていると思うが、少し前にうちの不良品が市場に出てしまったことがある。あの時にはいろいろと届いたもんだ。脅迫状やら、怪文書やらね。だがそんなものにいちいち付き合ってちゃあ、ビジネスなんて出来ないんだよ」

「そういうのは全部悪戯だったんですか」

「そうだよ。たしかに不良品を出したのはうちのミスだ。だから被害を受けた人たちには、すべてそれ相応の賠償責任を果たした。要するに当事者間の話し合いは終わっているわけだ。それなのにおかしなことをいってくるというのは、そいつが被害者でも何でもないからなんだ。うちのミスに乗じて、うまくすれば少しは金を取れるんじゃないかと企《たくら》んだ小者の仕業だよ。その証拠に、脅迫状にしても怪文書にしても、相手にしないでいたらいつの間にか来なくなった。そういうものなんだ」

居丈高に話す島原の顔を見ながら、夕紀は七尾から聞いた話を思い出していた。

「脅迫状とかは、すべて会社全体をターゲットにしたものだったんですか」

「うん？　会社全体とは？」

「たとえば……特定の個人を攻撃するようなものはなかったんでしょうか」

「そりゃあ、あったよ。特にあの件については、責任の所在がはっきりしとったからね。工場長とか製造部長とか。その者たちへの個人攻撃はひどかった。しかし彼等も辞職したりして責任を取ってるんだから、その上であだこうだいってくるのはおかしいんだよ」

「あの、社長さんへは？」

「うん？」島原の仏頂面がさらに曇った。「わしが何かね」

「社長さんに対する脅迫状みたいなものはなかったんですか」

ああ、と島原はげんなりしたような声を発した。

「あったよ。部下のミスは社長が責任をとれということらしいな。単純な発想だ。しかしそんな発想では会社は機能しない。会社というのは大きな機械みたいなものなんだ。欠陥部品が見つかったら、それを取り替える。当然のことだ。しかし欠陥のないものまで取り替えていたら、今度正常に動かせるようになるまで手間も時間もかかって仕方がない。動いたとしても、前のように機能するかどうかはわからん。ただでさえ不良品問題で会社が揺れている時に、トップまで代わったんじゃ、社員も不安になるだろう。たしかにわしが辞めたほうが話は早い。わしだって、そのほうが気楽だ。だがそれじゃあ会社のためにならんだろうと判断して、非難を覚悟で社長を続けることにしたんだ。そういう事情を知らん連中は、無責任なことばかりをいう。いちいち付き合ってられんよ」

島原は鬱憤《うっぷん》を晴らすようにまくしたてた。どうやら途中から、彼が辞任しないことを責めたマスコミに対する不満に変わってしまったようだ。

そのことに自分でも気づいたらしく、夕紀を見るとばつが悪そうに俯《うつむ》いた。

「いや、まあ、研修さんにこういうことをこぼしても仕方がないんだがね……」

「トップの方はいろいろと大変なんですね」

「覚悟の上でやっとるんだがね。とにかく、病院側にはどっしりと構えておいてもらいたいな。脅迫状程度のことであたふたされると、安心して手術を任せられない」

「上の者に伝えておきます」

ほかのことはともかく、この島原の言い分は正しい。医師や看護師たちが浮き足立っていては、これから手術を受けようとする患者が不安になるばかりだ。

だが一方で、七尾の話も引っかかっている。万一彼の推理が当たっていれば、この病院が脅迫されている原因は、この会社社長にあるということになるのだ。いやその脅迫はカムフラージュで、真の狙いは別にあるかもしれないという。

とにかく明日の手術を無事に終えることだ、と夕紀は思った。そうなれば、懸念材料もかなり少なくなる。

しかし果たして今の自分が、大動脈瘤《りゅう》手術などという大仕事に立ち会えるのだろうか、と夕紀は別の不安も抱いていた。七尾から聞いたもう一つの話が頭から離れない。

西園はやはり、健介の追跡をかわそうとして事故死した中学生の父親だった。そのことを知った今、夕紀は平静な気持ちで西園のメスさばきを見ていられるかどうか自信がなかった。健介の手術の際、西園は果たして全力を尽くしたのか。それを成し遂げられる精神状態だったのか。

「次はどこに行けばいいのかな」夕紀が黙り込んだせいか、島原が訊いてきた。

「あ……あの、麻酔科のほうに。そこの先生から説明があります。御案内します」

ＩＣＵの自動ドアをくぐりながら、集中しなければ、と夕紀は思った。明日の手術に備えて、やるべきことは山のようにある。迷っている余裕はないし、逃げ込める場所もないのだった。

34

富田和夫は白髪混じりの頭をきっちりと分け、金縁の度の強そうな眼鏡をかけていた。七尾を見て、小さく会釈してからパイプ椅子に腰掛けた。まず時計を見てから、「富田です」といった。時間を計るのが習慣になっているのだろう。

「お忙しいところを申し訳ありません」

「秘書から聞きましたが、アリマ自動車の補償交渉について訊きたいことがあるとか」

「といいますか、例の欠陥車問題で被害を受けた人たちについて調べているんです。先生は被害者の会からアリマとの交渉を依頼されたのでしたね」

「被害者の中に、私が顧問をしている会社の方がいらっしゃいましてね」

「そのように伺いました。それで、被害者の補償交渉はすべて終わったんですか」

「アリマ自動車の欠陥が原因と認定されたケースについては、すべて終わりました」富田は法律家らしく、厳密な言い方をした。

「被害者の方から不満の声は？」

七尾が訊くと富田は身を少し乗り出し、テーブルの上で指を組んだ。

「望月さんから聞きましたが、アリマ自動車の社員がいやがらせを受けているとか。そうなんですか」

「ええまあ」七尾は言葉を濁した。

富田はふっと鼻から息を吐いた。

「社員に対するいやがらせ程度のことで警視庁が動くとも思えませんが、まあいいでしょ。結論を申し上げますと、今さらアリマに何らかの仕返しを考えるような人は被害者の会にはいません。少なくとも私には思いつかない」

「そうですか」

「被害の程度がまちまちですから賠償額も違います。しかしいずれのケースも、過去の同様のケースに比べて、最高額に近い金額を提示させました。不満をいえばきりがないでしょうが、私のところにそれをいってきた人はいない。唯一の例外があるとすれば望月さんだ。人の命は金では買えませんからね。だからこそあなたも望月さんを訪ねていかれた。違いますか。何の捜査かは知りませんが」

七尾は苦笑した。「おっしゃるとおりです」

「お会いになったのならわかったと思いますが、望月さん御夫妻に、アリマに対して何かしてやろうというような気持ちはありませんよ。今あの人たちは、娘を失った悲しみから立ち直ろうと必死なんです。これからどう生きていくかを模索している時に、復讐《ふくしゅう》めいたことを考える余裕はない」

七尾は頷《うなず》いた。同じ印象を彼自身も持っていた。望月夫妻には島原に復讐する動機はある。だがそれだけだ。年老いた夫婦に、今回の犯行は不可能だ。

「アリマの欠陥が原因だと認定されたケースについては補償交渉が終わったとおっしゃいましたが、認定されなかったケースはどのように扱われたんですか」

「それもまたいろいろです。この問題が浮上した時、様々な人が連絡してきたのは事実です。最近事故を起こしたのだが、アリマの欠陥が原因だと思うので力を貸してほしい、という意味のことをね。しかし大抵の場合は本人の思い込みか、もしくは賠償金目当ての作り話です。そんなものは電話で話していればすぐにわかる。車体番号や事故を起こした状況を正確にいえませんからね。ひどいのになると車種さえ間違っていた」

「では、アリマの欠陥が原因と認定されてもおかしくないのに結果的に認定されなかった、というケースはありますか」

七尾の問いに富田は一度首を捻《ひね》ってから、つぎにかぶりを振った。

「いや、ないと思います。それにアリマは、疑わしきは賠償する、という姿勢でした。会社のイメージダウンを抑えようと必死だったんです」

「そうですか」

「すみませんね。お役に立たない話ばかりで」富田は真顔でいった。皮肉をいったわけではなさそうだった。

「いや、参考になりました。お時間をとらせてすみませんでした」七尾は腰を上げた。

富田法律事務所を出た後、七尾はセルフサービスの喫茶店に入った。事務所には灰皿が置いていなかったからだ。

コーヒーを飲みながら煙草を吸った。ため息と一緒に煙を吐いた。帝都大学病院への脅迫はカ
見込み違いかもしれない、という考えが膨らみつつあった。

ムフラージュ、真の狙いは島原総一郎ではないかと閃《ひらめ》いた時には興奮したが、調べれば調べるほどその可能性は薄くなっていくようだ。富田にいわれるまでもなく、望月への疑いは消滅していた。そしてほかの被害者となると、島原の命を脅かそうと思うほどの動機を持たないのだ。

携帯電話が鳴った。また坂本だなと思い、顔をしかめた。彼は一人で地道なことを捜査しているのだろう。そろそろ付き合ってやるか、と思った。

だが表示されている番号は坂本のものではなかった。電話に出てみると富田だった。

「さっきの件ですがね、一件だけ思い出したことがありまして。変わった電話がかかってきたそうなんです」

「どういったことですか」

「事務所の人間が電話に出たんですが、アリマの欠陥が原因で間接的に被害を受けた場合でも、被害者の会に入れるのか、という内容だったそうです」

「間接的に？　二重衝突とかですか」

「事務所の人間もそう思ったそうですが、どうやら違うそうです。欠陥車が立ち往生してしまったので、通行を妨げられた、という内容だったらしいです」

「ははあ……」

七尾は小坂から聞いた話を思い出した。アリマの欠陥はエンジンをコントロールするI

Cに問題があり、回転数が異常に上がるのが特徴だが、その逆もあるといっていた。つまり止まるということだ。

「それで、事務所の方ではどのように？」

「そのケースだとアリマに賠償請求するのは難しいかもしれないと答えたそうです。ただ、詳しい話を聞いてみないと何ともいえないので一度来てもらえないかといったところ、もういいですといって電話を切ったということでした。名前はいわなかったらしいです」

「女性ですか」

「いや、若い男性の声だったそうです。どうですか。何か参考になりそうですか」

「まだわかりませんが、ありがとうございます。もしかすると重大なヒントかもしれません」

「それならいいんですがね」富田の声は会っていた時よりも愛想よく聞こえた。

七尾は上着の内ポケットから折り畳んだ書類を取り出した。小坂から貰《もら》ったものだ。それを広げ、記事に目を通した。

これか――。

狭い路地で欠陥車が立ち往生したため、付近一帯が渋滞したという内容だった。そしてこんなことが付記されていた。

欠陥車の後ろには患者を搬送中の救急車が近づいていたが、通行不能と判断し、やむをえず迂回《うかい》したという——。

七尾は携帯電話を取り出した。小坂が遠方に出張していないことを祈った。その祈りは通じた。

「頼みがある」電話に出た小坂に、七尾はいきなりきりだした。

待ち合わせたのは先日と同じ喫茶店だ。時計を何度も見ながら七尾は小坂を待った。

空になったカップを見て、二杯目のコーヒーを注文しようかどうか迷っていると、ドアが開いて小坂が入ってきた。その後ろから、小柄で髪の長い男がついてくる。

「お待たせしてすみません。彼を捕まえるのに手間取っちゃって」小坂は謝りながら椅子に座った。髪の長い男も会釈してその隣に腰を下ろした。

「いや、俺のほうが突然無理なことを頼んだわけだから」

ウェイターが近づいてきた。二人がコーヒーを注文したので、七尾も追加でおかわりを頼んだ。

小坂が髪の長い男を紹介した。田崎という名字だった。社会面を担当しているらしい。

七尾は例のコピーをテーブルに出した。アリマの欠陥車が道を塞《ふさ》いだために、救急車が迂回を余儀なくされたという記事だ。

「この記事を書かれたのが……」

「俺です」田崎は頷いていった。「ひどい渋滞になったんですよ。何しろ、欠陥車が立ち往生したのは細い橋の手前で、それを通らないと川を渡れないんですから」

「救急車が迂回したという話ですね」

「そうです。頭に大怪我をした女性を運んでいて、一分一秒を争う状況でした。その道を選んだ運転手は責められません。ふだんは渋滞なんてしない道だし、川を渡らないと目的の病院に行けない。もちろんほかにも橋はありますが、遠回りになってしまう。まあ結局のところ、その遠回りを選ばざるをえなかったわけですが」

「で、その女性はどうなったんですか」

七尾の質問に、田崎は小坂と顔を見合わせた。小坂がにやりと笑って七尾を見た。

「七尾さんがそうおっしゃるだろうと思って、彼にいろいろと持ってきてもらいました」

「その救急車については、じつは俺も気になって少し調べてみたんです。残念ながら記事は採用してもらえませんでしたがね」田崎はいった。「その女性は亡くなっています」

七尾は思わず背筋を伸ばした。「病院で?」

「そうです。その女性はフリーのライターで、建設中のビルを取材中、高さ十メートルの足場から転落して頭を強く打ったらしいです。すぐに救急車で運ばれたわけですが、今もお話ししたような状況になってしまった」

「事故が起きた時は、まだ生きていたんですね」

「そのようです。意識はなかったのですが息はあった、と事故の現場にいた人もいっています。もちろん、かなりやばい状況だと認識していたようですが」

「病院に到着した時はどうだったのかな」

「辛うじて生きていたようで、緊急手術も行われたそうですが、もはや手の施しようがなかったという話です。ただし、もう少し早く病院に到着していれば、何とかなったかもしれないという状態だったようです」

「その女性は家族と一緒に暮らしていたんですか」

「いえ、荻窪《おぎくぼ》で独り暮らしをしていました。実家は静岡です。連絡をとった時、荷物の片づけのために母親が女性のマンションに行っていると聞いたので、荻窪まで出向いて話を聞いてきたんです。気の毒でしたよ」

田崎は内ポケットから写真と名刺を出してきた。名刺には『神原春菜』とあった。肩書きは何もない。住所はたしかに荻窪だ。

写真はスキー場で撮ったものらしく、男と女が三人ずつ写っている。全員スキーウェアだ。よく晴れていて、背景の雪山が美しい。

「中央の女性が神原春菜さんです」田崎がいった。「大学時代のサークルの写真だそうです。お母さんから借りて、コピーしました。最近の写真は見当たらなかったみたいです」

「なかなかの美人ですね」

「卒業して四年、といったかな」

するとニ十六歳ぐらいか、と七尾は頭の中で計算した。

「遺族は救急車の到着が遅れた原因については知っているんですか」

「ええ、お母さんは知っていましたよ」

「それについて何と?」

田崎は肩をすくめた。「ついてない、と」

「ついてない? それだけ?」

「悪い時には悪いことが重なるものだ、よりによってそんな時に欠陥車に道を塞がれるとは何て運のない子だ——お母さんはそういってました」

「アリマ自動車のことを恨んではいないんですか」

七尾が訊《き》くと田崎は唸《うな》って腕組みした。

「俺もそのあたりのことを掘り下げて記事にしようとしたんですが、今ひとつ反応が薄かったですね。お母さんにしてみれば、十メートルもの高さから転落したということで十分にショックを受けているわけで、少々早く病院に運ばれていたところで助からなかっただろうと諦《あきら》めているふしがありました。あるいは、誰かのせいで助かる命が助からなかったと考えるのは辛《つら》いから、そのことは考えないようにしている、という感じかな」

七尾は頷《うなず》いた。その心理は何となくだが理解できた。

しかしそうなると別の疑問が湧いてくる。富田弁護士の事務所にかかってきたという電話の主は誰なのか、ということだ。だが今の田崎の話によれば、神原春菜の遺族ではないということになってしまう。

そのことを田崎にいうと、彼も首を傾げた。

「その話を小坂さんから聞いて、俺も妙だなと思ったんです。欠陥車の被害について記事をまとめる時、神原さんの実家に改めて連絡をとったんですが、うちは直接関係がないからといって、やんわりと取材を断られましたからね。富田弁護士のところにそんな電話をかけるはずがないと思うんですよ」

「じゃあ、全然別の件なのかな」

「いやあ、車が立ち往生して、それで大きな問題に発展したというケースは、ほかにはなかったと思います。もしあったとしたら、当然うちに情報が入ってきたはずですし」

そうだよなあ、と隣で小坂も呟《つぶや》いた。

「神原春菜さんに恋人は？」七尾は訊いた。

「いたようです。お母さんは病院で会ったとか」

「名前は？」

田崎はしかめっ面で首を振った。

「教えてもらえませんでした。まあ、そこまで訊くのはさすがにプライバシー侵害だなと思いますし」

七尾は吐息をつき、ぬるくなったコーヒーを飲んだ。スキーウェア姿の神原春菜を見つめた。写真の中の彼女は幸せそうに笑っていた。

35

駐車場に止めてある車に乗り込み、周囲に視線を巡らせてから、携帯用オシロスコープのスイッチを入れた。心臓の鼓動が速くなるのは、これが最も不安な点だからだ。給電監視モニタ用のコイルと発信器が取り除かれていたら、今度の計画は根底から崩れることになる。

しかしその不安は間もなく解消された。液晶画面上に現れた輝点は、前回と同様の、ゆったりとした動きを見せていた。大丈夫。これですべてのシステムが準備完了となった。

穣治は深呼吸してからオシロスコープのスイッチを切った。

時計は九時前を示している。病棟の窓からは明かりが消えつつあった。今回の騒ぎで、入院患者は大幅に減ったはずだ。望の話では、ここしばらく大きな手術が行われていないので、現在はICUには患者がいないという。

すべて計算通りだった。いや、期待以上といっていい。計画を立てた当初は、最悪の場合には多少の犠牲はやむをえないとまで考えていたのだ。

穣治は車の灰皿を開けた。そこは灰皿としてではなく、カード入れとして使っている。しかし一番上に入っているのはカードではなく写真だ。それを取り出し、見つめた。そこに写っているのは神原春菜だ。穣治の部屋のベランダで撮影したものだ。化粧をしておらず、おどけた顔で洗濯物を取り込んでいる。

奥さんみたいに見える？――そう尋ねた声が穣治の耳には今も残っている。あの不幸な事故がなければ、今頃は本当に彼女は穣治の妻になっていたはずだ。家事をどれだけ積極的にしてくれたかはわからないが、幸せな日々を過ごしていたことはたしかだった。

画期的な耐震装置を備えたビルが建設されるので、それを取材しにいく、と彼女はいって出かけた。建設現場での撮影許可も下りた、と喜んでいた。

まさか建設中の建物に上るとは思わなかった。だが意外ではない。春菜は自分が女性であることのメリットとデメリットをよく知っていた。女性に関することを取材する時には重宝される。しかし女性だからと舐《な》められることも少なくないとこぼしていた。体力の必要な仕事でも、男性に劣らぬ結果を残そうとしていた。

たぶん無理をしたのだろう、と穣治は想像する。度胸のあるところを見せつけ、女性ライターだからといって舐めさせないぞと気負ったのだ。その結果、足を滑らせて転落。春菜ならあり得る。穣治にはわかる。

彼女の不注意だし、自業自得なのかもしれない。しかし、そういう人間でも極力救えるように努力するのがこの国の救命システムだ。事実、救命士たちは最善を尽くした。彼女を救急車両に乗せると、彼女を救える可能性の高い病院に最短距離で向かおうとした。道が混んでいようが、信号機があろうが関係ない。ほかの車は脇に寄り、救急車を通さねばならない。そのようにこの国の法律は出来ている。

ところが動けない車があった。車の運転手は途方に暮れていたに違いない。彼を責めるのは酷だろう。その車は買ってから一年と経っておらず、最新のコンピュータシステムによってエンジンの性能を最大限に引き出す、というのがキャッチフレーズだった。

動けない車によって病院への道が塞《ふさ》がれた。救急車は遠回りをし、一刻も早い治療が必要だった患者は手遅れとなった。こうして春菜は死んだ。

穣治のところに電話があったのは、彼女の持っていた携帯電話の履歴からだった。一番最近に話した相手に電話をかけるのが、家族に連絡がつかない人間が亡くなった時に警察がとる一般的な方法だという。

病院で目にした春菜の顔は、とても彼女だとは思えないものだった。膨れ、歪《ゆが》み、変色していた。それでも耳のピアスは、たしかに穣治がプレゼントしたものだった。

涙は出ず、声も出なかった。警官や病院関係者からあれこれいわれるのに対し、やけに事務的に対応した覚えがある。感情が死んでしまっていたのかもしれない。

数時間後、静岡から両親が駆けつけてきた。二人とも泣いていた。母親が春菜とそっくりの目を赤く腫《は》らしていた。それを見て穰治も涙が止まらなくなった。

それから間もなく、立ち往生した車の欠陥が明らかになった。ほかでも事故が起きていた。メーカーは責任を認めた。社長は会見を開き、テレビの中で頭を下げた。

春菜の両親は、アリマには無関心だった。被害者の会に入ってはどうかと提案したが、乗り気ではなかった。直接の被害者でもないのにあまり騒ぐと、単に金をほしがっているだけのように思われて嫌だ、という意味のことをいった。実際、穰治が被害者の会を仕切っている事務所に問い合わせてみたところ、感触はあまりよくなかった。

割り切るしかないのか、と彼も諦めつつあった。メーカーが不良品を出すことは避けられない。最善を尽くしていても、ゼロにはできない。ましてや自動車メーカーだ。ユーザーの命を預かっていることは百も承知のはずなのだ。

ところがしばらくして状況が変わった。仕事の関係で繋《つな》がりのある技術者が、ある驚くべき情報を教えてくれたのだ。彼は欠陥のあったＩＣの品質保証システムを設計した会社にいた。

「大きな声じゃいえないけど、あれはやっぱり組織ぐるみの犯罪というべきですよ」彼は顔をしかめていった。

「どういう意味ですか」穰治は訊いた。恋人が被害に遭ったことなどは無論話していない。

「うちが納品した品質保証システムには問題はないんです。それは国土交通省だって認めている。問題なのは、それの扱いです。正しい使い方をしてくれなきゃ、どんなに優れたものでも力を発揮しない」

「アリマは正しい使い方をしていなかったそうですね。工場長だったか、製造部長だったかの独断で」

その技術者は首を振った。

「彼等を責めるのも酷な話なんです。彼等は上から、生産台数について厳しいノルマを課せられていました。しかもそのノルマは、社長が気まぐれで思いついたキャンペーンに間に合わせるために設定されたようなものでした。とにかく何とかして生産性を上げろ、といわれて、仕方なく品質保証システムを簡略化したんです。そのシステムによって生産性が制限されているのは事実でしたからね。でもそれは危険な行為でした。アリマのICは構造が複雑な上に品質が今ひとつ安定せず、念入りにチェックするシステムが必要だったんです。抜け穴だらけにすれば、そりゃあ生産性は上がりますよ。そのかわりに出来損ないが市場に出るおそれも大きくなる。当然のことです」

「でもそのことをアリマのトップは知らなかったわけでしょう?」

技術者は、今度は手を振った。

「知ってたんですよ。だって生産台数の目標値は、品質保証システムを簡略化しないことには到底クリアできないようなものだったんです。そのことについては何度も社長に報告されていたはずです。たしかに社長はシステムの簡略化は認めていません。でも目標値を下げろともいわなかった。品質保証の放棄を強引に命令しているのと同じです。そのくせ何かあった時には責任逃れができるようにしてあったんです。ひどい話だ」

あまり関心がないような顔で聞いていたが、穣治の胸の中では怒りの炎が立ちのぼっていた。自分をとんだお人好しだと思った。

島原総一郎には、ユーザーの命を預かっているという意識など微塵《みじん》もなかったのだ。彼の頭を占めているのは、単にたくさん売ってたくさん儲《もう》けたいという欲だけだ。春菜はそんなくだらないもののために、命を取り戻すチャンスを奪われたのだ。

救命士も医師も最善を尽くそうとした。自分の使命を果たそうとした。彼等にそれをさせなかったのは、じつはたった一人の老人が自分の使命を忘れたからなのだ。

36

夕紀の携帯電話が鳴ったのは、寮に帰る道を歩いている時だった。菅沼庸子からだった。中塚芳恵の容態が急変したと彼女はいった。突然、高熱を発して苦しみ始めたという。

当然、夕紀は引き返すことにした。途中、タクシーが見つかったので、ほんの二、三分の距離だが乗ることにした。

病院に戻ると白衣に着替え、駆け足で病室に向かった。

中塚芳恵の状態は、前回と酷似していた。呼びかけたが返事がない。体温は三十九度。二度目のことなので要領はわかっていた。菅沼庸子に検査指示を出した後、すぐに担当の医師に連絡を取った。

検査の結果、胆管の炎症がひどくなっていることが判明した。駆けつけた担当医の福島は、緊急手術しかないと判断した。炎症部をすべて取り除き、人工管に交換するというのだった。中塚芳恵の体力がどれだけ保《も》つかは不明だが、ほかに選択肢はなかった。

今回は家族にもすぐに連絡がとれた。娘の久美は二十分で病院に現れた。

夕紀も手術室に入った。明日の朝には島原総一郎の大動脈瘤《りゅう》切除手術という大仕事が控えていたが、そんなことをいっている場合ではなかった。

約四時間に及ぶ手術となった。成功か否かはまだわからない。

搬送口から運び出される芳恵を見送っていると、その向こうに久美と夫の姿があった。福島が近づいていって説明を行っている。夫妻は真剣な顔で聞き入り、頷《うなず》いていた。

夕紀がICUで術後の経過を見ていると福島がやってきた。

「代わるよ。君は少し眠ったほうがいい。明日もオペがあるんだろ」

「すみません。ありがとうございます。当直室にいますから、何かあったら呼んでください」

「うん。御苦労さん」

夕紀がＩＣＵを出ると、久美と夫が談話室から出てくるところだった。二人は夕紀を見ると立ち止まり、頭を下げてきた。

「先生、いつもお世話になっております。ありがとうございます」久美がそういった。

「福島先生から話をお聞きになりましたか」

「ええ。後は様子を見るしかないと……」

「そう思います。病巣を取り除いたわけですから、本人の回復力にかけるしかないでしょうね。熱が下がってくれればいいんですけど」

二人は同時に頷いた。

「先生、それで、動脈瘤のほうなんですけど」夫が切り出してきた。

「はい」

たった今、癌切除の大手術を終えたばかりなのに、もうその話なのかと夕紀はうんざりしかけた。

「今すぐに破裂しそうというわけではないってことでしたよね」

「こちらでの見解はそうです」

「だったら」夫は瞬《まばた》きしてから続けた。「もしこれで義母が持ち直してくれるようなら、元気になるのを待って、うちで引き取らせていただきたいのですが」

夕紀は彼の顔を見返した。

「退院されるということですか」

「ええ。次は動脈瘤の手術ですから、それを受けられる体力がつくまで、うちで面倒をみようということになったんです」彼は妻と顔を見合わせた。

「そうですか。福島先生や山内先生と相談する必要がありますけど、たぶんそれでいいと思います。でも以前は、おかあさんはここにいたほうが気が楽じゃないか、という意味のことをおっしゃってましたよね」

夕紀の言葉に夫はばつが悪そうに頭を掻《か》いた。

「自分たちの都合ばかりをいって、本当に申し訳ありませんでした。家族が協力しないんじゃ、治るものも治りませんよね。せっかく先生方が苦労してくださってるんだから、我々も自分たちの出来ることをやろうって話し合ったんです」

夕紀は頷いた。この夫妻と会うたびに感じていた胸のつかえのようなものが、すっと取れた気がした。

「福島先生から、氷室先生のことを伺ったんです」久美がいった。

夕紀は虚をつかれた思いがした。「あたしのことを?」

「はい。失礼ですけど、先生は研修医さんだったんですね。私今まで、そんなことも全然知らなくて」

「最初に申し上げたと思うんですけど」

「そうだと思いますけど、すっかり忘れていたというか、あまり気に留めていなかったというか……ほかの先生方と同じように思っていたんです」

「もちろんそれで結構ですよ。患者さんに対しては同じです」

「でも研修医の方って大変なんでしょう？　福島先生もおっしゃってましたけど、全然休む暇がないそうじゃないですか。前の時もそうでしたけど、今日なんかも、一番最初に呼び出されるんですってね」

夕紀は唇を緩めた。患者の家族からこんなことをいわれたのは初めてだ。

「勉強中の身ですから、それぐらいは当然です」

「だけど、氷室先生は本来心臓血管外科で、胆管癌のほうとは関係ないんでしょう？　私たちこれまでそんなことをあまり考えてなかったんです。母の担当の一人という捉《とら》え方しかしていなくて、ずいぶん申し訳ないことをしたと思いました」

「それは……大抵の方がそうです。研修医はいろいろな部署を回って経験を積んでいくので、今の所属というのはあまり関係がないんです」

「それにしても大変なお仕事だなあと思いました。――ねえ」

それを受けて夫が頷いた。

「聞くところによれば、明日の朝からも手術があるそうじゃないですか。こんなに遅くまでがんばっていただいて、またすぐにそんな大きな仕事をしなきゃいけないなんて、よく体力が保つものだなと感心いたします」

「体力は必要ですね」

「それで妻とも話し合ったんです。あんなに若い人が、義母を救うために全力を尽くしてくださってるんだから、我々だって自分たちの出来ることをしなきゃいけないなあ、と。それで、うちで面倒を見ることにしたというわけです」

彼の言葉に、夕紀は胸の中が一瞬熱くなるのを感じた。この場で返すべき、ふさわしい言葉が思いつかなかった。

「本当にいろいろとありがとうございます」夫がいい、妻も横でもう一度頭を下げた。

「そんな……気を遣わないでください。おかあさんが元気になられるまで、お互いにがんばりましょう」

「はい、よろしくお願いします。私たちもがんばります」久美は少し目を潤ませていた。

ではこれで、と夕紀は彼等に背を向けた。これ以上話を続けていると、もらい泣きしてしまいそうな気がした。

当直室で横になった後も、軽い興奮は続いていた。だが手術直後の気持ちの高ぶりとはまるで違っていた。喜びとすがすがしさが胸中を占めている。

福島が二人にどんな話をしたのかはわからない。何のために研修医のことなんかを話したのかも不明だ。

だが研修医になって以来、あんなふうに患者の家族から感謝の言葉をかけられたのは初めてのことだった。自分は一体何をやっているんだろう、果たして病院の役に立っているのか、患者たちの救いになっているのだろうかなどと、くよくよ考えてばかりいたのだ。自分にもやれるかもしれない、と思った。これまでは、自分に本当に医師という仕事が務まるのかどうか、ずっと不安だった。今も不安であることには変わりはないが、可能性の光のようなものが見えたように思えた。

健介の例の言葉——人間というのは、その人にしか果たせない使命というものを持っている、という言葉がまたしても頭に浮かんだ。

お父さん、と夕紀は瞼《まぶた》を閉じたまま心の中で呼びかけた。あたしもやっと、使命を見つけたかもしれないよ——。

心のつかえが取れたせいか、穏やかに眠れそうな気がした。

六時にセットした目覚まし時計で起きた。ほんの三時間ほどしか眠っていないが、頭は冴《さ》えている。窓のカーテンを開けると強い光が射し込んできた。

いよいよだ、と夕紀は思った。

もう余計なことは考えないでおこうと決めた。これから行われる手術に全力であたる、それだけだ。

顔を洗い、身なりを整えてから一階に下りた。売店で菓子パンと牛乳を買った。手術の前には血糖値を上げておけ、というのは、研修医になって間もなくの頃に指導医からいわれたことだ。手術が予定よりも早く終わることはまずない。つまり患者を助けたければ、どんなに手術が長引いたとしても、それに対応できる体力を保っておかねばならないということになる。

まだ人気のない待合室でパンをほおばっていると、一人の男が廊下を歩いてくるのが見えた。それが知っている顔だったので夕紀は少しあわてて、パンの最後のひときれを牛乳で流し込んだ。

「早いですね。手術の日はこんなものなんですか」七尾が笑いかけてきた。

「七尾さんこそ。何かあったんですか」

「いや、そういうわけでは。——ここ、いいですか」夕紀の隣を指差した。

どうぞ、といいながら彼女はゴミをビニール袋に入れた。

「いよいよ、島原さんの手術ですね」

「それで様子を見に来られたんですか。何か起きるかもしれないと思って……」

「まあ、そんなところです。もっとも、先日も申し上げたように、私のくだらない妄想かもしれないんですがね」

「島原さんを個人的に恨んでいる人間の仕業ではないか、という推理を話しておられましたよね」

「そうです。それが何か？」

「いえ、何か思いついたことがあるとかじゃないんです。ただ、昨日の夕方、島原さんとお話しする機会があって、欠陥車問題で島原さんが個人的に攻撃されたことはないかどうか、訊《き》いてみたんです」

夕紀がいうと七尾は目を少し見開いた。

「大胆な質問ですね。で、島原社長は何と？」

「もちろんないことはないけれど、そんなものは全部単なる悪戯《いたずら》にすぎないから、相手にしなかった、というようなことをおっしゃってました」

「あの人らしいな」七尾は苦笑を浮かべた。

「欠陥車で被害に遭った人には十分な補償をしてあるから、おかしなことをしてくるのは金目当ての人間だけだ、というようなこともいっておられました」

「なるほどね。だけど、直接の被害者だけが被害者ではないんだよなあ」七尾は独り言を呟《つぶや》くような口調でいった。

「どういう意味ですか」

「思いがけないところで恨みを買っていることもあり得るということです」そういうと彼

は懐から畳んだ書類を取り出してきた。「新聞記事をプリントアウトしたものです。ここに欠陥車が立ち往生して渋滞が発生したという記事があるでしょう。そのために救急車が回り道をしなければならなかったんです」

「あたしが見てもいいんですか」

「どうぞ。あなたは特別だし、上司には内緒で調べていることだから、捜査上の秘密とはいえない」

夕紀は渡された書類に目を走らせた。たしかにそういう内容の記事が印刷されていた。

「救急車で運ばれていた患者は結局助からなかったんです。回り道をしなければ助かっていたのかどうかは不明ですが、患者の遺族たちにしてみれば、納得できない話でしょう」

「そうかもしれませんね。じゃあ、その患者の家族が犯人だと？」書類を返しながら夕紀は訊いた。

「まだわかりません。家族でなくても、亡くなった患者と深い繋《つな》がりのあった人物なら、島原社長に恨みを抱いても不思議じゃない」

「恋人とか？」

夕紀が訊いたが、七尾は意味ありげな笑みを浮かべて首を傾げただけだ。明言は避けたがっているように見えた。

「大事なお仕事の前に時間をとらせて申し訳ありませんでした。がんばってください」そういうと七尾は書類を折り畳み、内ポケットに戻そうとした。その時、書類の間から何かがぱらりと落ちた。夕紀がそれを拾い上げた。写真だった。スキー場で撮られたものらしく、スキーウェア姿の若者たちが笑っている。

「これは？」

「今お話しした、救急車で運ばれた女性の写真です。中央の白いウェアを着ている人です。学生時代の写真だから、最近ではもう少し大人びていたと思いますが」

「へえ」

夕紀はもう一度写真に目を落とした。奇麗な顔だちをした女性だった。恋人がいても不思議ではない。

夕紀から写真を受け取ると、七尾は書類の間に挟み、今度は幾分慎重な手つきでポケットに戻した。

「今日は一日、この病院の近くにいるつもりです。もし何かあれば、携帯電話に連絡をください」七尾は立ち上がってから、何かに気づいたように自分の額を叩《たた》いた。「もし何かあったとしても、手術室にいるあなたにはどうしようもないんだった」

「そうですね。何もないことを祈るしかありません」

「私も祈っていますよ」

じゃあこれで、と夕紀も立ち上がって歩きだした。しかし、不意にひとつの記憶が蘇《よみがえ》って足を止めた。彼女は振り返り、正面玄関に向かいかけていた七尾に声をかけた。

「すみません。さっきの写真を……」

七尾は驚いた顔で振り返った。「何ですか」

「さっきの写真を見せていただけますか」

「これですか」七尾はポケットに手を入れ、写真だけを出してきた。

夕紀は改めて写真を凝視した。亡くなったという女性の横に、濃紺のウェアを着た男性が立っている。ゴーグルを外し、手を振っている。

「この人……見たことがあります」

「えっ」七尾の目が瞬時にして血走った。

37

アパートはクリーム色の建物だった。七尾は階段を駆け上がった。相手が逃げないことはわかっているが、気持ちが落ち着かないのだ。

ドアの前に立ち、部屋番号を確認してからドアホンを鳴らした。表札は出ていない。女性の独り暮らしだからだろう。

ドアが少し開き、若い女性が顔を覗《のぞ》かせた。二十歳前後と思える、目の大きな娘だった。

看護師の制服がよく似合いそうだ。しかし今はその表情には緊張の色がある。

「真瀬望さんですね」七尾は訊いた。

「そうです」

七尾は警察手帳を見せた。

「先程連絡した七尾です。朝早くから申し訳ありません。今、いいですか」

「あ、はい」

「お邪魔していいですか。それとも、どこか別の場所で？」

真瀬望は一瞬目を伏せてから首を振った。

「ここでいいです。狭いところですけど」

「恐縮です」

真瀬望は一旦《いったん》ドアを閉め、チェーンを外してから改めて開けてくれた。「どうぞ」

お邪魔します、と七尾は部屋に足を踏み入れた。狭い靴脱ぎに、たくさんの靴が並んでいて、足の踏み場を探すのも大変だった。それに気づいた真瀬望が、あわてていくつかの靴を端に寄せた。

「ここで結構です」七尾は靴脱ぎに立ったままでいった。部屋の間取りは1Kのようだ。独り暮らしの女性の部屋に上がりこむことは、相手が容疑者でもないかぎりは遠慮することにしている。

真瀬望も立ったままで七尾のほうを向いた。その目の縁が赤くなり始めていることに彼は気づいた。ここへ来る前にかけた電話では、「教えてほしいことがある」といっただけだ。詳細は何も話していない。しかし真瀬望は、たったそれだけの会話から、何か不吉なものを感じ取ったのかもしれない。

「今日は夜勤だそうですね」

「そうです」

「病院に行かない日は、どのように過ごしておられるんですか。恋人はいらっしゃるんですか」

七尾の問いに真瀬望は息を呑《の》んだようだ。

「どうしてそんなことをお訊きになるんですか。用件は何でしょうか」

七尾は背広の内ポケットから写真を取り出した。例の神原春菜の写真だ。それを差し出した。

「この写真に、あなたの知っている人はいませんか」

写真を見つめる真瀬望の目を七尾は凝視した。彼女の目は瞬時にして、写真のある一点に釘付《くぎづ》けになった。睫《まつげ》がぴくりと動いた。

「いるのですね」七尾は確かめた。

真瀬望は顔を上げ、唇を舐《な》めた。迂闊《うかつ》に答えていいものかどうか迷っている顔だ。だが彼女にしても、刑事がなぜこんな写真を見せるのか、気になっているはずだった。『彼』がなぜここに写っているのか、そのことで刑事が来た理由は何なのかも知りたいはずだ。

「似ていますけど、人違いかも……」彼女はようやくそういった。「数年前の写真ですからね。でもそんなには変わっていないんじゃないですか。最近その人を何度か見ただけの人が、その写真を見て気づいたぐらいですから」

氷室夕紀のことだ。彼女によれば、この写真に写っている人物を、最近何度か病院内で見かけたという。彼女はその人物の名前も身元も知らなかったが、ひとつだけ重要なことを知っていた。

看護師の真瀬望の知り合いではないか、というのだった。深夜に見かけた時、真瀬望と一緒だったらしい。赤の他人を装ってはいたが、雰囲気でわかったと氷室夕紀はいった。

女性の直感を七尾は重んじる。その言葉に基づいて真瀬望に連絡を取ったのだが、彼女の眼力は確かだったと改めて思った。

「どの人ですか？」七尾は訊《き》いた。

真瀬望は躊躇《ちゅうちょ》していたが、やがて写真の一部を指した。「この男性です」

それを見て、七尾は思わず口元を引き締めていた。やはり氷室夕紀がいったのと同じ人物だった。

「その人の名前を教えていただけますか。それから連絡先も。御存じですよね」七尾は手帳を開き、メモを取る用意をした。

しかし真瀬望はすぐには答えず、写真を見ながらいった。

「この写真は一体何なんですか。どうして彼のことを調べてるんですか」

七尾は首を振った。

「申し訳ないのですが、捜査上の秘密ですから詳しくお話しするわけにはいきません。ただ、ある事件にこの方が関わっている可能性があるので調べている、とだけ申し上げておきます」

「ある事件って、それは帝都大学病院の脅迫事件じゃないんですか。あれに、どうして彼が関わってるんですか」

「ですから、詳しいことはお話しできないのです」

「だったらあたしも話しません、何も」そういって真瀬望は写真を差し出した。「帰ってください」

七尾はため息をつき、頭を掻《か》いた。

「弱りましたね。協力が得られないとなれば、あなたの部屋を強制的に捜索するしかありません。そんなことは、なるべくやりたくないのですが」

「でもそれって、今すぐには出来ないでしょう? 令状というのが必要なんじゃないんですか。何かの本で読んだことがあります」

彼女の言葉に七尾は舌打ちしたくなった。この程度の知識は、今では誰でも持っている。彼は時計を見た。八時を過ぎている。間もなく島原総一郎の手術が行われる。一刻の猶予も許されない状況だ。

ふうーっと太い息を吐き、真瀬望を見た。彼は腹を決めた。

「おっしゃるとおり、例の脅迫事件の関連です。その写真の人がどの程度関わっているかは不明ですが、確認しておきたいことがあるのです」

「彼が犯人だって……いうんですか」真瀬望の声に悲壮感がこもっていた。

「ですから、それはまだ不明です。だからいろいろと確認する必要があり、あなたに御協力をお願いしているわけです」

「でも刑事さんは彼の名前も知らないんでしょう？　それなのにどうして、彼が怪しいなんていえるんですか」

「目撃情報があるんです。病院でその人を見たという人がいるんです」

彼女は少し黙ってから口を開いた。

「氷室先生ですね。たしかに何度か彼に病院内を見せてやったことがありますけど、それが何だっていうんですか。病院にはたくさんの人が来るじゃないですか。どうして彼だけ疑いをかけられなきゃいけないんですか」

「それを説明するのは非常に難しいんです。それに、いろいろな人のプライバシーにも関わることですから、迂闊には話せません。御理解ください。まだ確認の段階なんです」

真瀬望はかぶりを振った。

「彼は犯人なんかじゃありません。どうして彼がそんなことをしなきゃいけないんですか」

「ですから」七尾は一歩前に歩み出た。「もしあなたがその人を信用しているのなら、我々に協力すべきです。そのほうが結果的に早く疑いを晴らすことになる」

真瀬望は返答に困ったように俯《うつむ》いた。その表情は、彼女自身が恋人を信用しきっていないことを物語っていた。

「真瀬さん」

七尾が呼びかけると彼女は顔を上げた。目に切迫したような光が宿っていた。

「ナオイジョウジという人です。ごくふつうの会社員で、帝都大病院とは何の関係もありません」

「どういう字ですか」七尾は手帳を構えた。

真瀬望から聞いた直井穣治という文字を手帳に書き込んだ後、彼はさらに携帯電話の番号を尋ねた。彼女は相変わらず迷いの表情を浮かべたまま、携帯電話を奥から取ってきた。

「番号をお教えする前に、ひとつだけどうしても訊きたいことがあります」

「お答えできるかどうかはわかりませんが、一応伺いましょう。何ですか」

「穣治君……彼は、どういう理由でうちの病院を脅迫したというんですか。動機は何ですか。うちの病院に対して、何か恨みでも持っているというんですか」

七尾は一旦彼女から視線を外した。答えるべきかどうか、判断の難しい質問だった。しかし彼女の気持ちはよくわかった。

「病院じゃありません」彼はいった。「彼の真のターゲットは病院ではないんです。帝都大病院が選ばれたのはたまたまです。ある人物が入院し、おたくの病院で手術を受けることになった――彼が帝都大病院を狙った理由はそれだけです」

「ある人物って、もしかしたら……」

ためらいがちに唇を開いた真瀬望の目を七尾は睨《にら》んだ。さらにもう一歩進み出た。

「何か心当たりがあるんですね。いってください。その人物は誰だと思いますか」

「しまばら……さん」

七尾は大きく息を吸った。

「島原社長について、いろいろと彼から訊かれたのですね」

彼女はこくりと頷《うなず》いた。それを見て七尾は、すべてが繋《つな》がった、と確信した。

直井穣治なる人物は、真瀬望を通じて帝都大学病院の情報を得ていたのだ。彼女はおそらく島原総一郎の病状や手術日程などについても、直井に話しているに違いなかった。

直井がいかにして真瀬望に近づいたかは、現時点では重要ではない。たまたま恋人だった、というような話ではおそらくないだろう。

真瀬望の悄然《しょうぜん》とした様子を見て、七尾は心が痛んだ。直井が最初から犯行を目的に彼女に近づき、恋人のような関係を築いたことは、今や彼女自身が最もよく理解しているはずだった。

だが同情している余裕はない。

「真瀬さん、その人の……直井穣治という人の連絡先を教えてください」

じつのところ、力ずくで彼女の携帯電話を奪いたい心境だったが、さすがにそれは堪《こら》えた。

真瀬望は自分の携帯電話を見つめた。それから顔を上げて七尾を見た。

「お願いがあります。あたしに連絡させてください。刑事さんのことは、絶対にしゃべりませんから」

「いや、それは……」

だめだ、といいかけたが、別の考えも頭をよぎった。直井穣治が現在どこで何をしているのかは不明だが、見覚えのない着信番号では、電話に出ないかもしれない。下手をすれば怪しまれるおそれもある。

「わかりました。いいでしょう。あなたが電話をかけてください。ただし、私のことは絶対に話さないでください。居場所を訊いて、話があるからすぐに会いたいというんです。

もし彼が断った場合でも、会う約束だけはしてください。いいですね」

真瀬望は七尾の言葉を噛《か》みしめるように頷いた後、はい、と小声で答え、携帯電話の操作を始めた。

七尾は呼吸を抑え、耳をすませた。間もなく彼女の携帯電話から呼出音が漏れてきた。

だがすぐにそれは断続的な発信音に変わった。

「切られました」真瀬望は泣きだしそうな顔でいった。

「もう一度かけてみてください」

彼女は悲壮な顔つきで携帯電話のボタンを押した。電話機を耳に当て、何かを念ずるように目を閉じている。

しかし次の瞬間、絶望的な目をして首を振った。

「だめです。電源が切られたみたいです。もしかしたら会社で仕事中なのかも。会議とか」

「そうであることを私も祈ります。落ち着いて、もう一度かけてください。留守電に、連絡がほしいというメッセージを残しておくんです」

彼女は頷いて、いわれたとおりにした。ボタンを押す指先が震えているのが、七尾のところからでも見えた。

彼女がメッセージを残すのを確認してから、七尾は彼女の携帯電話を受け取り、リダイヤルボタンを押した。表示された番号を手帳に書き写してから電話を返した。

「彼の会社はどこですか」

「ええと、会社名は……ええと、聞いたことのある会社なんですけど。サイバー……ええと、日本サイバー……」真瀬望は両手で頭を抱えた。「ああ、そうだ。サイバトロニクス……日本サイバトロニクスだったと思います」

その会社なら七尾も聞いたことがある。所在地はすぐにわかるだろう。直井の職場を真瀬望に訊《き》いてみたが、そこまでは知らないという答えだった。

「真瀬さん、申し訳ありませんが、すぐに出かける用意をしていただけますか。私と一緒に警察署まで来てほしいんです」

彼女は怯《おび》えたように後ずさった。「あたし、何も知りません」

「それならそれでいいんです。とにかく御同行をお願いします」

「でも――」

「早くっ」七尾はついに怒鳴った。

真瀬望はびくっと背筋を伸ばした。それを見て七尾は表情を緩めた。

「外にいます。なるべく早く支度してください」

部屋を出ると彼は自分の携帯電話を取り出し、坂本にかけた。ところが電話から聞こえてきたのは坂本の声ではなかった。

「七尾、おまえいい加減にしろよ」本間の声だ。坂本と一緒にいるらしい。七尾からかかってきたと知り、電話を取り上げたのだろう。

「係長ですか。じつは重要な話があるんです」

「うるせえよ。勝手なことばっかりやりやがって。なんで命令された通りに動かないんだ」

「それどころじゃないんです。犯人の目星がつきました」

「何だとっ」

「今から参考人を連れて中央署に行きます。係長、帝都大病院が狙われるのは今日です。今日、これからです」

38

ストレッチャーで心臓血管外科の専用手術室に運ばれてきた島原総一郎は、どうやらまだ意識がある様子だった。しかし準備麻酔のせいで、目はとろんとしている。だが気持ちまでもがぼんやりしているわけではない。意識のあるかぎり、手術前の患者は怯え、興奮している。時にはアドレナリンも異常に高くなることがある。

「おはようございます。お名前は？」手術台に移した後、麻酔科医の佐山が声をかけた。

四十代で温厚な顔だちをした人物だ。実際、感情を露《あら》わにしたところを夕紀は一度も見たことがない。

島原は佐山には何度か会っている。その声には聞き覚えがあるはずだった。

島原の口が動いた。しまばらです、という弱々しい声が夕紀の耳にも届いた。

「氷室です。一緒にいますからね」

夕紀の声に島原は首を少し動かした。これで少しは安心してくれるはずだ、と思うと同時に、彼女自身もまた声を発したことで身体の緊張が幾分ほぐれたのを感じた。

島原の頭側に立った佐山が、麻酔導入を開始した。まず麻酔薬を注射した後、血圧測定用の管を右手に入れる。その後、島原に酸素マスクをかぶせ、酸素の流れるバッグを押し始めた。

それらの様子を夕紀は元宮らと共に黙って見守った。麻酔導入中は彼女も麻酔科医の管理下にあるので、私語などで佐山の集中を乱すようなことは厳禁だ。患者の身体に触れることさえも、原則的には許されない。

間もなく島原が眠りにつくと、佐山の指示の下、手術室看護師の山本明子が筋肉弛緩《しかん》剤と静脈麻酔薬を注入した。彼女は勤続二十年のベテランだ。

「筋弛緩薬とフェンタ、入りました」山本明子がいった。

「ありがとう」佐山が答える。

佐山は下顎《したあご》を持ち上げて島原の口を大きく開けると、喉頭《こうとう》鏡を使い、気管内に人工呼吸用の柔らかいチューブを入れていく。その手つきは極めて慎重だった。気管の粘膜を傷つけないためだ。

気管内挿管を終えると、佐山は管を絆創膏《ばんそうこう》で固定し、人工呼吸器を始動させた。ここまでが麻酔導入の手順だ。

麻酔導入が終わると夕紀は元宮の指示にしたがい、導尿カテーテルの挿入を始めた。ところがカテーテルの先端部がなかなか膀胱《ぼうこう》に届かない。

「前立腺《ぜんりつせん》肥大があるからな」元宮がいった。「俺がやろう」

さすがに元宮は慣れた手つきで挿入していく。今さら男性器に触れることに抵抗などないが、この程度の仕事もうまくこなせない自分に対し、夕紀は腹立たしさを覚えた。

点滴や心臓の機能を測定する管のセットが終わると、夕紀が皮膚の消毒を始めた。胸部から腹部、大腿《だいたい》部にかけての広い範囲に消毒液を塗っていく。最後に手術を行う部位を残し、看護師たちは島原の身体をサージカルドレープで覆った。

それまで下がって夕紀たちの様子を見ていた西園が手術台に近づいた。

これで手術の準備完了だ。元宮と夕紀、さらに看護師たちは、予《あらかじ》め決められた位置につき、目で合図を西園に送った。

「お願いします」西園がいった。

島原を囲むように立った医師や看護師は、黙ってお互いに目礼した。

いよいよだ、と夕紀はマスクの下で深呼吸した。今日はとにかく西園の手術を見極めようと決心している。研修医の自分に、名医といわれる彼の腕前をどの程度観察できるかは疑問だったが、目にすれば何かを感じ取れるのではないかと期待していた。

もっとも――。

手術中に何も起こらなければだが、と七尾から聞いた話をふと思い出していた。

39

時計の針は十一時になろうとしていた。穰治はホテルの一室にいた。窓からは帝都大病院を見下ろすことができる。このビジネスホテルを利用したのは初めてだ。下準備中にも使いたかったが、我慢してきた。何度も利用することで、従業員に顔を覚えられるのを恐れたのだ。

麻酔導入におそらく最低一時間。その後、執刀医によるメスが入ったとして――。

穰治は頭の中で計算する。本格的な手術にとりかかる前に、患者には人工心肺装置を繋《つな》がねばならない。その処置にいくらか時間がかかる。繋いだからといって、すぐにはとりかかれない。調べたかぎりでは、胸部大動脈瘤《りゅう》手術の場合、患者の体温を二十五度程度まで低くするらしい。人工心肺装置を使って血液を循環させる際、送り出す前の血液を冷やすのだ。脳と脊髄《せきずい》を保護するためだという。二十五度まで下げるには、約一時間かかるという話だった。

その後、どこかのタイミングで医師たちは島原の心臓を停止させるはずだ。

心臓停止は約四時間可能といわれている。その間に医師たちは目的を果たさねばならない。つまり島原の大動脈瘤を切除し、人工血管を繋ぐわけだ。無事に手術が終わったならば、遮断されていた心臓への血液が再び流されることになる。心筋細胞は血液の供給により活動を再開、順調にいけば数分で拍動も始まる。仮に動かなければ、医師たちは電気ショックを使ってでも、心臓の拍動を復活させようとするだろう。

そうはさせるものか、と穣治は思った。

せっかく止まっている心臓を動かす必要はない。ほかならぬ島原総一郎の心臓なのだ。人の命よりも会社の利益、いや自分の利益を優先する男だ。そんな男の心臓など、二度と動く必要はない。

動かせないようにしてやる、と穣治は思った。医師たちがどんなにがんばっても心臓を動かせない状況、いや彼等にはがんばること自体ができない状況を作りだすのだ。

ただしそれにはタイミングが重要だ。

アクシデントが早く起きれば、医師たちは手術を中止するだろう。人工心肺装置を繋いだだけの状態なら、おそらく引き返すことは容易だ。また逆に、遅すぎてもいけない。主な手術が終わってしまっていれば、後の処置など何とかなるかもしれない。もう少し待とう、と彼は決めた。焦る必要はない。望によれば、最低でも四、五時間はかかる手術なのだ。

望のことを思い出し、穣治はテーブルに置いた携帯電話に目をやった。

今朝の八時半頃、電話が鳴った。穣治は起きていたが、ベッドで横になっていた。びっくりして飛び起き、着信番号を確認した。望の携帯番号が表示されていた。

迷ったが、彼は電源を切った。今ここで彼女の声を聞くと、決意が揺らいでしまうような気がしたからだ。彼女とはもう二度と会わないつもりだが、利用したことで良心の呵責《かしやく》は感じている。

それに不吉な予感もあった。こんな時間に彼女が電話をかけてきたことなど一度もない。よりによって今日のような日にかかってきたことが不気味だった。彼女が何かを知っているわけはないが、電話に出たが最後、すべてが水泡に帰すような気がした。

しばらく待ってから留守電を聞いた。望からメッセージが入っていた。このメッセージを聞いたら連絡をください、というものだった。

その声にはどことなく緊張したような響きがあった。口調もいつもの舌足らずなものではなかった。

メールをチェックすると、同様の内容の文章が入っていた。ただし、ふだんの望からのメールには必ず一つか二つは入っている顔文字が、そこには全く含まれていなかった。ただ事ではない、と穣治は確信した。

望の用件が何なのか、気になるところではあった。しかし彼女に連絡するわけにはいかないと判断した。

現在、携帯電話の電源は切ったままだ。もっと早くにこうしておくべきだったと後悔した。望のメッセージなどを聞いたから、いたずらに不安が増すことになった。

彼は再び窓に近づき、病院を見下ろした。双眼鏡を目に当てる。

三台の車が駐車場に入っていくところだった。そのうちの二台はワゴン車だった。彼は車の動きを双眼鏡で追った。三台の車は別々の場所に駐車した。ドアが開き、男たちが降りてきた。ワゴン車からはそれぞれ五人ずつ出てきた。

警察かもしれない、と穣治は思った。双眼鏡ではよくわからないが、降りてきた男たちには猟犬のような気配があった。周囲を見回すしぐさや、素早く病院に向かう足取りに、隙のなさが感じられた。

もし警察なら、なぜ今日にかぎって私服刑事が集まってきたのか。制服警官なら、このところずっと見回っている。しかし今日のようなことはなかった。

計画がばれたのだろうか、と穣治は考えた。だがばれる道理がなかった。島原総一郎の命を狙っている者がいることなど、警察では察知しようがないはずだ。

男たちの何人かは病院の中に消えた。中に入らなかった数名は、玄関の前で別れた。

穣治はデスクの上を見た。そこにはノートパソコンが置いてある。パスワードを入れ、リターン・キーを押せば、最初のアクションが起きる。

病院内には穣治が数週間をかけて仕掛けたものがある。それらのうちの一つでも発見されれば、計画はうまくいかない。

彼はデスクの前に立ったままパソコンのキーを叩《たた》いた。パスワードの入力は完了。プログラムを実行するかどうかを尋ねるメッセージが表示された。リターン・キーを押せば、『YES』ということだ。

時計を見た。まだ十一時半だ。手術は本格的な段階には入っていない。

彼は首を振り、パソコン画面上の『NO』の文字をクリックした。

40

島原総一郎の手術は、当然のことながらすでに始まっていた。七尾は帝都大学病院の一階待合室で、周囲にいる浮かない顔つきの人々に視線を走らせ続けていた。彼はポケットに直井穣治の写真を入れていたが、もはやそれを見るまでもない。その顔は頭に叩き込まれている。

日本サイバトロニクスの東京本社に問い合わせたところ、直井穣治は有給休暇を取っていた。一週間も前から申請されていたものだという。

気になることがあった。直井穣治はここ二週間のうちに三日も休みを取っている。その日について病院で調べてみたところ、そのうちの一日は、島原総一郎が入院した当初、手術日として決められていた日だった。脅迫事件によって、病院側の判断により、今日に延期されたのだ。

直井穣治が今日、何かをやろうとしているのは間違いなかった。問題は、それが何であるかだ。

中央署で七尾が説明を始めた時、本間はまだ鬼の形相だった。こめかみの血管は浮き、首から上が赤かった。だが話を聞くうちに、その表情はみるみる変わっていった。最後には頬が引きつり、血管の浮いていたこめかみには汗が滲《にじ》んでいた。

「なぜもっと早く報告しなかった」呻《うめ》くように本間は尋ねてきた。「島原社長を個人的に恨んでいる者の仕業だと思ったなら、どうしてそれを俺にいわなかった」

すみません、と七尾は素直に謝った。

「どうしても自分で調べたかったんです。それに、自信があったわけではありませんから。単に、本来の捜査方針が気に入らなかっただけです」

「貴様」本間は七尾の胸倉を摑《つか》んできた。

「係長、でも七尾さんが動かなければ、直井穣治のこともわからなかったわけですから」

坂本が間に入り、とりなした。「七尾さんが俺と一緒にいたら、何ひとつ突き止められなかったわけですから」

その通りだと思ったのか、本間は手を放した。大きな音を立てて舌打ちした。

「覚悟しておけよ、この処分については後で上に検討してもらう。必ず、上に報告するからな」

「それでいいと思います」七尾はいった。「それより、病院に警官を送らないと」

「おまえにいわれなくてもわかっている」本間は怒鳴った。

それから間もなく、帝都大学病院に警官が配備された。私服の刑事も乗り込むことになった。七尾も一緒だ。さすがにこの状況では、本間も彼を外せなかったようだ。

その本間は今、真瀬望を詰問しているに違いなかった。直井穣治が何を企《たくら》んでいるのか、彼女から聞き出そうという考えだ。しかしおそらく無駄骨だろうと七尾は踏んでいる。彼女は何も知らされていない。直井は今後一切、彼女には接触しないつもりなのだ。だからこそ今朝も電話が繋《つな》がらなかったのだろう。

時計の針が十二時を回ったのをきっかけに、彼は腰を上げた。玄関に向かって歩いた。入ってくる人間を、二人の刑事が写真と見比べている。そのうちの一人は坂本だ。

「現れませんね」坂本が七尾に気づいていった。

「正面玄関から乗り込んでくるとはかぎらない」

「出入口はもう一つあるんですよね」

「夜間と救急患者用の入り口だ。そっちのほうも見張りは立ててある」

「すでに潜入している可能性はありませんか」

「それはないと思う。俺もあちこち見回った。病院の人間にも写真を見せたが、目撃情報はない」

「島原の手術を妨害しようと考えているわけでしょ。病院に来ないことにはどうしようもないはずですよね」

「聞いたところによれば、手術はおそらく夜までかかるだろうということだ。まだ時間はたっぷりある」

「直井は何を考えているんでしょうね。病院に来たとしても、手術室に近づけなければ島原には手を出せない。強引に押し入るつもりでしょうか」

「まさかそんなことは考えてないと思うが」

七尾は坂本から離れた。煙草の箱を取り出そうとして思い留《とど》まった。いつ直井が現れるかわからない。喫煙所に行っている場合ではない。

煙草の箱以外に手に触れたものがあった。一枚のメモだ。日本サイバトロニクスに問い合わせた時、直井穣治の所属を聞いたのだ。そこにはこう記されていた。

電子計測機器開発課――。

「電子計測……電子……電気……」七尾は呟《つぶや》き、はっと息を呑《の》んだ。メモを手にしたまま駆けだした。

事務局長の笠木は、七尾の問いに当惑の色を見せた。

「電気設備……ですか。そりゃ、いろいろとあります。電気がないと医療行為の殆《ほとん》どは出来なくなりますから」

「では、一番肝心な部分はどこですか。ここが壊されると最も被害が大きいという場所です」七尾は訊《き》いた。

笠木は事務室内を見回した。

「ええと、こういうことは誰が詳しいかなあ」

「やっぱり中森さんじゃないですか」そばにいた女性事務員が答えた。「設備とか建物の担当だし」

「ああ、そうか。中森君はどこに行ってる」

「さあ。病院内のどこかにはいると思いますけど」

女性事務員ののんびりした口調は七尾を苛立《いらだ》たせた。

「すぐに連絡して、ここへ来てもらってください。大至急です」

「一体、どうしたっていうんですか」笠木が眉《まゆ》をひそめる。危機を意識している表情ではなく、それがまた七尾にはじれったい。

「犯人は電気関係の技術者です。だから、その得意分野を生かしてくる可能性が高い。病院にとって電気が生命線なら、きっとそこを突いてきます」

「そこを突くって、何をするっていうんです」

「だからそれを考えてもらいたいんです」七尾は怒鳴りたいのを堪《こら》えていた。

そこへ眼鏡をかけた四十歳ぐらいの男がやってきた。戸惑った顔をしている。

「中森さんですか」

「……そうですけど」七尾の眼光に気圧《けお》されたのか、中森は少したじろいだように下がった。

笠木にしたのと同じ質問を七尾はぶつけてみた。中森は腕組みをし、首を捻《ひね》りながら口を開いた。

「それはやっぱり配電盤ですかね。つまりブレーカーです。あれをいじられたら、各部屋への電気が切れちゃいますから」

「ほかには？」

「後はメインコンピュータですね。いろいろな情報をLANで共有できるようになっているんですけど、メインコンピュータをやられると、それも使用できなくなります」

「それはどこにありますか」

「この隣の部屋です」

七尾は坂本を呼び、各フロアの配電盤とメインコンピュータに異状がないかどうか確かめるように命じた。

「手術室の配電盤は特によく調べろ。犯人にとってはそこが一番の狙い目だ」

「わかりました」坂本は駆け足で事務室を出ていった。

七尾は笠木と中森のほうを向いた。

「どうもありがとうございました。何か思いついたことがあれば、すぐに連絡してください」そういって出ていこうとした。

「あの……」中森が声をかけてきた。

「何ですか」

七尾が訊くと、中森は少し躊躇《ちゅうちょ》する顔を見せてからいった。

「病院の外は関係ないんですか」

「外？」

「はあ。病院の外にある設備は、この際考えなくてもいいんですか」

「病院の設備以外、という意味ですか」

「いえ、敷地内にあるものですけど」

「敷地内……」七尾は中森の前まで戻った。「それは何ですか」

41

砂浜を春菜が走っていた。水着の上から白いTシャツを着ていた。手に提げているビニール袋の中身は缶ビールだ。髪が潮風になびき、小麦色の肌には夏の日差しが照りつけていた。

大学四年の夏だ。穣治は彼女と二人で鵠沼《くげぬま》海岸にいた。初めてのドライブだった。

「そんなに揺らしたらビールが噴き出すぜ」

砂浜に敷いたビニールシートに横たわったまま穣治はいった。そんな彼のそばに春菜は立った。下から見上げると、Tシャツの裾《すそ》から彼女の臍《へそ》が見えた。

「ようし、じゃあ実験しちゃおう」

そういい終えるなり、春菜は穣治の顔の上で缶ビールのプルタブを引いた。案の定噴き出した白い泡は、見事に彼の顔に降り注いだ。彼があわてて起き上がると、春菜は笑い転げた。

幸せの予感が二人を包んでいた。穣治は就職が決まっていたし、春菜もそれまでバイトで働いていた出版社で、引き続き雇ってもらえることになっていた。その頃から彼女の夢はフリーライターになることだった。

大学のスキー部で知り合ってから二年、交際が始まってから一年半が経過していた。彼女と別れることなど、穣治は考えもしなかった。素敵な関係も何年か続けば、その先には結婚があるものだと漠然と考えていた。十年、二十年先の二人の姿を想像し、胸を高鳴らせた。

穣治は再び砂浜で横になる。隣には春菜がいるはずだった。目を閉じたまま手を伸ばし、彼女の身体を確かめようとする。

ところが手応《てごた》えが何もない。隣に彼女がいない。

浜辺に目をやる。そこには足跡が残っていた。彼はその後を辿《たど》っていく。だがその先が見えない。どこへ向かっているのかもわからない。

彼は後ろを振り向いた。アパートの一室。望が正座し、悲しそうに彼を見上げている。

「そんなことしちゃだめだよ、穣治君」

はっとした時、目が覚めた。穣治は椅子に座っていた。テレビからは昼の情報番組が流れていた。

彼は目頭を押さえ、首を左右に曲げた。春菜のことを思い出しているうちに居眠りをしたらしい。

こんな大事な時に何をやってるんだと自分に腹を立てたが、以前、望からいわれたことを思い出した。人間というのは、緊張があまりに長く続くと、神経がくたびれて逆に眠くなってしまう、という話だった。一種の防衛本能だと彼女は教えてくれた。

顔でも洗おうと立ち上がり、そのついでに窓の外に目を向けた。次の瞬間、その目は大きく開かれていた。彼は双眼鏡を手にし、窓に顔を近づけた。

病院の建物から少し離れたところにある小屋に、ヘルメットをかぶった警官が集まっていた。扉を開けようとしているように見えた。

穣治は時計を見た。十二時二十分だ。予定より、まだ少し早い。だがあの扉を開けられ、連中にあれを発見されたらどうなるか。

迷っている場合ではない。彼はデスクのパソコンの前に立った。例のプログラムを呼び出す。さらにキーを叩《たた》くと、再び例のメッセージが表示された。

『YES』か『NO』か——。

頭の中で望の声が響いていた。そんなことしちゃだめだよ、穣治君——。

彼はリターン・キーに指を近づけた。窓の外を見る。警官たちは今にも扉を開けそうだ。

深呼吸した後、彼はリターン・キーを叩いた。

42

その時、七尾は少し離れたところから警官たちを眺めていた。警官たちが調べようとしているのは、病院の敷地内に建てられた受電盤室だった。中には二つの受電盤が納められているという話だった。いうまでもなく、電力会社からの電気を受け取る施設だ。

警官の一人がその扉を開けた瞬間だった。激しい爆音と共に、中から灰色の煙が噴出した。赤い炎も見えた。扉を開けた警官は後ろに吹き飛ばされた。

「離れろっ、爆発物だっ」警官の一人が叫んだ。

続いて二度目の爆音が聞こえた。受電施設は炎と煙に包まれていた。

それと同時に、七尾の背後からどよめきが起こった。振り返ると病院から人々が出てくるところだった。

「近寄らないでください。近寄らないでっ」七尾は叫んだ。燃えている小屋を見ようとする者がいるからだった。

病院から坂本が飛び出してきた。七尾を見つけ、駆け寄ってきた。

「どうしたんですかっ」

「受電施設が爆破された。病院の中はどうだ」

「停電です。一部を除いて、真っ暗です」

「係長に連絡してくれ。応援を寄越してもらうんだ」

「七尾さんは？」

「手術室の様子を見てくる」

七尾が病院の中に入ると、待合室は騒然としていた。脅迫事件の影響で来院者は通常よりも少ないのだろうが、それでも七尾の目にはごった返しているように見えた。

人々は何が起こったのか、まるでわからない様子だった。火事らしい、と話している女性たちの横を通り、七尾は奥に進んだ。

エレベータが止まっていた。使用できずに困っている車椅子の男性に、看護師が声をかけ、どこかへ案内していく。停電時でも使用できるエレベータがあるらしい。

七尾は階段を駆け上がった。頭の中では、今までこの犯行を予測できなかった自分の迂《う》闊《かつ》さを呪っていた。手術室に入らずに手術を妨害するとすれば、これしか手はなかったのだ。

間もなく手術室のあるフロアだという頃、彼は突然足を止めた。不意にひとつの疑問が浮かんだからだ。

なぜあのタイミングで受電施設が爆発したのか――。

警官が扉を開けるのと同時だった。だからその時は、そういう仕掛けになっていたのだと思い込んだ。しかし今改めて思い返してみれば、爆発が起きたのは、扉を開ける瞬間ではなかった。むしろ、扉を開けた後だった。仕掛けを施してあったなら、もうワンテンポ早く爆発が起きていたのではないか。

そもそも扉に仕掛けを施しておく意味がない。そんなことをしたら、いつ爆発が起きるかわからないからだ。犯人としては、島原の手術中に爆発させられないぐらいなら、爆発物が見つかってしまったほうがましだろう。

ということは――。

「七尾さん」

階段で佇《たたず》んでいる彼の思考を遮るように上から声が聞こえた。見ると野口という後輩の刑事が階段を下りてくるところだった。手術室周辺を見張っていたはずだ。

「受電施設が爆破されたそうですね。下はどうですか」

「大きな混乱は起きていない。上はどうだ」

「多少、看護師さんたちがあわててますが、特に問題はないそうです。停電しても大丈夫なように、こういう病院では自家発電装置があるらしいです。大事な機器なんかは、それで動かしているということです」

「じゃあ、手術室も大丈夫なんだな」

七尾の問いに野口は大きく頷《うなず》いた。

「無停電電源が確保されているので、手術を続行するのに問題はないということです」

「よかった」とりあえずは一安心だ。「その自家発電装置はどこにあるんだ」

「地下だそうです。一応そっちのほうも見ておこうと思って、これから向かうところです」

「専門家にも来てもらえ」

「連絡しました。もうこっちに向かっているはずです」

「わかった。すぐに行ってくれ」

野口を見送った後、七尾はそのまま階段を上がった。廊下は暗いが非常灯がついている。一人の看護師がＩＣＵと書かれた部屋から出てきたところだった。ナースステーションから出てきたもう一人の看護師を見つけ、彼女は声を上げた。

「真瀬さんにはまだ連絡がつかないの？」

「ケータイの電源を切ってるみたいなんです」

「何よ、それ」彼女は顔を歪《ゆが》めた。

七尾は彼女に近づいていった。胸の名札には『菅沼』とあった。

「あの、真瀬さんがどうかしたんですか」そういいながら警察手帳を見せた。

菅沼看護師は一瞬驚いた顔をしたが、すぐに落ち着きを取り戻したようだ。

「停電のせいで、いろいろと人手不足なんです。それで応援を頼もうと思って。彼女、今日は夜勤ですけどね。あのう、もういいでしょうか。手が離せなくて」

「あ、すみません」

菅沼看護師は足早に廊下を歩き、再びＩＣＵに入っていった。

七尾は携帯電話を手にすると、階段を駆け下りた。途中何人もの医師や看護師らとすれ違った。誰もが緊張の面持ちだった。

一階に下りるとアナウンスが流れていた。何者かによって受電盤が破壊されたので本日の診療は中止にします、という内容だった。待合室の人々はざわめきながら玄関に向かって歩いていく。

七尾は彼等をかきわけるようにして表に出た。すでに消防自動車が到着していた。受電盤からは煙が出ていたが、炎は消えているように見えた。

彼は携帯電話をかけた。相手は本間だ。

「俺だ。その後、どうだ」

「自家発電装置があるので、手術は続行されています。係長は今どちらに？」

「そっちに向かっている」

「真瀬望は？」

「中央署だ。引き続き、事情聴取を行っている」

「係長、真瀬望を帰してやってください。もう彼女は必要ないでしょう」

「そんなことはわからん。どうしてそんなことをいう」

「彼女を必要としている人たちがいるからです。彼女は看護師です。今、この病院に必要なんです。お願いします」

　本間からの返事がない。何を迷っているんだと苛々《いらいら》した。

「係長っ」

「わかった」ようやく声が聞こえた。「中央署に連絡しよう。それでいいな」

「ありがとうございます。それからもう一つ」

「今度はなんだ」

「病院の周辺の建物を調べさせてください。直井穣治はこの近くにいます。そこからこの病院を見張っているはずです」

43

「こちら、問題ないです」佐山が落ち着いた声でいった。麻酔器と生体情報モニタを確認してからの発言だった。

「こちらも大丈夫」人工心肺装置を操作しながら臨床工学技士の田村もいう。

　手術室内に安堵《あんど》の空気が広がった。夕紀も吐息をつき、手術台に目を戻した。

島原の心臓は剝《む》き出しになっていた。胸骨は電気鋸《のこぎり》によって縦に切開され、肋骨《ろっこつ》は大きく広げられている。心臓を覆っている心膜もすでに切開された後だ。

人工心肺装置から血液を送るためのチューブが右大腿部《だいたいぶ》の動脈と右鎖骨下動脈に挿入されていた。逆に全身から心臓に戻ってくる血液を人工心肺装置に戻すチューブは、右心房に挿入されている状態だった。つまり島原の血液循環は、完全に人工心肺装置に委《ゆだ》ねられている。

体温はすでに二十五度近くまで下がっていた。すでに心臓は、心室細動の状態になっている。

上行大動脈と弓部大動脈は、子供の拳《こぶし》ほどの大きさに膨れ上がっていた。本来ならば二センチ程度のものだから、このまま放置すれば間違いなく破裂していただろう。こういう状態であることは、これまでの検査などで明白になっていたのだが、実際に目にしてみると、その異常さに夕紀は息を吞《の》む思いだった。

その膨らんだ血管を人工血管に取り替えるのが、今回の手術の目的だ。

弓部大動脈からは脳などへ行く血管が三本枝分かれしている。それらの一つでも傷つければ、一気に島原の生命は危険に晒《さら》されることになる。見えている部分だけではなく、心臓の裏側の状態にも気をつけねばならない。

夕紀は父親のことを思い出した。

さていよいよ西園がメスを入れようという時になり、異常事態が発生した。部屋の明かりがほんの一瞬暗くなったのだ。

停電だ、と最初にいったのは田村だった。

実際、何秒間かは、電気機器のいくつかが作動しなくなった。ただしそれらは手術においてさほど重要なものではない。

間もなく外から別の看護師が入ってきて、状況を説明してくれた。受電施設の事故で、外からの電力が受け取れなくなったという話だった。ただし自家発電に切り替わったので、主要な設備は問題なく動かせるらしい。事実、一旦《いったん》は作動しなくなっていた電気機器も、その頃には使えるようになっていた。

人工心肺装置や麻酔器が一度も停止しなかったのは、無停電電源に繋《つな》いであったからだと田村が説明してくれた。自家発電装置が稼働するまでのタイムラグを、無停電電源装置が埋めてくれるのだという。

照明である無影灯も無停電電源の供給を受けているが、切り替わる時に電圧が微妙に変わるので、一瞬暗くなったように感じたのだろうと田村はいった。彼も停電を経験するのは初めてらしい。

西園は少し様子を見ようといった。そこで田村と佐山がそれぞれの担当機器について確認を行っていたのだ。

どうやら彼等は、問題ないと判断したようだ。電気メスを手にした西園が、無言で元宮と看護師、そして夕紀に視線を配った。意思を確認する目だった。

全員が目で頷《うなず》き合った。

しかし夕紀は不安だった。手術の続行が決定されたわけだ。受電施設の事故とはどういうことだろう。七尾の言葉が再び頭をよぎる。島原総一郎の手術中に事故——そんな偶然があるだろうか。やはり何者かによって仕組まれたことではないのか。

だがそれをここで口にするわけにはいかない。誰もが不安に違いないのだ。手術を続行すると決まったからには、余計なことを考えるべきではない。ましてや、執刀する人間の心を乱すような発言は絶対にしてはならない。

西園の手が心臓に近づきつつあった。

44

鑑識課のベテランである片岡が、黒いプラスチックの破片を掌《てのひら》に載せ、七尾たちに見せてくれた。

「ケータイの部品ですね」

「ケータイ?」本間が聞き返す。

「そう。ケータイを使った起爆装置です。こいつに電話をかければ、ベルが鳴る代わりに爆発が起きるというわけです。したがって、犯人はどこにいてもいい。以前、ポケベルを改造したものを見たことがあります。ポケベルが衰退したら今度はケータイ。悪いやつらの技術も変化していく」

「簡単に作れるのか」

本間の質問に片岡は肩をすくめた。

「素人には無理でしょ。でも七尾君の話では、犯人は電子機器の専門家らしいから」

「それなら可能だと?」

「まあね。むしろ爆発物のほうが苦労したんじゃないでしょうか」

「ダイナマイトじゃないんですか」七尾が訊《き》いた。

「ダイナマイトなら、こんなものじゃ済まないよ」片岡は後ろを指差していった。

受電施設の小屋は真っ黒になっているが、崩れているわけではない。片岡の話では、受電盤の前面が破壊されているだけで、本体の損傷はさほどでもないらしい。もっともそれにしても、電力を受けられるように復旧させるには、最低でも半日はかかるという話だった。

「すごい炎が出ましたけどね」七尾は目撃したことをいった。

「それはたぶんガソリン。爆発物と一緒に置いてあったんじゃないかな」

「すると爆発物は……」

「手製だと思うよ」片岡はいった。「残留物の成分を調べてみないと何ともいえないけど、塩素酸とか過マンガン酸カリウムといったものに砂糖を混ぜるだけでも、ちょっとした爆発物は作れるからね。爆発の程度からいっても、そのあたりじゃないかな」

「その材料は素人でも手に入るのか」本間が訊く。彼はこの犯行が素人の手によるものだとは、俄《にわか》には信じられないらしい。

「メーカーの技術者なら手に入れられるんじゃないですか。それに過マンガン酸カリウムなら、薬局なんかでも置いているところはあるし」

参ったな、と本間は渋面を作った。素人にここまでやられるとは予想していなかったようだ。だが七尾にしてみれば、何を今さらという思いだ。例の発煙筒の仕掛けを体験している彼は、今回の犯人がただ者ではないと最初から感じていた。

係長、と呼ぶ声があった。七尾は振り向いた。同じ係の林という若い刑事が駆け寄ってきた。

「直井の一番新しい写真を入手しました。会社の社員証に貼ってあるものと同一だそうです」

林は持っていた茶封筒から写真を一枚出し、本間に見せた。

七尾も横から覗《のぞ》き込んだ。ネクタイを締めた直井が写っている。

「焼き増ししたのか」本間は訊いた。

「カラーコピーしました」

「よし。聞き込みに当たっている連中に渡してくれ。なるべく新しい写真のほうが確実だろうからな」

「俺にも一枚くれ」七尾は林にいい、同じ写真を受け取った。「俺も聞き込みに回ります」

七尾の提案通り、すでに何人かの刑事がこの周辺を当たっている。

「いや、おまえはここに残れ」本間がいった。

「どうしてですか」七尾は自分の口元が歪《ゆが》むのを感じた。「俺は捜査に加わるなってことですか」

「そうじゃない。今回の事件については、おまえが一番把握している。だから俺のそばにいて、あれこれ意見を出せといってるんだ」

七尾は意外な思いで本間の顔を見返した。

「いいんですか」

「断っておくが、何らかの処分は下すからな。いい気になるなよ」

「わかってますよ」

「もうすぐ管理官が到着する。情報を整理しておこう」

そういって本間が歩きかけた時、彼の携帯電話が鳴りだした。

「本間だ。どうした。……何だと、間違いないのか。……うん、ポーラホテルか」携帯電話を耳に当てたまま本間は遠くに視線を向けた。「うん、ここから見えるな。……そうか。わかった。すぐに応援を向ける。そのままでいろ」

電話を切った本間は、やや血走った目を七尾に向けた。

「直井の泊まっているホテルが見つかったぞ」

七尾は目を見開いた。「本当ですか」

「自分に捜査の手が迫っているとは夢にも思ってないんだろうな。本名で泊まっているらしい。ホテルマンに写真を見せたところ、たぶん間違いないということだった」

「本名で……」

「七尾、行ってくれ。坂本らも後から行かせる。ポーラホテルだ。場所はわかるな。たぶんあのホテルだ」遠くに見える灰色の建物を本間は指差した。その名の看板が出ている。ビジネスホテルのようだ。

「了解しました」七尾は一番近くに止まっているパトカーに向かって駆けだした。

ホテルから数十メートル離れた場所で彼はパトカーを降りた。ホテルから見下ろせない位置だ。直井穣治は病院と共に、周囲の道路にも目を配っているかもしれない。

ホテルの正面玄関をくぐると小さなロビーがあった。そこに見慣れた顔があった。寺坂という後輩刑事だ。今まで聞き込みに回っていたのだろう。

「ほかの者は？」七尾は訊いた。

「直井の部屋の階にいます。廊下で待機しているはずです」

「直井は部屋にいるのか」

「わかりません。係長の指示を待っているところです」

「坂本たちも来る。それから踏み込めということだろうな。直井の顔を見たというホテルマンは？」

「あの人です」寺坂はフロントを指した。

七尾はフロントに近づき、警察手帳を示した。細い顔のホテルマンは小さく頷いた。緊張の面持ちだ。

「この人が来た時の様子を教えていただきたいんですが」写真を見せながら七尾はいった。

「先程も訊かれましたが、特に印象には残っていないんです。カードに名前を書いていただいただけですし」

「予約はいつから入っていますか」

「先週の金曜日です」

「部屋のタイプなどについて何か指定はありましたか」

「いいえ、特にはありませんでした。最もスタンダードなシングルにお泊まりです」

ホテルマンは、警察が追っているような人物に対して敬語を使うべきかどうか、多少迷っているふしがあった。

「昨夜来た時、何か荷物は持っていましたか」

「旅行バッグを持っておられたように記憶していますが、はっきりとしたことは……」

「部屋から電話はかけていますか」

「それについても、先程別の刑事さんからいわれて確認しました。電話は使われておりません」

「あなたが部屋まで案内したのですか」

「いえ、うちのようなホテルでは、大抵はお客様に鍵《かぎ》をお渡しするだけです」

「部屋を出入りしたような形跡は？」

「申し訳ありません。ずっとここにいるわけではありませんので、そこまではちょっと」

七尾は頷いた。このホテルマンに有益な情報を期待するのは無理だと判断した。

坂本が正面玄関から入ってきた。何人かの警官を連れている。外にもいるのだろう。

「指示が出ました。踏み込めということです」

「よし、行くか」寺坂に合図を送り、七尾はエレベータホールに向かった。

直井が泊まっているのは五階の部屋だ。五階の廊下に出ると二人の刑事の姿があった。

直井の部屋には特に変化はないという。

坂本も数名の警官を連れて上がってきた。

「ホテルの玄関と裏口は押さえました」

「よし、じゃあここは非常口と階段に見張りを立てよう」

しかるべき位置に警官たちを配置した後、七尾は坂本たちと踏み込む手順を打ち合わせた。七尾がドアをノックすることになった。

「係長からの指示です。まだ病院のどこかに爆発物が仕掛けられているおそれがあるので、自棄《やけ》になった直井にスイッチを押されないように気をつけろ、ということです」坂本がいった。

「了解。でもたぶん大丈夫だ。直井はそういうタイプじゃない」

「どうしてわかるんですか」

「すぐキレる人間に、今度の犯行は思いつかない。そんな人間なら、とっくの昔にナイフを持って、島原の病室に乗り込んでいる」

「だといいんですがね」

「それを願うしかない。――行くぞ」

七尾は坂本たちと共に部屋に近づいていった。静かに深呼吸し、ドアをノックした。

だが返事はない。もう一度ノックしたが同じだった。

「入りますか」小声でいいながら坂本は鍵を見せた。ホテルのマスターキーらしい。

七尾が頷くと、坂本はそれを鍵穴に差し込んだ。そのままドアを押し開いた。

坂本に続いて七尾も部屋に足を踏み入れたが、そこに直井の姿はなかった。

七尾はすぐ横にあるバスルームのドアも開けた。しかしそこも無人だった。

テレビがつけっぱなしで、机の上にはパソコンが置かれている。ベッドの上に旅行バッグが載っていた。

「逃げられたかな」坂本が唇を噛《か》んだ。

「それはないと思います。こちらの動きに気づいているはずがありません。仮に気づいたとしても、逃げる暇はなかったはずです」寺坂がいった。

「すると、たまたま出かけているということか……」坂本は眉根《まゆね》を寄せる。

「坂本、係長に連絡だ。直井が出かけているのなら作戦変更だ。帰ってくるのを待ち伏せする」

「わかりました」坂本は携帯電話を取り出した。

七尾は室内を見回した。この部屋から直井は病院を見張っていたということか。

窓から外を見下ろすと、たしかに帝都大学病院の敷地内がよくわかる。双眼鏡でも使えば、より完璧《かんぺき》だろう。受電施設も見える。警官に調べられそうになったのを見て、あわてて爆破させたと考えられる。

しかし——。

何かがおかしい、と七尾は感じていた。何かが違っているような気がしていた。

45

穣治はパソコンを睨《にら》んでいた。そこには三つの言葉が並んでいる。『DOOR』、『BAG』、『KEYBOARD』だ。そして『DOOR』の横にはすでに『ON』の文字が表示されていた。

これの意味するところは一つだ。パソコンは警告音と共にこの画面を出したのだ。ほんの数分前、あの部屋のドアには、ポーラホテルに確保してある部屋のドアを誰かが開けたということだ。あの部屋のドアには、目立たないようにセンサーを取り付けてある。開けられた場合には、そのセンサーから部屋に置いたパソコンに信号が送られる。するとパソコンは装置内部に組み込まれた携帯電話を使い、現在穣治の前にあるパソコンにそのことを伝えるようプログラムが成されている。

誰がドアを開けたのか――。

もしかするとホテルの人間かもしれない。部屋は二泊分予約してある。チェックインの際、部屋の掃除はしなくていいとフロントの人間にいったのだが、伝わっていない可能性もある。

穣治は部屋の窓に近づき、双眼鏡を構えた。ただし今回は病院ではなく、さらに離れたところに建っているホテルに焦点を合わせた。ポーラホテルだ。だが双眼鏡では、各部屋の様子までは観察できなかった。ホテルの周辺にパトカーが止まっているのかどうかも確認できない。

舌打ちした時、再び警告音がパソコンから聞こえた。画面を見ると、『BAG』の横にも『ON』の表示が出ていた。

ベッドの上のバッグが開けられた――。

バッグの開閉部にもセンサーがついている。ファスナーを開けると信号が出る仕掛けだ。ホテルの人間なら、勝手に客のバッグを開けたりはしない。

間違いない、と穣治は確信した。部屋に侵入したのは警察の人間だ。直井穣治が宿泊していると知り、ポーラホテルに駆けつけたのだ。

なぜ警察は自分のことを突き止めたのだろう、と彼は考えた。望からかかってきた電話のことを思い出した。彼女がしゃべったのだろうか。しかし彼女にしても、彼の策謀については何ひとつ知らないはずだ。

穣治は一度小さく首を振った。なぜ警察が気づいたか、などということはどうでもよかった。今度のことを計画した時から、捜査の手が自分に伸びることは覚悟していたし、万一そうなった場合でも犯行を中断しなくてもいいように策を講じてあったのだ。

それがポーラホテルのトリックだ。

穣治が犯人だと気づけば、警察は間違いなく病院の周辺を当たるに違いなかった。彼に目をつけたということは、犯行の狙いが島原総一郎の手術を妨害することだと見抜いているいると考えるべきだった。

穣治には、警察の捜査がどの程度進展しているのかを知る術《すべ》がない。そこでポーラホテルを用意したのだ。本名で部屋をとってあるのだから、警察がもし彼を追っているのなら、捜査員たちはすぐに見つけだすだろう。逆に、あの部屋が見つからないのなら、警察は直井穣治という名前にまだ到達していないということになる。

彼としては、無論、後者であることを祈っていた。これまでに大きなミスをした覚えはないから、そうなる確率のほうが高いと信じてもいた。

しかしその考えは甘かったようだ。マスコミの報道を見るかぎりでは、捜査当局はまるで見当違いの方向に走っている様子だったが、その裏で着々と真相に迫っていたのだ。アリマ自動車の欠陥車両による被害者の中に、何の補償も受けられず、その被害内容が報道もされなかった人間がいることに、捜査員の誰かが気づいたらしい。

警察が自分を追っていると知り、穣治は焦り、落胆した。仮に犯行がうまくいったとしても、指名手配され、いずれは捕まることになるだろう。殺人罪が適用されるだろうか。もしそうなれば、長い年月を刑務所で暮らすことになる。そのことを思うと、覚悟していたこととはいえ絶望感に襲われる。

もちろん、だからといってここで犯行を中断する気はなかった。春菜を失った時から、それよりももっと大きな絶望感を抱えて生きてきたのだ。島原総一郎の居所を見つけだし、爆発物を抱えて一緒に爆死してやろうかと考えたことさえあった。

逮捕されることなど恐れるな、と穣治は自分にいい聞かせた。それに、この時点で警察がすでに彼の犯行だと気づいていることについて、心の傷が幾分癒されたような気持ちにもなっていた。

警察は今ではすべてを知っているのだ——。

神原春菜の死について、マスコミは殆《ほとん》ど何も報道しなかった。全く関心がない様子だった。あのような理不尽な死に方をしたというのに、誰も糾弾されず、穣治たちの悲しみを受けとめてくれる場もなかった。島原総一郎は責任を取らず、会社に居座り続けている。被害者の会との和解が成立すれば、それでもう何もかもが終わったような気になっている。世間の人々にしても、アリマを攻撃することには飽きたようだ。

だが警察の人間はそうではない。アリマの欠陥車騒ぎの裏にどんな悲劇があったのかを、少なくとも今度の事件に関わっている警察官たちは知っているはずだ。知っているからこそ、直井穣治という平凡なサラリーマンが犯人だと突き止められたのだ。彼がどんなに無念な思いでいるかをわかっているのだ。

情けない話だ、と穣治は自虐的に笑った。そんなことで救われたような気になってどうする――。

その時、パソコンが三度目の警告音を鳴らした。『KEYBOARD』が『ON』になっていた。彼は唇を舐《な》めた。

ポーラホテルに置いてあるパソコンのキーボードを、何者かが触ったということだ。

穣治は身支度を始めた。何の目的でどのキーを押したのかはわからないが、時間の問題でパソコンの監視プログラムも見つかってしまうに違いなかった。ただしそれまでにはまだ少し時間がある。刑事たちはポーラホテルの部屋がダミーであることをまだ知らないはずだった。

穣治は双眼鏡で病院の様子を窺《うかが》った。警官たちがひっきりなしに出入りしている。ただ、その動きにはまだ余裕が感じられる。病院の自家発電システムは稼働しているはずで、院内に大きな混乱は生じていないのだろう。

しかしのんびりしていられるのも今のうちだけだ――。

彼はパソコンの別のプログラムを呼び出した。病院に仕掛けた第二のシステムを作動させるかどうかを決定するものだ。

パソコンが尋ねてくる。『YES』か『NO』か。

彼は指をリターン・キーに近づけていった。

「特に何も残ってないですね」パソコンをいじっていた寺坂が振り返り、七尾たちにいった。「メールソフトにも記録はありません。テキストファイルも見当たりません」

「ということは、どういうことなんだ」七尾は訊《き》く。

「自分もパソコンに詳しいというほどではないので何ともいえないんですが、直井はこのパソコンで、ふつうの人間がやるようなことはしていないということです。通常はインターネットに接続したり、メールをやったりするものでしょ。あと、ワープロとして使ったりとか」

「そういうことをした形跡はないということなのか」坂本が訊いた。

「そうです。専門家にハードディスクを調べてもらえばわかると思いますが、何か特殊な使い方をしているのかも」

寺坂は首を捻《ひね》るが、七尾としては何ともコメントのしようがない。彼はパソコンに関しては殆ど無知だった。

「そのパソコンを使って爆発物を操作していることはないのか」鑑識の片岡の話を思い出して訊いてみた。

46

「あるかもしれません」寺坂は答えた。「ただ、自分には確認できません」

七尾は沈黙した。直井が戻ってくると考えて、先程から坂本や寺坂とこの部屋で待っている。ほかの刑事たちもホテルの内外で見張りを続けているはずだ。どう考えても、このやり方に間違いがあるとは思えない。しかしなぜか彼は落ち着かなかった。とんでもない見当違いをしているような気がしてならない。

「坂本、係長に連絡して、鑑識に来てもらうようにいってみてくれ」

「鑑識に？　でも、このホテルに警察が出入りしているのが直井に知られたら……」

「バレないように来てもらうんだ。で、このパソコンを調べてもらう。何か重大な意味があるような気がする」

坂本は七尾と机のパソコンを交互に見つめた後、首を縦に振った。

「わかりました」

坂本が電話をかけている間、七尾は室内の様子をもう一度見回した。昨夜直井はこの部屋に泊まったらしく、ベッドを使った形跡はある。枕には毛髪が残っていた。

先程確認したところ、ベッドの上に置いてあった旅行バッグの中には、大したものは入っていなかった。コンビニで買ったと思われる下着と靴下、それから週刊誌が二冊だけだ。

この部屋を残して、直井はどこへ出かけているのか――。

まさか戻ってこないつもりではないだろうな、という不安が頭をよぎった。受電施設を爆破させる時まではここにいたが、その後移動したということも考えられるのではないか。もしそうだとしたら何のための移動か。なぜここに留まらなかったのか。

窓に近づき、外を眺めた。病院の様子は、遠くてよくわからない。

視線を少し下げると、正面にビルがあった。屋上がよく見える。何かの会社らしい。

ふと、疑問が湧いた。

「寺坂、ホテルの人を呼んできてくれ。フロントにいた人がいい」七尾はいった。

寺坂が出ていくのと坂本が電話を切るのがほぼ同時だった。

「コンピュータに詳しい人に来てもらうことになりました」

「病院のほうに異状は？」

「今のところ、何もないようです。手術も順調に行われている様子だということでした」

それを聞き、七尾は余計に胸騒ぎがした。手術に支障がないということは、先程の爆破では直井の目的は達せられなかったということだ。自家発電システムの存在を知らなかったということか。まさかそんなことはあるまい、と七尾は思った。直井は望を通じ、様々な情報を得ている。それ以前に、病院の電力供給システムがどうなっているかなど、十分に調べているだろう。

ドアが開き、寺坂がホテルマンを連れて入ってきた。フロントにいた男だ。

「直井は部屋のタイプは指定しなかったということでしたね」七尾は早速質問した。

「そうです。ですから、この部屋を……」

「階数はどうですか」

「階数？」

「何階以上の部屋にしてくれとかいう指定もなかったわけですか」

「はい。ございませんでした」

「するとこの部屋になったのは、たまたまなんですね。場合によっては、もっと下の階の部屋になっていた可能性もあるわけですね」

「もちろんそうです」

「一番低い階は何階ですか。シングルルームのある階で、です」

「それは……三階ですが」

「三階……」七尾は窓から外を見下ろした。

隣に坂本がやってきて、同じように視線を下げた。

「七尾さん、もし三階の部屋なら、病院は見えないんじゃないですか」

「俺もそう思う」

「三階に行って、確認してきます」

「いや、その必要はない」七尾は窓から離れた。そばのテーブルを拳《こぶし》で叩《たた》いた。

「七尾さん……」

「やられた。この部屋は目くらましだ。直井は別の場所にいる。最初からここにはいない。チェックインして、部屋を使っているように見せかけた後は、ほかの場所に移動したんだ。病院を見通せる別のところに」

「まさか、どうしてそんなことを……」

「おそろしく慎重なやつなんだ。その上、是が非でもこの犯行を成し遂げようとしている。もし自分が犯人だとばれた場合でも、警察に邪魔されないために、こういう仕掛けを用意しておいたんだろう」

坂本が携帯電話を取り出した。本間に報告するつもりだろう。この部屋が見つかったことで、周辺の聞き込みは中断している。だがここがダミーなら、改めて捜査員を動かさねばならない。

七尾は入り口に向かって歩きだした。

「七尾さん、どちらへ？」坂本が訊いてきた。

「病院に戻る。係長への報告は頼む」

七尾は大股《おおまた》で部屋を飛び出し、エレベータに乗り込んだ。まんまとしてやられたという悔しさと、直井の復讐《ふくしゅう》心の強さに驚く思いが、胸の中に混在していた。あんな部屋を用意していたということは、直井は逮捕されることを恐れていないのだ。捕まる直前まで、島原の命を狙い続けるだろう。

ホテルのロビーで待機していた警官を捕まえ、車で病院まで運んでくれるよう頼んだ。理由を話す余裕はない。

間もなく病院に着くという頃になって、七尾の携帯電話が鳴りだした。

「坂本です」彼の声はうわずっていた。「やられました」

「どうした」七尾の声もかすれた。

「たった今、自家発電システムが停止したそうです。完全な停電です」

47

七尾が病院に駆け込むと、看護師や懐中電灯を手にした警官たちが右往左往していた。照明は非常灯を除いて、すべて消えている。あちこちで怒鳴り合う声が飛び交っていた。奥の階段を警官が上り下りしているのが見えた。自家発電装置が地下にあるという話を七尾は思い出した。

七尾が地下への階段を下った。非常灯が点《つ》いているが、暗くて状況がまるでわからない。作業服を着た男が走り抜けていく。

「七尾」すぐ近くで声がした。本間が立っていた。彼はペンライトを持っていた。

「係長、どういうことですか」

　本間は首を振った。

「よくわからん。わかっているのは、自家発電装置にも何かが仕掛けられていたということだけだ。見張りに立っていた警官も、何が起きたのかよくわからんということだった」

「爆破されたんじゃないんですか」

「そういう感じではない。突然、停電したんだ」

「受電施設がやられた後、ほかの場所も点検させたんじゃなかったんですか」

「同様の爆発物がないかどうかは調べさせた。別の仕掛けの場合は、見つけるのは難しい。とにかく今、消防と鑑識が見ている。それまでは俺たちも近づけん」そういってから本間は肩をすくめた。「まあ、俺たちが見たって何もわからんだろうが」

「手術室はどうなっていますか」

「今、訊《き》きに行ってもらっている。いくつかの電気機器は使えないだろうという話だったが……」

　階段を一人の男が下りてきた。事務局の中森だった。ヘルメットをかぶっている。その視線は頼りなく揺れていた。

「上の様子はどうですか」本間が尋ねた。

　中森は自信なさそうに首を傾げた。

「何人かの看護師に情報を集めてもらっています。とにかく、人手が足りなくて……」

「手術室の中も停電してるんですか」七尾が訊いた。

「大事な機器は動いていると思います。人工心肺装置なんかは無停電電源に繋《つな》がれているはずですし」

「じゃあ、とりあえず手術は続行できるわけだ」本間が安心したように頷《うなず》いた。

しかし中森は首を振った。

「無停電電源といっても、いつまでも使えるわけじゃありません。いわばバッテリーですから。手術を最後まで行うのは到底無理かと……」

「では、どうすればいいんですか」

質問を発してから、こんなことを訊いても無駄だろうと七尾は思った。案の定、中森は弱ったように眉《まゆ》の両端を下げた。

「私には何とも……。今、事務局長らが協議していますが」

廊下の奥から鑑識の片岡が足早に向かってくるのが見えた。その顔つきは厳しい。

「ちょっと来てください」

片岡にいわれ、七尾は本間と共に奥へ進んだ。中森も後からついてくる。

発電室と表示された扉が開いていた。この扉にはふだん鍵《かぎ》はかかっているのか、点検はどの程度の頻度で行われるか、最近不審な人物が出入りしなかったか――様々な質問事項が七尾の頭に浮かんだ。しかしそれらを発することなく、片岡に続いて中に入った。今はそんなことを調べている場合ではない。

軽自動車ほどの大きさがある四角い箱を前にして、作業服姿の男や鑑識課員ら数人が佇《たたず》んでいた。何らかの作業を行っている者はいない。

「これが自家発電システムです」片岡は箱を指していった。さらに前面の操作パネルを開いた。「ここを見てください」

パネルの内側には電線や細かい部品がびっしりと配線されていた。その中の空いたスペースに、アルミ製の小さな箱がガムテープで留めてある。どうやらそれが問題らしい。

「犯人が取り付けたと思われるブラックボックスです。ここから信号が出ていて、非常停止スイッチを作動させた模様です。おそらくこれもケータイの応用でしょう。中を開けてみないことには何ともいえませんが」

「地下なのにケータイが繋がるのか」本間が訊く。

「PHSだと思います。院内で使われている専用携帯電話がそれですから」

「もう一度動かすことはできないのかな」

「ためしに始動スイッチを入れてみましたが、何の反応もありません。停止スイッチが入ったままになっているということです」

「じゃあ、その箱を取り外せばいいんじゃないですか」七尾が訊いてみた。

片岡は渋い顔で頷いた。

「まあそうなんですけど、犯人だって馬鹿じゃないから、それを防ぐ手だても施してある」

「というと？」

「この箱から延びている電線の一つが燃料タンクのほうに延びています。はっきりとは確認できないんですが、たぶん爆発物が仕掛けられているでしょう」

本間が目を剝《む》いた。「どうしてわかるんだ」

「これが箱の表面に貼られていました。もちろん、犯人がやったことだと思います」片岡は一枚のメモを取りだした。

そこには回路のようなものが描かれていた。七尾には何を意味しているのか、まるでわからない。本間にしても同様だろう。

「これは爆弾の起爆スイッチの回路です」片岡はいった。「かなりわかりやすく描かれています。我々に理解できるよう、わざとそうしたんだと思います」

「どういうことだ」

「つまり」片岡は唇を舐《な》めてから続けた。「この箱を取り外したり、コードを切ったりすれば、燃料タンクの中に仕掛けられたものが爆発するということです。その爆発自体は大したことがないかもしれませんが、何しろ燃料タンクの中ですからね。大火災になることは間違いないでしょう」

「なんてことだ」本間は顔を歪めた。「処理班に頼むしかないな」

「当然そうでしょうけど、その場合、少なくとも今日一日は発電できません」

片岡の言葉に本間は目元を曇らせた。

「そうなのか」

「起爆の詳しい仕組みがわかりませんから、まずX線写真を撮って、構造を確認する必要があります。その上で液体窒素で冷却した後、解体していくんです。振動センサーも併用されている可能性がありますから、すべての作業はここで行わねばなりません。燃料タンクから燃料を抜く必要もあるでしょう」

話を聞いているだけで、七尾は目の前が暗くなっていくようだった。同様の思いらしく、本間はやや頼りない足取りで後ずさりした。

「とりあえず、この部屋からは全員避難させよう。後のことは上と相談するしかないな」

そういって部屋を出ていった。

七尾は立ち尽くしていた。足が動かないのだ。

「打つ手はありませんか」片岡に訊いてみた。

「だから、今いった手順を踏めば問題ない。おそらくね」

「でもそれだと、電気を復旧できない」

「代わりの電源をどこかで調達してくるという手はあるが、時間的に厳しいかもしれないな。セッティングにも時間がかかるし」

「わかりました。ありがとうございます」

こめかみに汗が流れるのを七尾は感じた。何をすべきか、全く考えがまとまらなかった。焦燥感に押し潰《つぶ》されそうになる。

部屋を出ようとした時、「七尾君」と片岡から呼び止められた。

「ひとつだけ、可能性があるかもしれない。犯人に良心が残っている、という大前提が必要だがね」

48

西園のメスさばきは見事としかいいようがなかった。夕紀が手を出す局面などあるわけがなく、精密機械のような動きにただ圧倒されていた。速いだけではなく、正確で、尚《なお》かつ慎重なのだ。どこも傷つけることなく重要な血管をかき分け、目的の部位に到達すれば躊躇《ためら》いなく切断する手際は、熟練した職人そのものだった。

大動脈瘤《りゅう》の切除がすべて終わると思われた瞬間、異状が発生した。またしても明かりが一瞬暗くなったのだ。同時に、一般電源に繋がれている機器が停止した。

西園が眉間《みけん》に皺《しわ》を寄せたのがわかった。

「またか」そういったのは元宮だ。

しかしそこからの展開は先程と違った。しばらく待っていれば、一旦《いったん》止まった電気機器も動き始めるはずだった。ところが一向にその気配がない。

夕紀は止血を手伝っていた。それだけでも余裕がないのに、電気が回復しないことで混乱しかけていた。

「やばいな」田村が呟《つぶや》いた。「これ、本格的な停電ですよ。自家発電も止まったみたいだ」

「このままだとどうなる？」元宮が訊《き》く。

「無停電電源が働いているうちはいいけど、すぐにパンクします。そうしたら、無影灯も消えます」

「時間はどれぐらい？」

「長くて二十分かな。十五分ぐらいと思ってたほうがいいです」

「先生……」元宮が西園を見た。

「続ける」西園は手を止めることなくいった。「続けるしかない。田村君、対策を頼む」

「はい。ええと……」田村は室内を見回した。瞬《まばた》きが多くなっている。「無停電電源の寿命を延ばしましょう。バッテリー搭載の機器は、そっちに切り替えます。まず人工心肺は切り替えます。冷温水供給装置は一旦切ります。佐山先生、生体情報モニタ、麻酔器は、コンセントから抜いても約一時間の使用が可能です。山本さん、体温維持装置のコンセントは一般電源に差し替えてください」

「えっ、いいんですか」山本明子が問い直した。「でも、停電してるんだから」

「その機械は電力を食うんです」

「田村君の指示にしたがって」俯《うつむ》いたまま西園がいう。「それを切ったからといって、体温がすぐに上がるわけではない」

はい、と答えて山本明子は指示通りにコンセントを差し替えた。

西園は人工血管の縫合にとりかかろうとしていた。だが残り十五分程度では、とても出来ることではない。しかも島原の血管はもろくなっているのだ。

無論、ここまで来たからには手術を続けるしかない。今のままでは島原の心臓は不完全なのだ。

手術室のドアが開いた。看護師が顔を覗《のぞ》かせた。事情を説明したがっているように見える。

「元宮君、行ってくれ」西園がいった。

元宮は頷《うなず》いて手術室を出ていった。当然、彼の代わりを夕紀がすることになった。

「動じるな」西園が自分の手元を見ながらいった。「いつでも完全な環境で手術に臨めるわけじゃない。周りの状況に振り回されてはいけない。目の前にある、自分のすべきことに集中するんだ」

はい、と夕紀は答えた。縫合を進める西園の指先は相変わらず機械のように正確に動く。その指先を見るかぎり、彼の心に動揺の気配はない。

元宮が戻ってきた。西園が手を止めた。話を聞こう、ということのようだ。

「自家発電が停止したそうです。今、代わりの電源を確保するよう対応しているということです。どれぐらい時間がかかるかはわかりません」

「照明は？」

「最悪の場合は、何らかのライトを持ち込むように頼みました。明るさについてはあまり期待できないと思いますが」

西園は無言で手術を再開した。どのような事態になろうとも自分のすべきことは一つだと語っているように夕紀には見えた。

49

「テレビだと？」本間が顔を歪めた。

「それとラジオです。直井は車に乗っている可能性があります。ラジオを聞くかもしれません」七尾はいった。

「テレビとラジオで直井に呼びかけるというのか」

「そうです。自家発電システムを動かせるようにするよう命じるわけです」

「ちょっと待て。止めたのが奴だからといって、動かせるわけじゃなかろう。それともここへ来て、あれを動くようにしろとでもいうのか」

七尾は首を振った。横にいる片岡に、説明するよう促した。

「制御盤に取り付けられていたブラックボックスに、おそらくケータイの部品が使われているということはお話ししましたよね」片岡がいった。「それによってスイッチが入り、システムが作動しないよう信号が出されているわけです」

「それも聞いた」

「これは私の考えですが、それを解除することも犯人には可能じゃないかと思うんです」

本間は意外そうに片岡と七尾の顔を見返した。

「というと？」

「もし完全に停止させることだけが目的なら、受電施設を爆破したのと同じように、自家発電システムも壊せばいいだけのことです。それをしないのは何らかの理由があるからだと思うわけです」

「どういう理由だ」

「電気を復旧させる必要があると直井は思っているんです」横から七尾がいった。「奴の目的は島原氏の手術を邪魔することだけです。つまりそれが終われば、速やかに自家発電システムを動かせるようにしようと考えているんです。なぜならこの病院には、電気がなくては生きていけない人が何人もいるからです」

本間は眉根《まゆね》を寄せ、当惑したように黙り込んだ。七尾はじれったくなった。

「直井は、ほかの患者には極力迷惑をかけたくないと思っているんです。俺は今、ようやくわかったんです。なぜあいつが脅迫状なんかを書いたのか。それは、なるべく巻き添えを作りたくなかったからなんです。脅迫状を書き、発煙筒を焚《た》いたのは、島原以外の患者を病院から遠ざけるためだったんです」

50

無影灯の光が弱くなった。そう感じた数秒後には、それは完全に消えた。手術室は闇に包まれ、いくつかのモニタだけが弱々しく光を漏らしていた。

一瞬全員が沈黙した。西園は人工血管の縫合を続けている最中だったはずだが、彼がどんな姿勢をとっているのか、すぐそばにいる夕紀にさえもわからなかった。

「元宮君」西園の声がした。「照明はどうなっているのかな」

殆《ほとん》ど抑揚のない口調に夕紀は驚いた。焦燥感のかけらも感じ取れない。

「すぐに用意してくれるといってたんですが。訊いてきましょうか」元宮の声はうわずっている。

「いや、下手に動かないほうがいい。こちらの状況は外の人間もわかっているはずだ。待つしかない」

「わかりました」

「西園先生」佐山がいった。「体温が二十九度を超えました」

うん、と西園は低く答えた。

「空調が止まったみたいだからね。このままだと対麻痺《ついまひ》が心配だ」

室温が上昇し続けていることは、ここにいる全員が感じているはずだった。夕紀も全身が汗ばんできた。

焦りが手術室内に広がっていった。誰も口に出さないが、一刻の猶予も許されないことは皆が知っていた。患者の体温上昇は、そのまま死に結びつく。

身体を冷やす——そう考えた瞬間、夕紀の脳裏に棺桶《かんおけ》が浮かんだ。父親の通夜の時に見た棺桶の中だ。ドライアイスが敷き詰められ、かすかに白い靄《もや》が漂っていた。

「先生」夕紀は思いきって口を開いた。

「なんだ」

「血液をチューブの外側から直接冷やしたらどうでしょう」

「……どうやって？」

「氷で、です。あと、保冷剤とかで。素人っぽい考えかもしれませんけど」

全員が沈黙した。暗いので、皆がどんな顔をしているのかもわからない。浅はかなアイデアを馬鹿にされるのではないかと夕紀は緊張した。

「田村君」西園がいった。

「はい」

「出来るかな」

「……理論的にはそれでもいいはずです。やったことはないですけど」

「やってみよう。山本さん、外の者に連絡して、氷や保冷剤を持ってくるようにいってください。目的もきちんと話すように」

わかりました、と山本明子の声がした。だがそれから実際に彼女が出ていくまで、何十秒も要した。暗くて素早く動けないからだ。万一、器具の一部を引っかけたりしたら、取り返しのつかないことになる。

「氷室君」

西園に呼ばれ、夕紀は身を硬くした。「はい」

「グッド・アイデアだ。ありがとう」

「……いえ。それより先生、汗は大丈夫ですか」

「拭《ふ》いてもらいたいところだが、今は私の身体に触れてもらうわけにいかないんだ」

「両手が塞《ふさ》がってるんだよ。どちらも血管を摑《つか》んでいる。迂闊《うかつ》に動かして傷つけたりしたら大変だ」

「え……」

夕紀は目を凝らした。西園の手元までは見えないが、彼の両手が島原の心臓付近にあるのはわかる。彼はその姿勢のまま、微動だにせず、この状況を乗り切ろうとしているのだ。

手術室の扉が開いた。入ってきたのは数名の看護師たちだった。彼女らは懐中電灯を手にしていた。

「みんなで手術台を囲んで」一人がほかの者に命じた。「術部を照らすのよ」

看護師たちは夕紀たちの周りに移動した。手術台上に光が蘇《よみがえ》った。しかし無影灯の明るさには遠く及ばない。西園の手元も暗いままだ。

「もっと明るくできないのか」元宮が怒鳴った。

「今、ほかの者にも照明を探させているところです」看護師の一人が答えた。

「ぐずぐずしていられない。このままやろう」西園がいった。「氷室君」

「はい」

「私の指先に光を当て、決して目をそらさないでくれ。すべては君にかかっている」

西園の真剣な目が夕紀に注がれていた。何かを——医療以外の何かを伝えようとしているように彼女には思えた。

はい、と彼女は答え、看護師から懐中電灯を受け取った。一気に口の中が渇き始めた。

「元宮君、補助を頼む」

西園が指示を出した時、再び扉が開いた。

「保冷剤と氷を持ってきました」入ってきた看護師がいった。

51

最新ヒット曲のCDが何枚も壁に飾られていた。その横には歌っている女性アーティストのポスターが貼られ、さらに曲を試聴できるヘッドホンが備え付けられている。穣治はそれを装着した。無論、曲を楽しんでいる余裕などはない。この場に居続けても不自然でない状況がほしかっただけだ。

穣治の視線は、隣の家電売り場に向けられていた。大型の液晶テレビが展示されている。その画面に映っているのは、もはや見慣れたといっていい光景だ。

テレビカメラは帝都大学病院の正面に据えられているようだ。警官や職員の動き回る姿をずっと捉《とら》えている。時折画面がスタジオに切り替わり、アナウンサーが状況を説明する。傍らには犯罪心理学者なる肩書きをつけた人物が座っていて、アナウンサーから質問を投げられると、何やらもっともらしく解説を始める。

立て籠《こ》もり事件と同じだな、と穣治は思った。違うのは、犯人は病院の中にはおらず、大型家電店でテレビを見ているという点だ。

画面にトラックが映し出された。トラックの荷台から運び出されるものを見て、穣治はヘッドホンを外した。CD売り場を離れ、テレビに近づいた。

女性レポーターの姿が映った。

「たった今、移動式の大型電源装置が届きました。これは近くの産婦人科で非常用電源として使用されていたものを持ってきたということです。ただ問題は、これを繋《つな》ぐ場所です。手術室のある階まで運べれば一番いいそうなんですが、非常に重くて、人間の力だけではどうしようもないということなんです。現在、エレベータも止まっており、フォークリフトが入っていける範囲も限られています。そこで電源を一階のフロアに設置した上で、そこから手術室までケーブルを延ばすという方法が検討されていますが、どれだけ時間がかかるかわからず、今なお予断を許さない状況です」

レポーターの話を聞き、穣治は唇を噛《か》んだ。拳《こぶし》も握りしめていた。

よそから電源を持ち込んでくることは予想していた。しかしそれにはもう少し時間がかかると踏んでいたのだ。別の病院から借りるにしても、移動させるのは大変だ。だが非常用電源の中には、開業医の庭に設置できる程度のものもある。運び込んだのは、そういうタイプのものだろう。

何より、手術室にケーブルを延ばす、といっているのが気にかかった。つまり現在も手術は継続中ということだ。

自家発電システムを停止させてから数十分が経っている。当然、手術室内には様々な問題が生じているはずだ。無影灯は消えているだろうし、バッテリーでは賄えない機器は止まっているに違いない。それでも手術が続いているというのは、医師たちが何らかの方法で島原の命を守っていることを意味している。

一体どんな方法がとられているのか、穣治にはまるで想像がつかなかった。現代の医療は、様々な面で電気の力なくしては成立しないはずなのだ。

もっとも、現在手術が行われているからといって、島原が助かると決まったわけではない。どんなに絶望的な状況であろうとも、医師たちは少ない可能性に賭《か》けるに違いないからだ。生命反応があるかぎり、最後まで仕事を放り出したりはしないだろう。

非常用の電源を運び込んだのだから、それがなければ島原の命は危ないということなのだ。ケーブルを延ばすといっているが、簡単に出来ることではない。

いつか望が話していたことがある。彼女によれば、「手術室は宇宙船の中と同じ」ということだった。

「『アポロ13』ていう映画があったじゃない。故障した宇宙船の乗員たちに、ＮＡＳＡの管制センターからいろいろと指示を出して、何とか地球に帰れるようにするっていう話。

あれと同じなんだよね。手術室の外にいる人間は、簡単には中のことに手を出せない。物理的に隔離されてるってこともあるけど、何よりも問題なのは、外の雑菌を侵入させるわけにはいかないってこと。ちょっとした器具を持ち込むにしても、きちんと滅菌しないとだめなんだよ」

手術室に入るにはどれほど細心の注意が必要かは、以前彼女に案内され、中を覗《のぞ》かせてもらった時にも痛感した。デジタルカメラ一台のことで、彼女は烈火のごとく怒りだしたのだ。

小型のバッテリーなら、いくらでも調達できるだろう。現にこうしてテレビ中継が行われているのは、中継車が専用のバッテリーを搭載しているからだ。人命を考えれば、それを中継などに使わず、病院に提供すればいい。だがそうしないのは、様々な障害が考えられるからだ。同様に、ケーブルを手術室内に引き込むのも危険が伴う。ケーブルを通すということは、その間の隔壁をすべてオープンにすることを意味する。

実行するとなれば、手術室の配電盤にケーブルを繋ぐしかない。電気工事の担当者はまずそれを提案するだろう。しかしそこにも穣治はある仕掛けを施してある。すぐには着手できないはずだった。

助かるわけがない――穣治はそう信じることにした。もはや彼にはこれ以上、手の出しようがなかった。

テレビの前から離れようとした時、アナウンサーがいった。

「たった今こちらに連絡が入りまして、警視庁から呼びかけたいことがあるそうです。映像をそちらのほうに切り替えたいと思います」

穰治はもう一度画面に目を戻した。そこに映っているのは彼の知らない人物だった。五十歳前後と思われ、背広にネクタイという出《い》で立ちだった。どうやら病院のすぐ外にいるらしい。

「これより犯人に対する呼びかけを行います。帝都大学病院爆破犯へ。君の氏名等はすべてわかっている。即刻、計画を中止し、自家発電システムを復旧させなさい。このままの状態を続けて万一被害者を出せば、君は殺人罪あるいは傷害罪に問われることになる。これ以上、いたずらに罪を重ねるべきではない。君が復旧させる手だてを持っていることはわかっている。繰り返す。今すぐに自家発電システムを復旧させなさい」

穰治は呆然《ぼうぜん》とした思いで立ち尽くした。まさかこんなふうに呼びかけてくるとは想像もしていなかった。

呼びかけはさらに続いた。

「君がある特定の人物の命を狙い、今回の犯行に及んだことはわかっている。しかしこの病院には、その人物以外にも多くの患者がいる。中には、非常に危険な状況に置かれている人もいる。君はそういう人まで巻き添えにする気なのか。君に良心があるなら、こんな無謀な犯行は今すぐにやめなさい」

穣治はその場を離れた。周囲にいた人々がテレビを見ようと集まってきたからだ。彼等の視線が自分に向いているように穣治は感じた。

君はそういう人まで巻き添えにする気なのか——。

その声が耳に残っている。今度のことを計画した時、真っ先に気にしたのがその点だった。だからこそ危険を覚悟で再三にわたって脅迫状を書き、発煙筒を焚《た》く装置まで仕掛けたのだ。

今日までに逃げださなかった患者たちにも責任がある、と彼は自分にいい聞かせた。勝手な論理であることはわかっている。ただ、そう考えなければ気持ちがくじけてしまいそうだった。

自家発電システムを復旧させることは彼にとって簡単だった。今も持ち歩いているパソコンを携帯電話に繋ぎ、あるプログラムを実行するだけでいい。それだけでシステムは元に戻る。

良心があるなら——その通りだった。彼には良心が残っていて、それが彼自身を苦しめていた。

七尾は事務局でテレビを見終わったところだった。管理官の表情は緊張気味だったが、直井を下手に刺激しない、いい呼びかけだったと思った。

52

事務局を出たところで本間と会った。管理官のそばにいたのだろう。

「あれで直井の心が揺れてくれるといいがな」本間は首を捻《ひね》った。

「その前に電源を運び入れるところを映しましたからね。計画は失敗だと観念してくればいいんですが」

「その電源のほうはどうなんだ」

「いろいろと問題があるそうです。電気屋さんたちは手術室の配電盤に繋ごうと思ったようですが……」

「そこにも爆発物が仕掛けられていたそうだな」本間は口元を曲げた。

「まだ本物かどうかはわからないんですがね」

片岡から聞いた話だ。配電盤を開けたところ、自家発電システムに仕掛けられているブラックボックスに似たものが取り付けられているという。ただ、どのような構造になっているのかはわからず、ダミーの可能性もあるらしい。

「処理班が調べているところです。ただダミーの可能性が高いという結論が出ても、それを取り外す際には人を遠ざけなければなりません。手術中は無理です」

本間は唸《うな》り声を漏らした。

「直井が連絡してくるのを待つしかないのか……」

「電気屋さんたちは、ほかに電源を繋《つな》げるところがないか調べています。いざとなれば、手術室まで電気コードを引っ張るしかないんですが、病院側としてはやりたくないそうです。雑菌に汚染されますからね」

「そんなことをいってる場合じゃないと思うが」

本間が顔をしかめた時、すぐ後ろを真瀬望がすりぬけていった。すでに看護師の制服を着ている。七尾は彼女を追った。

真瀬さん、と呼びかけると彼女は立ち止まって振り返り、七尾を見て顔を強張《こわば》らせた。

「今朝は失礼しました。職場に戻られたんですね」

「こっちの人手が足りないということでしたし……」

彼女を帰すよう本間に進言したことは、七尾は黙っていることにした。

「直井君のことは、警察で聞きましたか」

「いろいろと……。でもあたし、本当に何も知らないんです。彼がそんなことを考えてたなんて、全然……」

「わかっています。これ以上、あなたに何かをお尋ねしようとは思っていません。ただ、協力していただきたいことがありまして」

「何でしょうか」望の目に怯《おび》えの色が浮かんだ。

「彼に……直井君に呼びかけてもらいたいんです。さっき、うちの上司がテレビで呼びかけましたが、警察の人間の話には耳を貸さないかもしれない。でもあなたの言葉なら違うんじゃないでしょうか」

望は七尾の顔を見つめ、首を振った。

「テレビなんか出たくありません」

「ほかの方法でも結構です」

「お断りします。あたし、忙しいんです。それに彼はあたしの言葉だって聞きません。だって……あたしは彼の恋人でも何でもないんですから」

失礼します、といって望は足早に離れていった。

53

手術はクライマックスを迎えようとしていた。人工血管への置換は、ほぼ終わろうとしていた。夕紀は汗びっしょりだった。緊張と疲労で、立っていることさえ辛《つら》かった。それでも気持ちを集中させ、最後の仕上げを終えた。

「パーフェクトだ。後は私がやろう」西園がいい、元宮と顔を見合わせ、頷《うなず》き合った。

夕紀はマスクの下で安堵《あんど》の吐息をついた。しかしすべての難関を乗り越えたわけではなかった。バッテリーで点灯する照明器具を持ち込んだことで、明るさという点ではほぼ問題はない。だが各種機器のバッテリーは、その寿命を終えようとしていた。

「人工心肺のバッテリーが切れかかっています。手回しに切り替えます」田村の声が響いた。

西園は手を離せる状態ではない。元宮が田村のほうを振り返り、小さく頷いた。

田村は手早くいくつかのチューブをクランプし、操作盤の上面についている手回しハンドルを、時計と反対方向に回し始めた。

「貯血槽の血液レベルは維持してください」西園が不意にいった。手を動かしながらも、田村たちのやりとりには耳を傾けていたのだ。

「わかっています」田村が答えた。

人工心肺装置の手回しハンドルは意外に重たい。夕紀も以前、後学のためにと回させてもらったことがあるが、三分も回していれば腕がだるくなった。それを一分間に約百回程度のペースで回し続けねばならない。したがって田村は実質的に、ほかの機器の面倒を見ることはできなくなる。それで吉岡という別の臨床工学技士が応援に来てくれているが、人手がどんなにあっても、使える機器がないのではあまり意味がない。

室温は上がり続けていた。空調がきかない上に、熱を発するライトをたくさん使っているからだ。いつもより人が多いことも原因になっている。

看護師が頻繁に西園の汗を拭《ぬぐ》う。それでも汗がしみるのか、彼はしきりに瞬《まばた》きを繰り返している。疲労の色が濃いことも明らかだった。ただでさえ難易度の高い手術を、こんな状況下で実施しているのだから、肉体的にも精神的にも疲弊していて当然だ。

「西園先生、大丈夫ですか」心配そうに元宮が訊《き》いた。

「私は大丈夫だ。それより、現在の血液の温度は？」

「二十九度です」佐山が間髪をいれずに答えた。

つい先程まで、血液循環装置のチューブを保冷剤と氷で冷やすという行為が続けられていた。人工心肺装置を使う場合、低圧力で頭部に血液を流さねばならない。当然酸素の供給量は減る。そこで酸素の消費量を極力抑えるため、体温を下げてやるのだ。しかし今はもう冷却は行われていない。

「田村君、加温器は無理だな」

西園の質問に、無理です、と田村は答えた。無念そうな口調だった。

人工血管への置換は完了した。後は体外循環している血液量を、段階的に減らしていくことになる。ただし、脳の保護のために下げていた血液の温度を、今度は体温近くまで上げてやらねばならない。冷えた血液をそのまま心臓に流しても心臓は動かない。そのために血液加温器というものがあるが、電気の来ない状況では、それは全く使えない。

「さっきは冷やすために氷と保冷剤を使った」西園がいった。「今度は温めなければならない。ということは……」

「我がチームのホープの意見を訊きましょう」元宮が夕紀を見た。「さて、今度はどうする？」

「使い捨てカイロを持ってきてもらいましょう」夕紀はいった。「それを使って、加温器を外から温めてはどうでしょうか」

「カイロか。そんなことで上がるかな」元宮は呟《つぶや》く。

「わかりません。でも、このままでは何も出来ないじゃないですか。今考えるべきことは、電気を使わなくて済むもので、私たちを助けてくれるものがあるかどうかだと思います」

「カイロを持ってくるように頼んできます」

西園の指示を待つことなく、一人の看護師が出ていった。

54

ＩＣＵという表示のある大きな扉の前で七尾は足を止めた。

「あまり長い時間は遠慮してくださいね。あたしたち、今日は特別に忙しいんですから」

菅沼庸子という看護師が眉《まゆ》をひそめながらいった。

「わかっています。どうもすみません」

「それから、どこにも手を触れないでください。ただでさえ、空調も換気も出来なくて、空気がすごく汚れているんです」

「気をつけます」

菅沼庸子に命じられるまま、七尾は入り口で手の消毒を行った。その間に彼女は扉を手で開いた。通常は自動扉になっているらしい。

中に入ると、空気の湿っぽさに戸惑った。密閉されている上に、空調がきかないとなれば、当然かもしれない。

集中治療用のベッドがずらりと並んでいる。現在はそのうちの一つだけが使用されていた。一番端だ。その周りを医師や数名の看護師が取り囲んでいる。何をしているのか、無論七尾にはわからない。しかし予断を許さない状況にあることは、彼等が発する緊迫した気配から容易に察せられた。真瀬望の姿もそこにあった。

患者は中塚芳恵という女性だと七尾は聞かされていた。昨夜、容態が悪化して、緊急手術を受けた後、ここに運ばれてきたのだという。今も高熱が続いており、意識はないらしい。

菅沼庸子が真瀬望に近づいていき、小声で何か囁《ささや》いた。望は七尾を見ると露骨に顔をしかめ、彼のほうに歩いてきた。

「まだ何か用があるんですか」

「すみません。もう一度私の話を聞いていただけませんか」

「悪いんですけど、そんな暇はないんです。あの患者さんの世話をしなくちゃ……。だって、人工呼吸器もモニタも、全部止まっちゃってるんですよ」

「だからこそ、あなたにお願いするんです。ほかにはもう打つ手がないんです」

「電源はどうなっているんですか」

「専門家たちがいろいろと検討しているようですが、今すぐに何とか出来る状況ではないようです。彼に計画を中止させるのが、一番早いんです」

彼、というのが誰を指しているのか、望にもわかっているはずだった。

「そんなことといわれても……」望は俯《うつむ》いた。

「あなただって、彼を凶悪犯にはしたくないはずだ。今ここでやめれば、殺人罪や傷害罪には問われない。もちろん何らかの罪には問われるだろうが、ずっと軽いものになるはずです。動機にも同情の余地がある。しかし犠牲者を出せばそういうわけにはいかない。彼を助けたいなら、我々に協力してください。同時に、あなたの患者を助けることにもなるんです。お願いします」七尾は頭を下げた。

「やめてください。顔を上げてください」

泣きだしそうな声を聞き、七尾は顔を上げた。彼女の目の縁が赤くなっていた。

「さっきもいったでしょう？　彼はあたしのことなんか、何とも思ってないんです。今度のことを成功させるために、あたしに近づいただけなんです。この病院の看護師なら、誰だってよかったんです。そんなあたしのいうことなんか、聞くわけないじゃないですか。これ以上あたしに惨めな思いをさせないでください」

「直井君はあなたのことを思っていますよ」

「気休めをいわないでください」

「気休めじゃない」

「だってそんなのおかしいじゃないですか。彼がこんなことをしたのは、死んだ恋人の復《ふく》讐《しゅう》をしたいからなんでしょう？　その恋人のことが今も忘れられないからなんでしょう？　だったら、あたしのことなんか何とも思ってないってことじゃないですか」

彼女の声は途中で何度か裏返った。抑えていたものが一気に爆発したような口調だった。

患者にかかりきりの医師や看護師がこちらを見た。

望は彼等のほうを振り返り、すみません、と小声で謝った。

「とにかく、あたしには出来ません。そんなの、意味ないです」

七尾はかぶりを振った。

「直井君はあなたのことを気にしています。それはたしかです。じつは彼の部屋はすでに家宅捜索されているのですが、あなたに関するもの、あなたとの関係を示唆するものは、何ひとつ見つかっていないのです。それが何を意味するか、わかりますか」

望は怪訝《けげん》そうな顔で七尾を見た。

「だからそれは、彼にとってあたしは何でもなかったってことでしょう?」

「何か月も交際していて、痕跡《こんせき》が全くないなんてことはありえない。あなたは彼の部屋に行ったことはないのですか」

「それは、何度かありますけど……」

「彼の部屋に、前の恋人に関するものが残っていましたか」

望は煩わしそうに首を振った。

「そんなの気がつきませんでした」

「でしょう? ところがね、現在の彼の部屋には、その恋人との関係を示すものが溢《あふ》れている。一緒に撮った写真が飾ってあったりね。さも、ほかに付き合っている女性は一人もいないと示すかのようにです。わかりますか。彼は今度の事件のことであなたに迷惑がかかることを極端に恐れているんです。出来れば二人の関係すら隠し通そうとしているんです。どうでもいい相手なら、そこまで配慮はしない」

「そんなことといっても……」

「彼はあなたに申し訳ないと思っているんです。もちろん、あなたに近づいたのは、今度のことで利用できると思ったからでしょう。最初はそれだけだったかもしれない。でも付き合ううちに、やはりあなたに対して特別な感情が芽生えたのだと思います。だからこそ、こうしてお願いするんです。彼を説得してください。何度もいうようですが、あなたにしか出来ないことなんです」

「テレビに出ろっていうんですか」

「いや、その必要はない。そこまであなたに負担をかけようとは思いません。手紙を書いていただければ」

「手紙？」

「読み上げるのはほかの人間にやってもらいます。あなたは手紙を書いてくださるだけでいい」

「だったら、刑事さんが適当に書けばいいじゃないですか。あたしが書かなくても」

「いや、あなたでなければだめなんです。直井君も馬鹿ではない。手紙を読み上げただけでは心を動かされないでしょう。でも、あなたの手書きの文字を見れば、きっと気持ちが揺れるはずです」

お願いします、と七尾はもう一度頭を下げた。

真瀬望はしばらく沈黙していた。そのことで七尾はほんの少し期待を抱いた。

「ごめんなさい」

だが聞こえてきたのは彼が望んだ答えではなかった。彼は彼女を見つめた。

「あたし、やっぱりもう彼とは関わりたくありません。彼にしても、あたしのことは考えたくないと思います。あたしの手紙なんか、きっとうざいだけです。だから、申し訳ないですけど、お断りします」

「真瀬さん……」

「やらなきゃいけないことがいっぱいあるので」そういうと望は皆のいるベッドに向かった。

七尾は首を振り、ＩＣＵを出た。無力感で全身が重かった。

直井穣治はいつか捕まえられるだろう。指名手配すれば、時間の問題となる。しかし今この瞬間に拘束しなければ意味がないのだ。

一人の看護師が階段を駆け上がってきた。手に白い袋を提げている。別の看護師がナースステーションから飛び出してきた。

「使い捨てカイロ、買ってきた？」

「はい。あるだけ買ってきました。三十個ぐらいです」

「すぐに手術室に持っていって」

はい、と返事して袋を提げた看護師は廊下を駆けだした。

カイロを何に使うのか、七尾にはわからない。しかし電気のない状態で、医師たちが懸命に島原の命を守ろうとしているのはたしかだ。

俺に出来ることは何もないのか——七尾は歯痒《はがゆ》かった。

階段を下りようとした時、背後に気配を感じた。真瀬望が思い詰めた表情で立っていた。

「あの……」

「はい」七尾は彼女に向き直った。「何でしょう」

「手紙でなきゃだめですか」

「えっ?」

「彼への呼びかけは、手紙を書かないとだめなんでしょうか」

55

コーヒーカップが空になったところで腕時計を見た。コーヒーを飲む前からほんの十分程度が経っただけだ。穣治は吐息をついた。時間の流れをこれほど遅く感じたことはこれまで一度もなかった。

帝都大学病院がどうなっているのか、彼には全くわからなかった。テレビのある場所には近づかなかったし、人々の話し声が聞こえてくる場所も避けている。この喫茶店にしても、周りに人がいないと確認してから入ったのだ。

島原の手術はどうなっているのだろう――。

電気のない状態で、医師たちは一体どんな手術を行っているのか。人工心肺装置のバッテリーはすでに切れているはずだ。ほかの機器も次々と停止しているに違いない。そんな中で、どれだけのことが出来るというのか。

犯人の、つまり直井穰治の目的を警察は知っている。動機もわかっているはずだ。それを病院側に伝えないのだろうか。もし伝わっていたのなら、医師や看護師が今回の事態についてどう感じるだろう。手術台の島原を見て、自業自得だ、とは思わないのか。

そこまで考え、穰治は首を振った。彼等がそんな余計なことを考えるはずがない。彼等は自分の使命を果たしているだけだ。そうするに違いないと思ったからこそ、今回のような回りくどい方法を選んだのだ。

テレビから呼びかけてきた、あの警察幹部の声が耳に蘇《よみがえ》った。

「この病院には、その人物以外にも多くの患者がいる。中には、非常に危険な状況に置かれている人もいる。君はそういう人まで巻き添えにする気なのか」

あれは本当だろうか。穰治の気持ちをぐらつかせようとして、警察が話を作っているだけではないのか。一連の脅迫騒動により、多くの患者は出ていったはずだ。重篤な疾患を抱えている患者が、今も残っているとは考えられなかった。

穣治は傍らのバッグから携帯電話を取り出した。電源を入れようとして、その指を止めた。その電話は今回の犯行用に用意したものではなかった。ふだん使っているものだ。どうせ警察は、この電話にも同様のメッセージを吹き込んでいるに違いない。メールも送っているだろう。それがどんなものなのか、少しだけ気になった。テレビでは伝えられない情報を送ってきているかもしれない。

迷った末、彼は電源を入れた。何か都合の悪いことが起きそうなら、すぐに切るつもりだった。

意外なことにメールは届いていなかった。そのかわりに留守電が一件入っていた。唾《つば》を飲み込んでから再生した。

聞こえてきたのは、聞き慣れた、それでいて現在最も聞くのが辛《つら》い声だった。

（あの……あたしです。望です。ごめんなさい、電話なんかしちゃって。警察の人から、今度のことは穣治君がやっているって聞きました。信じたくないけど、もしそうならお願いがあります。あの……今あたし、病院にいるんですけど、一人、すごく危険な状態の患者さんがいて、人工呼吸器とかが使えなくて困っています。その人は島原さんじゃありません。関係のないおばあさんです。その人を助けてください。どうか電気を使えるようにしてください。ごめんなさい。穣治君はあたしのことなんか本当は好きじゃないのかもしれないけど、あたしは穣治君のこと好きでした。だから穣治君の優しさまで嘘だったなんて思いたくないです。どうかお願いをきいてください。お願いだから……）

留守電のメッセージは以上だった。穣治は聞き終えた後、携帯電話の電源を切った。

聞かなければよかった、と思った。

やはり恐れていたとおり、重篤な患者が残っていた。人工呼吸器といっていたから、おそらくＩＣＵで治療を受けているのだろう。

さらには、それを望が知らせてきたという事実も穣治の心を締め付けた。

彼女は警察から事実を知らされて、どんな思いがしただろう。ショックの大きさはとても想像がつかなかった。それにもかかわらず、彼女は病院にいる。自分が受けた心の傷はそのままにして、何とか患者の命を救おうとしているのだ。

穣治に電話をかけるには、相当の覚悟が必要だったはずだ。騙《だま》されていたという事実にはひとまず目をつぶり、プライドを捨て、怒りを抑えて電話をかけてきたに違いない。それほど追いつめられた状況だということだ。

望の顔が浮かんだ。それは泣き顔だった。振り払おうとしても、穣治の脳裏から消えることはなかった。

彼は立ち上がると、喫茶店を出た。パソコンの入った鞄《かばん》を提げ、ぼんやりと通りを歩き始めた。望からのメッセージが頭の中で何度も再生された。

穣治君の優しさまで嘘だったなんて思いたくないです――。

心が痛んだ。今度のことで望から恨まれるのは覚悟していた。しかし心のどこかに、彼女なら自分の気持ちをわかってくれるのではないか、という甘えがあったのは事実だ。

だが望の担当している患者が危険な状態にあるというのであれば話は違ってくる。その患者が死ぬようなことになれば、彼女はその時点で決して穣治を許さないだろう。彼女にとって穣治は、女心を弄《もてあそ》んだ悪党というだけではなく、大切な患者の命を奪った重罪人になってしまうのだ。

一台のパトカーが交差点で止まっていた。それを見て穣治はぎくりとし、反対側に歩き始めた。その瞬間、あることに気づいた。

あの留守電メッセージは望の意思によるものだとはいいきれないのだ。警察に頼まれて、あんなふうに電話をかけてきた可能性もある。テレビからの呼びかけに穣治が応じないので、警察は望を利用することにした、というのは大いに考えられることだ。

そうだとしたら、望の話の内容も真実だとはかぎらない。危険な状態の患者など存在せず、そもそも望が病院で勤務しているというのも嘘かもしれない。

そうだ、あれは罠《わな》なのだ、と穣治は考えることにした。そうでなければ、望が電話などかけてくるはずがない。彼女にとって穣治は、現在最も話をしたくない相手なのだ。

「その手には乗らねえぞ」彼は口の中で呟《つぶや》いた。

56

その窓からは、見事に帝都大学病院を見下ろすことができた。爆破された受電施設もよく見える。双眼鏡を使えば、出入りする人間の顔だって判別できるだろう。

部屋はまだ掃除がされていなかった。この部屋を借りている人間がチェックアウトしていないからだ。その人物は昨夜から二泊分予約している。だが彼は、おそらくここへは戻ってこない。部屋代は先に五万円を支払っているという。実際の宿泊料よりも多い金額だが、差額については諦《あきら》めるつもりなのだろう。

七尾は改めて室内を見回した。しかし手がかりになりそうなものは何ひとつ見当たらない。鑑識が指紋を採取しているが、そんなものは今さら何の役にも立たない。この部屋に泊まっていたのが直井穣治であることは、ホテルの人間が写真を見て証言している。

この部屋が見つかったのは、ほんの三十分ほど前だ。たぶん何の収穫もないだろうと思いつつ、七尾はやってきた。直井穣治がどんな思いで犯行に踏み切ったのかを少しでも窺《うかが》えればと思ったのだ。

坂本が入ってきた。

「直井は昨夜チェックインした後、ずっと部屋にいた模様です。ホテルの電話は使っていません」

「荷物は？」

「大きめのビジネスバッグのようなものを提げていたそうです。服装は黒っぽいジャケット」そういってから坂本は首を振った。「大した手がかりじゃないですね」

七尾は頷《うなず》き、もう一度窓の外に目を向けた。

直井がダミーとして使っていたホテルの部屋からは、いくつかのセンサーが見つかっている。刑事が部屋に入ったり、荷物を動かしたり、パソコンを触ったりしたことは、すべて直井には知られていたのだ。それがどういう仕組みなのか、七尾には皆目わからないが、直井が相当の覚悟を決めていたことだけは疑いようがなかった。

それほど腹をくくっている男が、果たして今になって変心してくれるだろうか——。

真瀬望は、テレビに流すための手紙などは書きたくないが、直井穣治に電話をかけるのならやってもいい、と申し出てきた。とはいえ彼の携帯電話は繋《つな》がらない。留守番電話サービスにメッセージを残すということになる。

望の携帯電話は、今日一日は警察で管理することになっていた。直井穣治がかけてこないともかぎらないし、どうせ勤務中の彼女は電話を使えないからだ。もちろん、着信があった場合でも、彼女に無断で出るわけにはいかない。

その電話を持ってきてもらい、望に直井のところへ電話をかけてもらった。予想した通り、電源は切られているようだ。彼女はメッセージを残した。その内容は彼女自身が考えたものだ。横で聞いていた七尾は、彼女の苦しい思いを感じ取り、胸が痛くなった。

あのメッセージを直井は聞くだろうか。ふつうに考えれば、彼が携帯電話の電源を入れるとは思えない。しかし万一ということがある。そして今はそれに頼るしかない状況なのだ。

「病院に戻る。ここは頼む」そういって七尾は部屋を出た。

病院に向かって走りだした時だった。後ろからやってきたタクシーが、彼を追い抜いた後で止まった。後部ドアが開き、一人の中年女性が顔を出した。

「七尾さん」

その女性を見て、一瞬誰だかわからなかった。だがすぐに記憶が蘇《よみがえ》った。

「奥様……御無沙汰《ごぶさた》しています」

氷室百合恵だった。七尾の恩人の妻であり、氷室夕紀の母親だ。

「病院に向かってらっしゃるんでしたら、どうぞ」

「あ、どうもすみません。助かります」彼はタクシーに乗り込んだ。「奥様も病院に？」

「ええ。娘が手術室にいると知ったものですから」

氷室夕紀のことらしい。

「夕紀さんですね。この事件を担当して以来、お嬢さんとは何度かお会いしていますよ」

百合恵は驚いたように彼の顔を見返した。「そうだったんですか」

「立派になられましたね。今も手術室でがんばっておられる」

「とても心配なんです。どうしてよりによって今日のような大事な日に……」

「といいますと？」

百合恵は躊躇《ためら》うように黙り込んだ。しかしやがて口を開いた。

「今日の手術は、あの子にとっても重要な意味があるんです。あの子が子供の頃から持っていた疑問の答えを見つけられるかどうか、その手術にかかっているんです」

「それは、あの、もしかすると氷室警部補が亡くなったことと関係が？」

七尾が訊《き》くと百合恵はゆっくりと頷いた。

西園医師との関係だな、と彼は察した。やはり西園と夕紀とを結ぶ糸は、複雑にもつれているのだ。

他人が迂闊《うかつ》に踏み込む問題ではないと七尾は思った。彼は唇を結び、前を向いた。

病院の前でタクシーを降りた。七尾が百合恵と共に敷地内に足を踏み入れようとすると、制服を着た若い警官が近づいてきた。

「危険ですから一般の方は――」

いいかけるのを七尾が制した。

「この方はいいんだ。手術をしている先生の御家族だ。俺が責任を持つ」

行きましょう、と百合恵を促して歩きだした。

「手術が終わるまで待合室にいらっしゃっててください。あそこなら安全です」

申し訳ありません、と百合恵は頭を下げた。

病院の玄関をくぐった時、七尾の上着の内ポケットに入れていた携帯電話が鳴りだした。

だがそれは聞き慣れたものではなかった。彼は着メロは使わない。鳴っているのは真瀬望の電話だ。

「電話ですね」百合恵がいった。

ええ、と七尾は答えた。液晶表示を見つめ、唾《つば》を飲み込んだ。

奴だ――非通知だが、そう確信した。階段に向かって駆けだしながら通話ボタンを押した。

57

電話が繋がり、はい、と聞こえてきたのは男の声だった。案の定だと思ったが、穣治は一応訊いてみた。

「真瀬望さんは？」

「彼女は現在、仕事中だ」電話の男はそう答えてから、即座に尋ねてきた。「直井穣治君だね」移動中なのか、やけに呼吸が荒い。

穣治は黙って電話を切ろうとした。望の電話にかけたことで、とりあえず彼女の訴えに反応したことだけは伝わると思ったからだ。

「切らないでくれ」相手の男は彼の心を見抜いたようにいった。「これは罠《わな》じゃない。逆探知などはしていない」

「携帯電話は常に逆探知が行われているようなものだ。中継地点に記録が残る」

「だからそれを辿《たど》るようなことはしていない。真瀬さんから君への電話は、彼女自身の意思によるものだ。私が電話を預かっているのは、彼女が手を離せないからだ」

「あんたは誰だ」

「警視庁のナナオという者だ。この電話を聞いている者はほかにはいない。信用してくれ」

とても信用できる話ではなかったが、穣治はなぜか電話を切れなかった。

「手術はどうなった」穣治は訊いていた。

「今も先生方が奮闘中だ」

「停電しているはずなのに……」

「ふつうなら何もできないところだ。ほかの医者はみんな驚いている。一体どうやって手術を続けているのかとね。本来なら今頃島原さんは亡くなっているだろう。君の狙い通りね。だが先生方の努力で何とかなるかもしれない」

穣治は息を止めた。島原が助かるかもしれない——そう知った瞬間、いいようのない焦りが襲ってきた。

「直井君、もういいじゃないか」刑事がいった。「これ以上、何を望むんだ」

「俺はまだ目的を果たしていない」

「そうかな。君の目的が復讐《ふくしゅう》なら、それは十分に果たしたんじゃないのか。むしろこれ以上続けることには何の意味もないと思うが」

「島原はまだ生きてるんだろう？」

「だからこそ、今ここでやめることに意義がある。仮に島原さんが亡くなったとする。それで何が変わる？　君の気が晴れるのか。亡くなった恋人が生き返るのか。当然のことながら、島原さんは今回のことを何も知らないままだ。それでいいのか。君は島原さんに対して、何かいいたくはないのか。あの人に、何かをわからせようとは思わないのか」

「あの男には何をいったって無駄だ」

「そうかな。もし島原さんが回復すれば、今回のことを知らされるだろう。それで何も感じないと思うか」

「感じるだろうさ。俺に対して腹を立てるだけだ」

「いや、そうは思わないな。たしかに最初はそうかもしれない。しかし今度のことを詳しく知れば知るほど、ただ犯人のことを憎めばいいというものではないと気づくはずだ。人の命を預かるという意味においては、自動車会社のトップも医者も、同じ程度の責任が要求される。その要求に応《こた》えたかどうかを島原さんだって考えるはずだ。自分が命を狙われた理由、さらには医師たちがどれほどの使命感でその命を救ったかを知れば、馬鹿でないかぎりは反省するはずだ。その弁を聞いてみたいとは思わないのか」

穣治は携帯電話を握る手に力を込めた。

ナナオという刑事の言葉には強烈な説得力があった。あの状況下で手術を続けている医師たちに対して、穣治自身が尊敬の念を抱き始めていたから尚《なお》のことだった。彼等を模範としてほしい――そんなふうに島原にいいたくもあった。

だがあの男は反省などしないに違いない。そんな人間ならば、犠牲者を出しておきながら、のうのうとトップに居座り続けることなどできないはずだ。

「悪いけど、計画を中止する気はない」穣治はいった。

「直井君っ」

「いい話を聞かせてもらったけど、それは島原に聞かせるべきだったと思うよ。手術の前にさ」

「待ってくれっ」

穣治は携帯電話のスイッチに指をかけた。その指先に力を込めようとした時、「穣治君っ」という声が聞こえてきた。

望の声だった。

「穣治君、聞こえてる？　穣治君、あたしです」

その懸命の呼びかけは彼の心を揺さぶった。彼は答えずにはいられなかった。

「望……俺だよ」彼はいった。「ごめんな」

望からの返答はなかった。それで彼がもう一度声をかけようとした時、彼女がいった。

「あたしはいいの」

「望……」

「あたし、穣治君のことを恨んでない。騙《だま》されたなんて思ってない。だって、あたし、楽しかったもん。あれはあれでいいの。だから穣治君を責める気なんかない」

ごめん、と穣治はもう一度呟《つぶや》いた。

「でも、一つだけお願いをきいてほしい。あたしの患者さんを助けてあげて。何の罪もない人よ。その人が穣治君のせいで死んでいくなんて、あたし、とても耐えられない。とても見ていられない。ねえお願い、あたしのために、あたしの最後の頼みをきいてちょうだい。嘘だったかもしれないけど、昨日までは恋人だったんだから」

彼女は泣いていた。その声を聞いていると穣治の胸中はどうしようもなく熱くなった。こみあげてくるものがあり、彼の頭の芯《しん》を痺《しび》れさせた。頬が硬直した。

お願いです、お願いします――望は繰り返していた。その呟くような声を聞いているうちに、穣治の目も潤んできた。

「わかったよ」彼は答えていた。「さっきの刑事さんに代わってくれ」

「あたしの頼み、きいてくれるの?」

「ああ……」

「ありがとう」

「うん……」

少し間があってから、ナナオだ、と男の声がいった。

「五分後に自家発電装置を起動させろ。ボタンを押すだけでいい」

「五分後だな」

「そうだ。それまでには停止信号を解除しておく」

「きっとだぞ」

「嘘はつかない」

それだけいうと穣治は携帯電話を切った。間もなく、その電話が再び鳴りだしたが、彼はそのまま電源を切った。

彼は小さな公園にいた。ベンチに座り、誰も遊んでいない遊具を見つめた。

傍らの鞄《かばん》からパソコンを取り出し、別の携帯電話を繋《つな》いだ。パソコンを立ち上げ、プログラムを起動させる。

春菜――穣治はかつての恋人に心の中で呼びかけた。

ごめんよ、俺、やっぱりここまでしか出来なかった――。

58

大量の使い捨てカイロが加温器に密着させられていた。それに看護師の一人が酸素ボンベで酸素を注ぎ続けている。そうしたほうが発熱が促進されるからだ。それもまた夕紀のアイデアだった。冬場に寒い当直室で眠る時、カイロを早く温めるため、よく息を吹きかけたものだ。この工夫により、血液の温度はぎりぎりまで戻った。

皆が息を呑《の》んで見守る中、心臓への血液の還流が再開されていた。心筋保護液を使用して心臓を停止させていた場合、心臓そのものがかなり弱ってしまう。還流再開後も二十分程度は、その動きは万全なものとならないケースが殆《ほとん》どだ。麻酔科医の佐山は、すでに強心剤の準備にかかっている。

夕紀は祈るような思いで島原の心臓を見つめていた。だがそれはぴくりとも動かない。

還流が再開されてから、すでに五分が経過している。

手術室内の空気が凍り付いた。

「いかんな」西園が呟いた。「夕紀、電気ショックの準備だ」

「はい」

夕紀は装置の用意を始めた。電気ショックの機器はバッテリーが内蔵されている。電極を西園に渡しながら、彼女は彼の言葉を反芻《はんすう》していた。夕紀——たしかに彼はそう呼んだ。もちろん、初めてのことだ。

西園が電気ショックの施行を始めた。だが心臓は拍動を取り戻さない。

「やっぱり、血液の温度が低すぎたんだ」元宮が呻《うめ》くようにいった。

「諦《あきら》めるなっ」西園の声が飛んだ。「まだ何も終わっちゃいない」

夕紀はぎくりとした。こんなふうに激情にかられた彼の声を聞くのは初めてだった。

心臓の付近から血が飛んだ。それは西園の右目のすぐ下に付着した。だが夕紀は見た。その瞬間さえ、彼は瞬《まばた》き一つしなかったのだ。

夕紀が止血をしようとした。だが複雑に絡んでいる血管のどこから血が出たのか、まるでわからない。おまけに薄暗い。すると西園がいった。

「どこから血が出たかはわかっている。止血は後でやる」

はい、と答えて夕紀は手を引っ込めた。

「西園先生、代わりましょう」佐山がいった。

「いや、私がやる。この心臓を止めたのは私だ。私が動かす」そういって西園は電気ショックを繰り返した。

なぜあんなふうに思ったんだろう――夕紀は西園の姿を見ながら自問していた。

健介の手術がうまくいかなかったのは西園の作為的なものだ、などとなぜ考えてしまったのだろう。

たとえどんな事情があろうとも、この医師がわざと失敗することなどありえない。こんな状況で、いつ手術の続行を断念しても誰にも責められないという中、西園は何とかして患者の命を救おうとしている。決して混乱することなく、少ない可能性に賭《か》けながら、生還させる道を探り続けている。通常でも肉体的、精神的に極めて疲弊する大手術だ。現在の西園は極限まで疲れきっているはずだった。それでもやり遂げようとしている。自らの力で助けようとしている。

医師を目指してきて、そして研修医とはいえ実際にその仕事をするようになりながら、自分が何もわかっていなかったことに夕紀は気づいた。

医師とは無力な存在なのだ。神ではないのだ。人間の命をコントロールすることなどできない。できるのは、自分の持っている能力をすべてぶつけることだけだ。

医療ミスとは、その能力の不足から生じる。

能力のある者が、わざとそれを発揮しない、ということはありえない。そんなことはできないのだ。道徳だけの問題ではない。全力を尽くすか、何もしないか、その二つのことしか医師にはできない。

もちろん世の中にはいろいろな医師がいるだろう。これから夕紀も、まるで違ったタイプの医師と出会うのかもしれない。

だがこの医師は、と夕紀は西園の真剣な横顔を見つめる。

この医師は不器用な医師だ。持っている力をすべて発揮しないのであれば、そして患者を救う気がないのであれば、最初からメスを持たないだろう。

あの時西園は、健介を助ける気でメスを握ったのだ――夕紀はそう確信していた。

「先生、心臓が……」モニタを見ていた佐山がいった。

島原の心臓がぴくりと動くのを夕紀も確かに見た。やがてそれは弱々しくも拍動を始めた。

ふうーっと太い息を西園は吐いた。

「佐山先生、強心剤を」

「もう始めています」佐山は答えた。

「よし。氷室君、さっきのところの止血だ」

「はい」

夕紀が勢いよく答えた直後だった。薄暗かった手術室内が、突然明るくなった。夕紀は驚いて周囲を見渡した。ライトを持っていた看護師たちも戸惑ったように顔を見合わせている。

無影灯の光が手術台の島原を照らしていた。その術部は血にまみれている。あまりの鮮やかさに夕紀は目の奥が少し痛くなった。

「光が……蘇《よみがえ》った」西園が呟いた。

「止まっていた計測器が動いています。電気が戻ったんですよ」佐山が目を見開いた。

「助かった。田村君、血液の加温を」

「わかりましたっ」

西園は夕紀を見た。彼女も彼を見つめ、瞬きした。彼は小さく頷《うなず》いた。

59

電器屋の前で足を止めた。店頭に置かれたテレビでは、夕方のニュース番組が始まっていた。アナウンサーの顔が映り、その下に、『帝都大学病院の電力復旧』というテロップが出ていた。

男性アナウンサーが幾分安堵《あんど》したような表情を作って話し始めた。

「爆発物が仕掛けられ、電力供給が妨げられていた帝都大学病院ですが、先程、自家発電装置の再稼働が始まりました。警察によれば、犯人側から連絡があり、自家発電装置に取り付けられていた遠隔装置を今からリセットするので、発電装置を作動させるように指示してきたということです。担当者が作動スイッチを入れたところ、発電装置は問題なく動き、現在では必要な電力が確保されている模様です。犯人の目星がついているかどうかについて警察では発表を控えていますが、指名手配の準備を始めていることなどから、早晩容疑者の氏名等が明らかになるものと思われます」

穣治はテレビの前から離れた。右手に提げたバッグが重い。二キロほどのパソコンが入っているからだが、ついさっきまではそんなふうに感じたことがなかった。そのパソコンがもはや無用の長物になってしまったからだ、と彼は気づいた。

病院の電気は無事に復旧したらしい。遠隔操作がうまくいったのかどうか少しだけ心配だったが、これで思い残すことはなくなった。

穣治は行く当てもなく歩き回っていた。自宅には戻れない。無論、望のところにも行けない。

逃げ回ったところで、いずれ捕まるだろう。指名手配の準備ができているようなことをアナウンサーはいっていた。

何となく、近くのデパートに入った。エスカレータで最上階まで上がった後、ふと思いついて階段を上がった。屋上はがらんとしていて、人影はなかった。夏はビヤガーデンになることを彼は思い出した。

柵《さく》に近づき、街を見下ろした。帝都大学病院はどっちだろう、と思った。

60

病院内は慌ただしさに包まれていた。というより、活気が戻ったというべきなのかもしれない。医師や看護師たちは入院患者や各種機械の様子を見て回るのに忙しそうだった。

七尾は一階の待合室にいた。ずらりと椅子が並んでいるが、今座っているのは、彼のほかには夫婦と思われる中年の男女だけだ。こんな日に、何を待っているのだろうと疑問に思った。電気が戻ったとはいえ、今日は急患を受け付けることもないはずだった。

危機が去ったことで、警官たちの姿も半減した。爆発物の取り外しは明日の早朝から行われることになった。とりあえず、全員を何らかの形で避難させるという。

七尾は直井穰治とのやりとりを反芻《はんすう》した。最終的には真瀬望の懇願によって心が動いたらしいが、元々彼の中で迷いが生じていたのだろうと七尾は推察している。そうでなければ、望の携帯電話にかけてきたりはしない。

七尾の報告を受けて、鑑識の片岡らが早速地下へ行って自家発電装置を起動させたわけだが、本間は七尾の対応が気にくわない様子だった。なぜもっと直井穰治との話を長引かせられなかったのか、というのだった。

「中継エリアが特定できれば、付近にいる警官を動員できる。もしかすると直井を逮捕できたかもしれんのに」口を曲げて本間は嫌味をいった。

七尾は反論する気になれず、すみませんでした、と素直に謝った。あの電話では、とにかく直井穣治を説得することが先決だったのだ。一刻も早く彼から、犯行断念の言質を取らねばならなかったのだ。時間稼ぎをするというのは、病院の停電を長引かせるのと同じことだった。もちろん本間もそんなことはわかっているに違いない。事件解決の大金星を七尾に奪われたのが面白くないだけだ。

森本さん、と呼ぶ声が聞こえた。それが真瀬望のものだったから七尾は顔を上げた。少し離れた椅子に座っていた中年男女が立ち上がった。彼等は中塚芳恵の家族らしい。

真瀬望が足早に二人に近づいた。

「中塚さんの容態が安定してきましたから、もう少しすればお会いになれると思います。ただ、今夜はまだ眠っていていただきますので、お話はできませんけど」

「それでも結構です」夫と思われるほうが答えた。「とにかく元気なところを見てみたいので。——なあ」

呼びかけられた妻と思われる女性も頷いた。

「では、上の談話室でお待ちになっていてください。後でお呼びしますので」

わかりました、といって二人はエレベータホールに向かって歩きだした。

真瀬望は躊躇《ためら》いがちに七尾のほうを見た。彼も腰を上げた。

「先程はどうも。助かりました」彼は頭を下げた。

「お礼をいっていただくようなことではないです。看護師として、何とかしたいと思っただけですから」

「中塚さん……でしたか。危険な状態は脱したのですね」

真瀬望は吐息をついて頷いた。

「一時はどうなることかと思いましたけど、人工呼吸器とかが使えるようになったので、何とか持ちこたえていただけました」

「それはよかった」

彼女は唇をかすかに緩めた。それから七尾を見上げた。

「あの、刑事さん」

「はい」

「彼がもし逮捕されたとしたら、その罪はやっぱり――」

そこまでいった時だった。真瀬望の目が、七尾の後方に向けられた。丸い目が大きく見開かれた。深く息を吸い込むように胸が隆起した。その表情はひどく強張《こわば》ったものになっていた。

七尾はある予感を抱きながら、ゆっくりと振り返った。

長身の黒い人影が正面玄関から入ってくるところだった。蛍光灯の照明が彼の顔を照らした。その顔は七尾がよく知っているものだった。写真で何十回見たかわからない。彼は真っ直ぐに七尾たちのほうに向かって歩いてきた。その視線は真瀬望だけに向けられているようだった。

数メートル手前で彼は立ち止まった。その暗い目が、一度だけ七尾のほうを向いた。しかしすぐに真瀬望に戻った。

七尾は彼に近づこうとして思い留《とど》まった。望を振り返った。

「行ってやりなさい」

「いいんですか」彼女の目は充血していた。

「少しだけなら」七尾はいった。

真瀬望はぎくしゃくした動きで足を踏み出した。それは瞬く間に速くなった。

直井穣治が彼女を受けとめ、しっかりと抱きしめるのを、七尾は目の端で捉《とら》えていた。

61

人工心肺装置が停止した。それは無論、田村の操作によるものだ。島原の心臓は収縮力を回復していた。人工心肺からの送血を徐々に減少させていったところ、ついにはすべての血液循環を心臓に委《ゆだ》ねられるようになったからだ。人工心肺装置を止めるよう田村に指示したのは西園だった。

人工心肺装置を使用している間は、チューブの中で血液が固まらないようにヘパリンが投入されている。だが人工心肺を止めた後は、そのことが逆に障害となる。手術をした部位からの出血が止まりにくいのだ。そのため硫酸プロタミンで、血が止まるようにヘパリンを中和する。止血を確認してから縫合するのだが、それでも心臓の周辺に血が溜《た》まってしまうことがある。そこでドレーンチューブ二本を挿したままで胸を閉じる。さらに、心臓には電線が繋《つな》がれ、それも体外に出した状態で縫合する。万一、後で心臓の動きに異状が発生した場合には、それを使って電気刺激を与えるためだ。大動脈瘤《りゅう》にかぎらず、殆《ほとん》どの心臓手術で実施される手順だが、ここまで来ると、ようやく峠を越えたという安堵《あんど》感が手術室全体に漂ってくる。

切開した胸骨はワイヤで固定する。そして最後に皮膚の縫合だ。元宮が代わるといったが、西園は首を振った。この手術は最後まで自分がやるのだ、という決意が夕紀に伝わってきた。

西園が顔を上げた。全員の顔を見回した。

「縫合閉鎖終わりました。お疲れ様でした」

お疲れ様でした、と皆が頭を下げた。

手術室の扉が大きく開けられた。医師と看護師が協力して島原の身体をストレッチャーに移す。夕紀も手伝った。島原は瞼《まぶた》を閉じている。心臓手術の場合は、麻酔から覚醒《かくせい》させないでICUに運ぶ。佐山が人工呼吸器を操作していた。

看護師たちが中心になってストレッチャーを押し始めた。この後はICUに場所を移して、術後の経過を見なければならない。

元宮が更衣室に向かった。夕紀も続こうとした。だが西園はついてこない。気になって振り返ってみると、彼は床にしゃがみこんでいた。

「先生……」夕紀は彼に駆け寄った。「大丈夫ですか」

元宮も気づいたらしく、足を止めて二人を見た。

「どうしたんですか」心配そうに訊《き》いてくる。

西園は手を振った。苦笑いを浮かべていた。

「どうってことはない。少々疲れただけだ。何しろ、停電中の手術なんて、初めての経験だったからな」

その言葉とは裏腹に、彼はすぐには立ち上がれない様子だった。肩で息をしている。顔色もよくない。極度の緊張が、彼の循環器系に異変をもたらしたことは明らかだった。

「動かないほうがいいです」夕紀はいった。

「大丈夫だ。君たちはICUのほうへ行きなさい。私も後からすぐに行くから」

「でも……」

「氷室君」元宮が声をかけてきた。「ＩＣＵのほうは俺が何とかする。君はもうしばらく先生と一緒にいてくれ。山内先生に連絡して、すぐに来てもらうから」

「お願いします」夕紀は答えた。

元宮が出ていった後も、西園はまだしゃがみこんでいた。目を閉じて、ゆっくりとした呼吸を繰り返している。

「大丈夫ですか」夕紀はもう一度訊いてみた。

「心配ない。少しよくなってきた」彼は自嘲《じちょう》気味に薄く笑った。「心臓血管外科の医者が、手術の後倒れちゃあいかんな」

彼が生まれつき心臓に疾患を持っていたという話を夕紀は思い出した。

「少し横になられたほうが」

「手術台にかい？」そういった後、西園は壁にもたれるようにして床に座り込んだ。長いため息をつき、首を振った。「これぐらいのことでへばるとはな。もう歳だよ」

「そんなことないです。あんなオペが出来るのは西園先生だけだと思います」夕紀はいった。「お見事でした。感動しました」

「そうかい？」西園がじっと彼女を見つめてきた。「本当にそう思ってくれるか」

「思います」夕紀は頷《うなず》いた。

「そうか。それならよかった」西園は一旦《いったん》目を伏せた後、改めて顔を上げた。「真性弓部大動脈瘤……この病名は君にとって重要な意味を持っていたはずだ」

「わかっています。父と同じ病名です」

「執刀医も同じだ」西園はいった。「だからこそ君に見せたかった。そして見せる以上は何としてでもやり遂げねばならなかった」

「それであたしを助手に……」

西園は頷いた。

「君が疑いを持っていたことはわかっていた。特に私と君のおかあさんが今のような関係になってしまったから、その疑念はさらに深まっただろうと推測していた。君が医師を目指すと知った時、それは確信に変わったよ」

夕紀は俯《うつむ》いた。本当のことだったから、何もいい返せなかった。

「君が疑うのも無理はない」西園はいった。「お父さんの手術に関しては私も自信があった。必ずうまくいくものだと思っていた。それがあんな結果に終わってしまったのだから、責められて当然なんだ。予期せぬいろいろなアクシデントがあって、ああいう結果に終わってしまったわけだが、それを君に理解しろというのも無理な話だった。本当は、手術以外のことでも、話しておきたいことがいくつもあったのだけどね」

「手術以外のことで？」

西園は頷いた。

「最初に君のお父さんが診察に見えた時、私は驚いた。彼は私にとって忘れがたい人物だったからだ」

彼が何のことをいっているのか、夕紀は即座に察知した。

「西園先生の息子さんのことですね」小声でそういった。

「そうだ。事故死した息子を追跡していたのが君のお父さんだった。だが氷室さんのほうは気づいていない様子だった。私は悩んだよ。自分が担当すべきかどうか迷った」

「やっぱり、父のことを恨んで……」

夕紀がいうと、西園は大きく首を横に振った。

「氷室さんを恨んでなどいない。息子が死んだのは自業自得だ。あるいは、そんなふうに育てた親の責任だ。氷室さんは警察官として当然のことをしたまでだ。ただ、氷室さんのほうがどう思っているかはわからない。担当医が、あの事故死した不良少年の親だと知れば、完全には身体を委ねる気になれないかもしれない。そう思ったから、私は降りようと思ったんだ。事実、一旦はそう決心して、氷室さんに話した。もちろん、その理由もね」

えっ、と夕紀は声を漏らした。

「父に話されたんですか」

「話したよ。すると驚いたことに、氷室さんのほうも気づいていたということだった。いつ切り出そうかと考えていたところだといわれた。そこで我々は話し合ったのだよ。手術のことだけでなく最初から……息子が死んだ事故のことからね。氷室さんは、自分に落ち度があったとは思っていないが、私から恨まれるのは仕方がないとおっしゃった。だから、もし私に少しでも抵抗があるのなら、担当医を降りてもらって結構だ、とも。そこで私は逆に質問してみた。私の手術を受けることについて、あなたには抵抗はないのか、と」

「父は何と？」

「正直なところずっと落ち着かなかった、とおっしゃったよ。西園という担当医が自分のことをどう思っているのかわからず、本当に手術を任せていいのかどうか、不安に思ったこともあると。でも、私と話し合ったことで、そういう思いは消えた、といってもらえた」

「消えた、というと？」

「すべて私に任せる、とおっしゃったんだよ。たしか、こんなふうにいっておられたな」西園は遠くを見る目になって続けた。「西園先生は使命を全うする人だと確信した。そういう人ならば、どんな事情があろうとも、その使命を放棄するとは思えない――」

この言葉を聞いた瞬間、夕紀の胸の中を一陣の風が吹き抜けた。その風は心に影を落としていた黒い雲をすべて消し去った。

「使命、というのは父の好きだった言葉です」

西園は頷いた。

「そうなんだろうね。氷室さんからそういってもらえて私は嬉《うれ》しかった。ただ、我々二人の間でそういう合意があったからといって、周りも納得するとはかぎらない。そこで私はあの方の奥さん……君のおかあさんとも話をすることにした。覚えているかい。私が初めて君と会った日だ」

西園にいわれ、一つの光景が夕紀の脳裏に鮮やかに蘇《よみがえ》ってきた。駅前の喫茶店だ。百合恵と西園が会っていた。そこへ入っていった夕紀を見て、百合恵が狼狽《ろうばい》を示したことも覚えている。

「あの時は、そのことを話していたんですか」

「君のおかあさんは、すべて私に任せるとおっしゃったよ。主人が納得しているのならそれでいいとね」

「そうだったんですか……」

西園は口元を緩めた。

「君に信用してもらいたいことがもう一つある。たしかに今、私は君のおかあさんを愛している。だがそういう気持ちが芽生えたのは、氷室さんが亡くなって、ずいぶんと時間が経ってからだ。私は君たち母娘に償いをすることしか考えていなかった。その思いを男女の恋愛感情に発展させるべきではなかったのかもしれないが、少なくとも君のお父さんの手術をする時点では、私の心にも君のおかあさんにも、そんな兆候さえ全くなかったと断言できる」

「それなら、どうしてもっと早くそのことを話してくださらなかったのですか」

「話したいと思ったよ。君が疑っていることはわかっていたからね。だけど、何をどう話したところで、君が納得するとは思えなかった。私のいうことを全面的に信用してくれるとは思えなかった。何しろ私は、君のお父さんを死なせた男なのだからね」

西園の言葉に、夕紀は反論できなかった。たしかにそうだと思った。言葉でいくら説明されても、その時は納得したふりをしたとしても、心の中では信用せず、西園を許すこともなかっただろう。

「私は彼女と別れることも考えたんだよ」西園はいった。「彼女も、君に疑われていることで苦しんでいたからね。でも二人で話し合って、それでは根本的な解決にならないし、君のためにもならないという結論に達した。私が逃げれば、君は誤解に気づくこともなく、父親を殺され、母親に裏切られたという傷を一生背負うことになるだろうからね。正直なところ、非常に悩んだ。それだけに、君が医者を目指すと聞いた時、これが唯一のチャンスかもしれないと思った」

「チャンス？」

「私がどんな医者で、どういう思いで君のお父さんの手術に臨んだかを知ってもらうには、言葉でいくら説明してもだめだ。わかってもらうには、私の手術を見てもらうしかないと思った。それでだめなら、もはや打つ手はない。今日の手術は、私にとっても、君のおかあさんにとっても、そして君にとっても、運命の手術だったんだよ」

夕紀は息を吸い込んだ。何か答えねばと思ったが、言葉が思いつかなかった。薄暗い中で、西園が懸命に手術を続行している姿が蘇った。あれは彼からのメッセージでもあったのだ。

「……すみません」ようやく出たのはその言葉だった。「疑ったりしてすみませんでした」

西園が白い歯を見せた。

「疑いは晴れたのかな」

はい、と彼女は答えた。

「あたし、先生のような医者になりたいと思います。尊敬します」

西園は照れるように目をそらした。それから膝《ひざ》を叩《たた》いた。

「ICUに行こう。元宮君が待っている」

そういって立ち上がりかけた時だった。西園は呻《うめ》くような声を漏らし、胸を押さえて再びしゃがみこんだ。

「動かないでくださいっ」

夕紀は更衣室を通り過ぎ、手術服のままで廊下に飛び出した。山内が足早に向かってくるところだった。菅沼庸子も後からついてくる。

「西園先生が狭心症の発作を」夕紀は叫んだ。

山内が手術室内に駆け込んでいった。菅沼庸子も応援を求め、ナースステーションに向かった。

夕紀も手術室に戻ろうとした。その時、目の端に人影が入った。見ると、百合恵だった。不安そうに佇《たたず》んでいる。

「あの人……大丈夫なの？」

夕紀は頷《うなず》いた。母親の目を見つめていった。

「心配しないで。あたしが救うから。二人目の父親は絶対に死なせないから」

本書は、二〇〇六年十二月に新潮社より
刊行された単行本を文庫化したものです。

使命《しめい》と魂《たましい》のリミット

東野圭吾《ひがしのけいご》

角川文庫 16142

平成二十二年二月二十五日 初版発行

発行者―井上伸一郎
発行所―株式会社角川書店
東京都千代田区富士見二―十三―三
電話・編集 (〇三)三二三八―八五五五
〒一〇二―八〇七八
発売元―株式会社角川グループパブリッシング
東京都千代田区富士見二―十三―三
電話・営業 (〇三)三二三八―八五二一
〒一〇二―八一七七
http://www.kadokawa.co.jp
印刷所―旭印刷 製本所―BBC
装幀者―杉浦康平

ひ 16-7

ISBN978-4-04-371807-8 C0193

角川文庫発刊に際して

角川源義

第二次世界大戦の敗北は、軍事力の敗北であった以上に、私たちの若い文化力の敗退であった。私たちの文化が戦争に対して如何に無力であり、単なるあだ花に過ぎなかったかを、私たちは身を以て体験し痛感した。西洋近代文化の摂取にとって、明治以後八十年の歳月は決して短かすぎたとは言えない。にもかかわらず、近代文化の伝統を確立し、自由な批判と柔軟な良識に富む文化層として自らを形成することに私たちは失敗して来た。そしてこれは、各層への文化の普及滲透を任務とする出版人の責任でもあった。

一九四五年以来、私たちは再び振出しに戻り、第一歩から踏み出すことを余儀なくされた。これは大きな不幸ではあるが、反面、これまでの混沌・未熟・歪曲の中にあった我が国の文化に秩序と確たる基礎を齎らすためには絶好の機会でもある。角川書店は、このような祖国の文化的危機にあたり、微力をも顧みず再建の礎石たるべき抱負と決意とをもって出発したが、ここに創立以来の念願を果すべく角川文庫を発刊する。これまで刊行されたあらゆる全集叢書文庫類の長所と短所とを検討し、古今東西の不朽の典籍を、良心的編集のもとに、廉価に、そして書架にふさわしい美本として、多くのひとびとに提供しようとする。しかし私たちは徒らに百科全書的な知識のジレッタントを作ることを目的とせず、あくまで祖国の文化に秩序と再建への道を示し、この文庫を角川書店の栄ある事業として、今後永久に継続発展せしめ、学芸と教養との殿堂として大成せんことを期したい。多くの読書子の愛情ある忠言と支持とによって、この希望と抱負とを完遂せしめられんことを願う。

一九四九年五月三日

角川文庫ベストセラー

鳥人計画　東野圭吾

日本ジャンプ界のホープが殺された。程なく彼のコーチが犯人だと判明するが……。一見単純に見えた事件の背後にある、恐るべき「計画」とは!?

探偵倶楽部　東野圭吾

〈探偵倶楽部〉――それは政財界のＶＩＰのみを会員とする調査機関。麗しき二人の探偵が不可解な謎を鮮やかに解決する！　傑作ミステリー!!

さいえんす？　東野圭吾

男女の恋愛問題から、ダイエットブームへの提言、プロ野球の画期的改革案まで。直木賞作家が独自の視点で綴るエッセイ集！〈文庫オリジナル〉

殺人の門　東野圭吾

あいつを殺したい。でも殺せない――。人が人を殺すという行為はいかなることなのか。直木賞作家が描く、「憎悪」と「殺意」の一大叙事詩。

ちゃれんじ？　東野圭吾

自称「おっさんスノーボーダー」として、奮闘、転倒、歓喜など、その珍道中を自虐的に綴った爆笑エッセイ集。オリジナル短編小説も収録。

さまよう刃　東野圭吾

密告電話によって犯人を知ってしまった父親は、殺された娘の復讐を誓う。正義とは何か。誰が犯人を裁くのか。心揺さぶる傑作長編サスペンス。

赤川次郎ベストセレクション①
セーラー服と機関銃　赤川次郎

星泉、17歳の高校二年生。父の死をきっかけに、弱小ヤクザ・目高組の組長を襲名することになってしまった！　永遠のベストセラー作品！

角川文庫ベストセラー

赤川次郎ベストセレクション②
セーラー服と機関銃・その後
――卒業――
赤川次郎

18歳、高校三年生になった星泉。卒業を目前にして平穏な生活を送りたいと願っているのに周囲がそれを許してくれない。泉は再び立ち上がる!?

赤川次郎ベストセレクション③
悪妻に捧げるレクイエム
赤川次郎

ひとつのペンネームで小説を共同執筆する四人の男たち。彼らが選んだ新作のテーマは「妻を殺す方法」だった――。新感覚ミステリーの傑作。

赤川次郎ベストセレクション④
晴れ、ときどき殺人
赤川次郎

私は嘘の証言をして無実の人を死に追いやった――北里財閥の当主浪子は19歳の一人娘加奈子に衝撃的な手紙を残し急死。恐怖の殺人劇の幕開き！

赤川次郎ベストセレクション⑤
プロメテウスの乙女
赤川次郎

急速に軍国主義化する日本。そこには少女だけで構成される武装組織『プロメテウスの処女』があった。赤川次郎の傑作近未来サスペンス！

赤川次郎ベストセレクション⑥
探偵物語
赤川次郎

探偵事務所に勤める辻山、43歳。女子大生直美の監視と「おもり」が命じられた。密かに後をつけるが、あっという間に尾行はばれて……。

赤川次郎ベストセレクション⑦
殺人よ、こんにちは
赤川次郎

今日、パパが死んだ。昨日かもしれないけど、私には分らない。でも私は知っている。本当は、ママがパパを殺したんだっていうことを……。

赤川次郎ベストセレクション⑧
殺人よ、さようなら
赤川次郎

あれから三年、ユキがあの海辺に帰ってきた。ところが新たな殺人事件が――目の前で少女が殺され、奇怪なメッセージが次々と届き始めた！

角川文庫ベストセラー

赤川次郎ベストセレクション⑨
哀愁時代
赤川次郎
楽しい大学生活を過ごしていた純江。ある出来事から彼女の運命は暗転していく。若い女性に訪れた、悲しい恋の顚末を描くラブ・サスペンス。

赤川次郎ベストセレクション⑩
血とバラ 懐しの名画ミステリー
赤川次郎
紳二は心配でならなかった。婚約者の素子の様子がヨーロッパから帰って以来どうもおかしい——。趣向に満ちた傑作ミステリー五編収録！

赤川次郎ベストセレクション⑪
いつか誰かが殺される
赤川次郎
永山家の女当主・志津の誕生日を祝うため、毎年行われる余興、それは「殺人ゲーム」——。今年も喧騒と狂乱、欲望と憎悪の宴の幕が開いた！

赤川次郎ベストセレクション⑫
死者の学園祭
赤川次郎
立入禁止の教室を探険する三人の女子高生。彼女たちは背後の視線に気づかない。そして、一人一人、この世から消えていく……。傑作学園ミステリー。

ダリの繭《まゆ》
有栖川有栖
ダリの心酔者である宝石会社社長が殺され、死体から何故かトレードマークのダリ髭が消えていた。有栖川と火村がダイイングメッセージに挑む！

海のある奈良に死す
有栖川有栖
〝海のある奈良〟と称される古都・小浜で、作家有栖川の友人が死体で発見された。有栖川は火村とともに調査を開始するが…⁉ 名コンビの大活躍。

朱色の研究
有栖川有栖
火村は教え子の依頼を受け、有栖川と共に二年前の未解決殺人事件の解明に乗り出すが…。現代のホームズ&ワトソンによる本格ミステリの金字塔。

角川文庫ベストセラー

続巷説百物語　京極夏彦
凶悪な事件の横行でお取りつぶしの危機にある北林藩で、又市の壮大な仕掛けが動き出す。妖怪仕掛けが冴え渡る人気シリーズ第2弾。

後巷説百物語　京極夏彦
明治十年。事件の解決を相談された百介は、又市たちとの仕掛けの数々を語りだす。懐かしい鈴の音の思い出とともに。第百三十回直木賞受賞作!!

覘き小平次　京極夏彦
押入で死んだように生きる幽霊役者・小平次と、女房お塚をはじめ、彼を取り巻く人間たちが咲かせる哀しい愛の華。第十六回山本周五郎賞受賞作。

対談集　妖怪大談義　京極夏彦
怪しいことに関するあれこれを、語り尽くす！　間口は広く、敷居は低く、奥が深い、妖怪の世界への溢れんばかりの思いがこもった、充実の一冊。

不夜城　馳星周
新宿歌舞伎町に巣喰う中国人黒社会の中で、己だけを信じ嘘と裏切りを繰り返す男たち——。数々のランキングでNo.1を独占した傑作長編小説。映画化。

鎮魂歌《レクイエム》　不夜城II　馳星周
新宿を震撼させたチャイナマフィア同士の銃撃戦から二年。劉健一は生き残りを賭け再び罠を仕掛けた！『不夜城』から二年、傑作ロマンノワール。

夜光虫　馳星周
再起を賭け台湾プロ野球に身を投じた加倉は、マフィアの誘いに乗り、八百長に手を染めた。人間の根源的欲望を描いたアジアン・ノワールの最高峰。

角川文庫ベストセラー

角川文庫ベストセラー

角川文庫ベストセラー